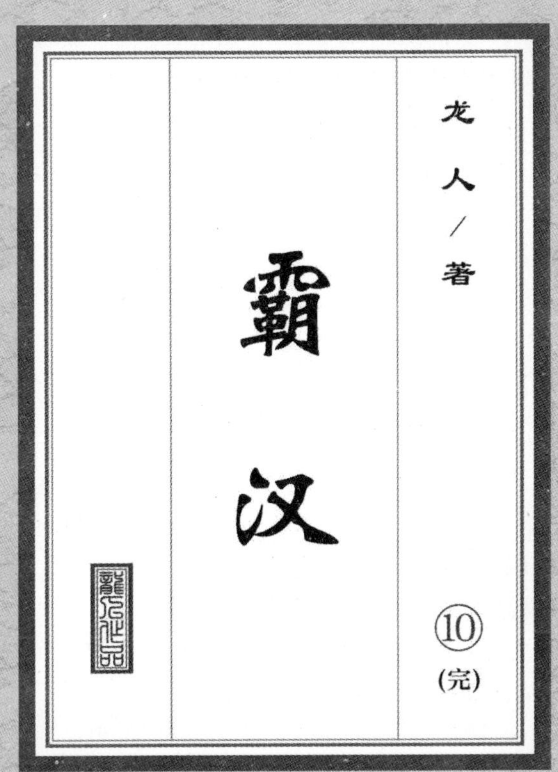

二十一世纪出版社集团
21st Century Publishing Group
全国百佳出版社

图书在版编目（CIP）数据

霸汉：全 10 册 / 龙人著 . -- 南昌：二十一世纪出版社集团，2017.10

ISBN 978-7-5568-3101-2

Ⅰ . ①霸… Ⅱ . ①龙… Ⅲ . ①长篇历史小说－中国－当代 Ⅳ . ① I247.5

中国版本图书馆 CIP 数据核字 (2017) 第 243760 号

霸汉：全10册 龙 人 著

责任编辑 敖登格日乐
出版发行 二十一世纪出版社集团
（江西省南昌市子安路75号 330025）
www.21cccc.com cc21@163.net
出 版 人 张秋林
经　　销 新华书店
印　　刷 北京龙跃印务有限公司
版　　次 2018年2月第1版 2018年2月第1次印刷
开　　本 710mm × 1000mm 1/16
印　　张 160
字　　数 1600千
书　　号 ISBN 978-7-5568-3101-2
定　　价 498.00元（全10册）

赣版权登字—04—2017—743

目　录

第九十二章　亲征异域

“皇上，安国公造反了，他杀了钦差大臣，还包庇张卯等一干逆贼，而且张卯更在调集他的兵马与王匡会合！”赵萌极速赶回长安，神色有些忧虑地道。

刘玄听罢，神色也显得极为阴暗，深深地吸了口气道：“朕就知道王匡有反骨，他会后悔的！”

“皇上，微臣还听到了一些极为不好的谣言。”赵萌欲言又止道。

“什么谣言？”刘玄冷冷问道。

“臣不敢说！”赵萌脸色有些难看地道。

“有何不敢说？既已知是谣言，又何必惧怕说出来？朕赦你无罪！”刘玄神情冷峻地道。

“他们散播谣言说皇上不是真身！”赵萌壮着胆子道。

刘玄不怒，反而哈哈大笑起来，半晌才稍止住笑声道：“他们还真能造谣，居然能找出这么好笑的谣言，朕不是真身是什么？难道人还会有假身？”

朝中众臣见刘玄如此，不由得稍微松了口气，从刘玄的表现来看，外面所传的看来是十足的谣言。

“皇上，此刻王匡正与张卯结聚大军，我们必须先清除他们，否则到时分散作战，只怕难以周转！”邓晔恳然道。

“邓爱卿的心意朕明白，你不必担心，朕早就已经让人前去了，想必汉中王的大军此刻已经够王匡和张卯这一干乱党受的，你依然回前线盯防赤眉，这才是我们最大的后患!”刘玄深深地吸了口气，自信地道。

朝中众臣再次松了口气，平日里，他们皆见刘玄不太理政事，而且只知在后宫作乐，但在这种节骨眼之上，依然有一国之君的风度，指挥若定，更是胸有成竹，这到底表示刘玄尚未昏聩到不识大体和大形势的地步。

“皇上，臣有奏!”谢躬出列道。

“尚书令有何事禀奏?”刘玄淡淡地问道，他对谢躬稍有些不满，那是因为谢躬北征尤来失利，后又丢了邺城，让吴汉捡了个便宜。

“邓禹夺我河东，河东乃我长安之粮仓，我们还需夺回此地，而且河东逼近长安，也可谓是我大汉的门户重地，若让邓禹这干乱贼所得，必威胁到长安的安全!”谢躬语重心长地道。

“朕明白这个道理，你以为朝中除汉中王及那几位正在拒赤眉的大将之外，谁比王匡更有能耐?”刘玄不答反问道。

谢躬一时无语，若说到行军打仗，王匡确实是难得的将才，更是身经百战少有败绩的统帅，朝中的确没有几个人敢称自己比王匡更厉害，谢躬也不例外。

“其实朕早想解决此事，但若兵力分散，长安又如何防御?若丢了长安，我大汉又何以存于天下?因此，做事切忌急躁，解决了最该解决的问题才能够条理分明地去对待所有其他的事。”刘玄口气很和缓地道。

众臣心中更安，便连谢躬也感讶异，忙道：“皇上圣明，原来皇上早已胸有成竹，是微臣多虑了!”

刘玄不由得傲然一笑，他知道这些日子来自己确实是做错了许多事情，也把宫廷的生活过得太糜烂了，而这两月之中所发生的一切事情，也使他多了一丝沉重的压迫感，这才多花了一些时间打理政事，但此刻整个天下已经乱成了一团。

“朕之所以没有再理会邓禹，那是因为有他在河东窥伺，赤眉军在华阴也会感到一种压迫感，尽管那里离洛阳近，但距赤眉更近！刘秀野心勃勃，难道就不想吞并赤眉吗？只要我们能紧守住长安，他们两路人马终会成为狭路相逢的劲敌。那时，我们的危机就会不解自消，而且还可以坐收渔人之利，这又何乐不为呢？”刘玄侃侃而道。

众臣听得不由连连点头，突然之间，他们竟觉得刘玄不只是一位至高无上的帝王，更是个放眼天下的一军之帅，颇有远筹帷幄、决胜千里的味道！顿时众臣无不心生敬意，昔日对刘玄的一些偏见也尽消。

“如果有人告诉你，邪神从泰山上跳崖，没有死，你相信吗？”刘盆子淡淡地笑了笑，向樊祟问道。

樊祟吃了一惊，讶问：“邪神没死？”

刘盆子长长地吸了口气，漠然笑了笑道：“不错，他没死！赵飞飞追杀了他八百里，却仍是被他逃了，若我估计没错的话，此刻他应该在长安！”

“邪神受了重伤？”樊祟稍微松了口气问道。

“当然，如果不是因受了重伤，赵飞飞根本就不可能追得到他，更不可能回来见我了！”刘盆子道。

“那我们是不是要赶快攻下长安呢？”樊祟有些忧色地问道。

“长安并不是那么容易便被攻下的，而且这些日子来，刘玄在拼命地向城中储运粮草，显然他已经做好稳守长安的打算，而我们的粮草却不足以与之相比！若如昔日绿林军围攻宛城一样，时日持久，只怕对我们很不利！”刘盆子想了想道。

“那皇上认为应该如何呢？若是让邪神功力恢复，只怕对我们更加不利！”樊祟道。

“话是不错，但我们也不能盲目，首先我们得有一个储粮之地，诸如邓禹夺下了河东，便控制了大部分的粮食一样。而此刻他们又在我军背后，仅一河之隔，不能说不是一种威胁。因此，我们也必须为粮草作打算，而眼下最好的目标便是关中！”刘盆子道。

“关中？”

“不错！虽然关中不如河东，但也是进可攻、退可守的要地，且粮草充足，坐拥此地，可保粮草无忧，反之长安便失去四面粮仓，仅城中积粮也维持不了多久！”刘盆子道。

“皇上圣明！此策果然绝妙，那属下明日便下令西攻关中！”樊祟欣然道。

刘盆子笑了笑道：“刘玄储粮，且阻我们于河阴，还有一个目的，就是想我们与枭城军先对上，他却坐收渔人之利，那我们就偏不如他所愿！”

“我们就与枭城军来个东西夹攻，长安便成了瓮中之鳖了！”樊祟也不由得笑了。

这些日子来，王匡没有半刻松懈，他知道，任何一刻的松懈都有可能成为自己终身的遗憾。

如果事实真如廖湛所言，这个刘玄乃是刘仲，那么此人绝对比真刘玄更为可怕！

王匡很明白刘仲的才能，昔日昆阳之战，便是其以少胜多，大败王邑百万大军，其胆识、战略，在绿林军中鲜有人能与之相比，而且其敢杀刘玄而取而代之，可见此人行事只计成败，更是不择手段。

昔日在绿林军中，也只有刘寅兄弟二人最为抢眼，或许王常是一个例外。

王匡虽然高傲，但他绝不敢轻视春陵刘家的兄弟，这也是他纵容刘玄除掉刘寅的原因。

刘仲对治军极为有方，而且律法严明，只是王匡不明白何以刘仲成为天子之后，却如此昏庸，是以他对廖湛的话尚不全信。

不过，他也并不是一个大意的人，在决定杀那几名禁卫之后，便开始了积极备战。他知道不管刘玄是真是假，都一定会派兵攻打他。

而此刻长安城中的兵马并不多，又有赤眉之祸，能分出的兵力，他并不惧，而长安可用之兵都在远处，调来此地，也绝对需要一段时日。是以，他尚有足够的时间准备一切。

王匡是这样想的，不过，事实会否是如此，却并不是由他所想，所以在汉中王刘嘉大军逼临城下之时，他愕住了！

汉中王的大军来得太快，而且是十万大军齐发，这不仅让王匡吓了一跳，廖湛和胡殷也大大地吃了一惊。

张卯的旧部尚未曾聚齐，刘嘉便已赶到，这使王匡的许多计划都不得不打住，应战更是有点仓促。

刘嘉大军一到，立刻以极强烈的攻势，狂攻下三城。

胡殷首次出战，却被打得大败而归，王匡只好守住所剩的两座城池，并不敢轻易出战。

三辅之地的百姓，对王匡和张卯本就极为痛恨，皆因此二人平时在三辅作威作福，残暴虐民，而此刻刘嘉的大军攻到，许多百姓都知道汉中王乃是一个爱惜子民的将帅，很多人都暗为刘嘉出力，这才使得王匡迅速痛失三城。

张卯此刻也仓促调聚了大军赶来，却被刘嘉的军马伏击，使其形势更坏。

王匡和张卯也没想到刘嘉大军如此犀利，攻势如此之猛。

或许只是因为王匡在河东新败，战士的斗志低落，抑或是因此战乃为更始军内部的战争，而使得战士们无法卖力作战。

王匡和张卯对此也是毫无办法，而且协助刘嘉的大将申砀，本是三辅豪强，在三辅各地极有号召力，这使得王匡和张卯的处境更为艰难。

不过，事已至此，已没有回头路可走，战争只有胜者与败者之分，没有强弱的定义！

“什么？你是说赤眉军的主力已转移？”刘玄神色微冷，问道。

“不错，据探子来报，赤眉军绕过了我们所守的城池，似是向关中方向进发！”于匡肯定地道。

刘玄的嘴角牵动了一下，似乎想起了什么，深深地吸了口气，向谢躬问道：“关中有多少兵马？”

谢躬一怔，眉头皱了起来，道：“估计仅五万左右。”

“五万兵力，而赤眉军主力至少在十五万以上，看来关中难保了！”刘玄叹了口气道。

“那也不一定，关中城坚，若是固守，赤眉军只怕也难讨到好处。”谢躬道。

刘玄不置可否地笑了笑，吸口气道：“传朕旨意，将关中的粮草准备好，除留下必要的之外，其余全部运回长安！”

“啊，若是如此，只怕会动用太多的人力……”

“哼，难道你们觉得朕应该把这些粮草留给赤眉军，以备他们来攻打长安吗？”刘玄冷冷地打断兵部侍郎的话，冷冷问道。

“臣知罪！”兵部侍郎吃了一惊，忙请罪。

“哼，知罪就好！你们又能给朕出什么好主意！能有办法退赤眉军吗？能让樊崇降服于朕吗？”刘玄大声叱道。

殿中众臣皆不语，刘玄所言也确实是事实。

顿了顿，刘玄又道：“朕养你们便是为了让你们能为朕治理国事，打理天下，可你们睁眼看看——眼下这个天下已乱成了什么样子?！朕稍稍疏懒一点，你们也跟着疏懒了，现在赤眉都快兵临城下了，你们认为朕能怎样?”

“臣以为，我们应守于长安，与赤眉打稳守之战方是上策!”邓晔壮着胆子道。

刘玄顿住骂声，望了邓晔一眼，淡淡地问道：“邓爱卿何以认为这是上策呢?”

邓晔想了想，直言道：“臣以为，目前我们除了固守坚城之外，在京城之中并无人真的可以在平原征战中胜过赤眉军!”

“你是说我军中无人?”刘玄并不生气，很淡然地反问道。

“不！我朝兵多将广，只可惜都分散得太远，诸如汉中王便是足可拒赤眉之人，但却要平王匡之乱，而郑王又远在南阳，大司马却在固守洛阳，否则，赤眉焉能张狂!”邓晔环顾四面，直言不讳地道。

尽管殿中诸将多有微词，却也不敢与汉中王、郑王和朱鲔相比。

“这便是你要固守长安的理由吗?”刘玄反问道。

“这只是其一!”邓晔又道。

“那何为其二?”刘玄问道。

“其二则是我们可以集中兵力，保存实力，以待外援赶到，全力一击！而固守长安还有一个好处，那就是可以持久地将赤眉军拖到冬天！赤眉军皆是来自东方，而且其装备不全，兵马虽多，却多是农民，并无御寒之物，若是到了冬天，这西北的苦寒必让赤眉难以承受，其斗志和战力定然大损，而且只要我们调来关中的粮草，相信固守长安一年两年都没问题，此城中水源充足，而赤眉军即使夺得关中，也仅是空城几座，没有粮草，其势必难以长驻。若是我们能再支持半年，在饥寒之中，赤眉军又能有何作为？而我军则是养精蓄锐，到时必能一击成功!”邓晔分析道。

“邓将军所言果然是好计!”谢躬也不由得赞道。

刘玄神色顿缓，不无赞赏地道：“邓爱卿此话正说中了朕的心事！赤眉军只是劳师远征，近日之所以军心振奋，皆因连胜数仗！若是我军凭城而守，其数月不能攻下，必锐气大减，军心思归，届时自然是不攻自溃！”

“皇上圣明，智比天人！”赵萌趁机道。

“赵卿家不用赞朕，多去想点如何准备守城之器吧。”刘玄不冷不热地道。

“是！是！皇上教训得是！”赵萌忙道。

邓晔显出一丝鄙夷之色！对于这个昔日极受刘玄之宠的人，邓晔并不怎么看好，皆因其只懂权术搬弄是非。

“哼，廖湛几人真是蠢，居然想朕弃长安而流动作战，可惜呀可惜！”刘玄不由得叹了口气。

殿中众臣不由得愕然，刘玄居然为几个叛臣而叫可惜，确使他们感到意外，却不敢插嘴多说话。

刘玄又叹了口气道：“如果不是他们胆敢叛朕而去，朕又何必守于长安？”顿了顿，旋又道：“好了，关中运粮之事，便由尚书令去办吧，绝不可有失！退朝！”

“微臣明白！”谢躬应了声道。

大漠风沙极烈，刘秀还是第一次尝过这种大漠风沙的滋味，不过也真是别有一番风味。

大漠，对刘秀来说，确实是陌生的，但却并不让他感到忧虑。无论置身何处，他都不会真的担忧。

当然，刘秀不急，但他身边的亲卫却一点都不敢稍有松懈，毕竟此刻刘秀的身份已不同于往日。

对于大漠，刘秀不熟悉，但小刀六熟悉！那五百飙风骑更是有许多人对大漠熟得不能再熟了。

这次刘秀选择走大漠前往西域，本就是想避开中原的许多势力，直抵姑藏。

这些年来，西域王母门不断向中原发展，也不断地由楼兰诸国的发展向长安靠近，而且在西部各地都有相关的组织，所以王母门在西域的影响极大。

刘秀此行并不全是为了赴西域王母门，更重要的却是要出使西域，亲会大漠和西域的匈奴诸部。

对于来自西域的支援，刘秀的体会倒也深刻，若不是呼邪单于的匈奴马和鲜卑的三河马，他的骑兵又怎可能纵横河北而没有敌手？而与匈奴之间的修好也是极为重要的。

“前面是胡屠族的地盘，再往北便可以至龙城，向西则是涿邪山。”黑鹰一组的组长格朗上前禀报道。

“既然到了这里，就去胡屠族补充一些食物和水吧。”刘秀想了想道。

“我们这么多人一起去，只怕会让他们以为我们是马贼。”小刀六笑道。

“哦，我们不过二十人而已，很多吗？”刘秀讶异反问。

“看，我们一个个都这么剽悍，二十个可不简单呀！”小刀六又笑道。

刘秀不由得笑骂了一声，打马便向正前方奔去。

胡屠族，乃是活动于燕然山与涿邪山一带的游牧部落，其属匈奴所统，部落不大，但男女老幼皆学骑射，民风极为强悍，可算是匈奴支系中的一个极为出名的部落。

胡屠族位于龙城以南，浚稽山以北，距范夫人城也极近。

刘秀首先看到的是遍野的牛羊、骏马，还有稀稀落落的圆顶帐篷，以及骑于马背上挥舞着牧鞭的年轻男女们。

这些人的身姿极为矫健，在马背之上更是灵活如飞。

再深入牧区十数里，便立刻有一队人马迅速迎了上来，挡住了刘秀诸人的去路，并叽里呱啦地说了一通。

格朗忙对刘秀诸人解释道：“他们问我们是从哪里来，要到哪里去。”

“你告诉他们，我们从中土枭城来，去龙城。”刘秀向格朗道。

格朗随即迅速迎上胡屠族的那队人马，并叽里呱啦一通，那群人的脸上立刻显出戒备之色。

沙里飞看得极不耐烦，打马上前却以另一种语言说了一通。

那队人的神色立刻变得恭敬，并向沙里飞拱手，以相同的语言道了几声。

“他们在说什么?”刘秀不由得愕然，他对这大漠异族的语言是一点也听不懂。

小刀六也苦笑着摇了摇头道：“我也听不懂，刚才他们说的不是匈奴话，对格朗说的匈奴话我倒是听得懂一点。”

“他们说的是胡屠话。”格朗也有点尴尬地道，他也听不懂，但却知道沙里飞说的是何种语言。

那群人中一名剽悍的年轻人向格朗一拱手，随即又说了一通。

格朗又翻译道：“他们说请我们跟他一起走!”

刘秀不由得将目光投向沙里飞。

“禀主公，我认识他们族中的格蒙吉亚长老，还曾救过他一命，所以他们知道是我，便让他带我们去格蒙吉长老家。”沙里飞道。

“哦。”刘秀释然，倒是极为欣然，看来这次自飙风骑中挑选出来的人确实没错，倒使自己方便不少。

“好吧，那就让他带路吧!”刘秀道。

一行人随那健硕剽悍的年轻人一路飞驰，很快便来到一座山谷之中，一路上不断有人向那年轻人问好，却并无人再来盘查。

山谷之中散落着大大小小的各式帐篷，一条小河自谷中流过，倒也清幽僻静，而更有很多妇孺在谷中梳理着羊毛，或戏耍，倒也显得极为温馨。

年轻人在一顶极大的白色帐篷外停了下来，并向刘秀诸人示意，然后才钻入帐中。

刘秀诸人下马，不过片刻，便见自帐中行出一矮实的灰须老者。

“格蒙吉亚，还认识我吗?”沙里飞大步而上，却是以汉语唤了一声。

那老者眼睛一亮，朗声欢笑，大步拥上沙里飞，以生硬的汉语道：“朋友！朋友!”

沙里飞也不由得大笑起来，两人就像亲兄弟一般相拥，半晌才松开。沙里飞忙向格蒙吉亚介绍刘秀和小刀六道：“这两位是我的主人!”然后又向其他人介绍道：“这些人是我的兄弟!”

格蒙吉亚忙向刘秀和小刀六施礼，显然是因沙里飞的原因，而对刘秀和小刀六特别尊敬，另外也有感于刘秀身上自然流露的气势。

“格蒙不知贵客来临，未曾远迎，就请进帐休息吧!”格蒙吉亚的汉语说得不流畅，却也能让人听懂，这倒让刘秀感觉亲切一点。

“长老不必客气，我们只是路过此地，这才前来打扰。”小刀六笑了笑道。

“格蒙听说过阁下的大名，呼邪单于的贵宾！今日得见真是英雄!”格蒙吉亚似乎对汉语用词并不太准。

刘秀听来微觉有趣，小刀六却显得有些谦虚。

格蒙忙让其妻准备乳酪、马奶酒，这二十多人挤在帐中，显得有些拥挤，所幸这是个大帐。

“察柯，先把塔木吉亚和塔桑吉亚找回来!”格蒙竟以汉语向刚才领路的年轻人吩咐道。

年轻人忙转身出帐，众人有些惊，格蒙不由笑着解释道：“他能听懂汉语，只是不会说而已，塔木和塔桑是我的两个儿子。”

众人这才恍然。

“皇上，王凤也反了!”兵部侍郎蔡旦神情有些沮丧地道。

刘玄在帷幕之后，没人能看到他的表情，殿中一片死寂。

“皇上……”

“朕已经听到了！”刘玄的语气有些苍凉，殿中数臣皆不再言语，谁都不知刘玄想说什么，或是想决定什么，唯有继续沉默。

“王凤是不是已经与王匡合兵了？”刘玄淡淡地反问，语气显得格外平静，平静得让人有些意外。

“皇上圣明！王凤领兵五万已在三辅与王匡、张卯等人联合，此刻正与汉中王相持不下！”蔡旦无可奈何地道。

刘玄有些怆然地笑了，冷冷道：“朕就知道王凤天生反骨，与王匡乃一丘之貉，所幸朕没有给他太多兵权！”

顿了顿，刘玄又道：“传朕旨意，让破虏将军于匡领兵一万前去相助汉中王，此战只许胜！”

“朕有一个任务要交给你去办！”刘玄望着杜吴，语气极为肯定地道。

“皇上请吩咐，臣万死不辞！”杜吴肯定地道。

“不！这次朕只是要处理邪神门徒的事，廖湛不仅背叛了朕，更违背了邪神门规，因此，此人无论如何都不可能留于世上！”刘玄肯定地道。

杜吴一怔，点头道：“微臣明白！”

“明白就好，这几个叛贼，若能除则除，不论采取什么手段！”刘玄又道。

“臣这就去办！”杜吴肃然道。

察柯神色有些慌乱地奔了进来，向格蒙吉亚叽里呱啦一通。

格蒙吉亚的脸色顿变，身子腾地立了起来，向刘秀诸人一拱手道：“请你们先坐一会儿，我去去就来！”

刘秀讶异地望了格蒙吉亚一眼，意识到可能发生了什么事，却并不能听懂察柯的话。

沙里飞却听懂了察柯的话，是以脸色微变。

格蒙吉亚似乎并没有太多客套，举步便向外赶去。

沙里飞忙向刘秀道：“是狼居人入侵抢掠，他们已经在族外的平原之上打起来了！”

刘秀和小刀六一怔，对于漠外的情况他尚不太清楚，尽管听说过狼居人居于狼居胥山一带，却并没有真个在意这帮域外之民。

留于帐中的老妇人的神色尚很镇定地让刘秀诸人吃喝，似乎并不担心外面的战争。

“主公，我们该怎么办？”沙里飞神色有些尴尬地问道，皆因他与格蒙吉亚交情极好。

小刀六也将目光投向了刘秀，似乎是在等待刘秀下令。

“不若我们也出去看一看吧，这一路来太安静了！”刘秀道。

“主公，你留在这里休息，我们去就行了！”苏氏兄弟忙道。

刘秀不由得笑了笑道：“你们认为我有那么不堪一击吗？”

“属下不敢！”苏根忙道。

“要去大家便一起去吧，人多热闹。”小刀六也笑了笑，立起身来道，他从来都不反对刘秀的决定，因为一直以来他都对刘秀无比的信任，从不认为有什么事真的能难住他这位兄弟，这也是他全力支持刘秀的原因之一。而事实也证明，跟着刘秀，他们一直都在成功，一直都是一帆风顺。

此刻的刘秀确已不是昔日的林渺，身份不同，但其武功却是当世鲜有对手，如果说刘秀无法保护自己，那其他人则更是不可能保护得了他，是以小刀六根本就无惧。

小刀六诸人要出去，倒让格蒙吉亚的妻子吓了一跳，不过她自是无法劝阻刘秀和小刀六的决定。

山谷之中似乎有点冷清，不过正有大批牛羊涌入山谷，显然是胡屠族牧民知道有敌来犯，便将牧群赶回了。

“看来战事尚没开始，真不知在这大草原上作战有什么特别!”刘秀已很久没有出手了，尤其是近几个月，许多事情都由部将打理，其手下战将如云，很多事情只要他一句话，便可以完全办好。对于他来说，虽然每天有许多政事要处理，却也渴望能痛快地战于沙场。

当然，刘秀也很清楚，自己是牵一发而动全身，此刻他已不再只是属于自己，而是属于百万军队，千万百姓，更是寄托着大汉江山的希望。因此，他绝不能不爱惜自己，也绝不可以放任自己，这是他选择居于枭城而不出征的原因。

天下人皆公认，刘秀善于用兵，并以奇诡著称，更不曾有过败绩。刘秀也很自信自己的军事才能！事实上，他一直都极为自信，便是在天和街尚只是一个小混混之时，也同样如此。

刘秀打马冲在最前，鲁青与铁头相伴左右，后面是赤练剑与驼子。

小刀六身边则有苏氏兄弟相护，归鸿迹独自一骑，显得有些落寞寡观，余者皆是飙风骑中挑选出来最为精锐的战士。这样一群人，确实可以组成一个极为浩大的阵容。

当然，这些人并不是战场上的大阵容，而只属于江湖。

飙风骑的战士早已分批赶到了酒泉，刘秀只是不想太引人注意，这才只与这极少数人同行。

刘秀带马跑上一个平缓的山坡，放眼望去，却见远方尘土高扬，平原远处点点人影迅速集合，并不断涌向胡屠居地，显然是胡屠族的战士们。

大批的牛羊也拖起阵阵尘土向山谷方向赶来。

“看来狼居人来了好多人!”沙里飞望了望远方的尘土。

格朗却已伏于地上侧耳贴地倾听，半晌才道：“狼居人有两千一百零五骑!”

刘秀大惊，不无赞赏地望了格朗一眼，问道：“你敢肯定?”

"小人敢肯定!"格朗自信地道。

"他是大漠中最好的猎人,他的耳朵还从未出现过错误。"小刀六也肯定地道。

"胡屠族有多少人?"刘秀想了想问道。

"加上妇孺只怕也不到两千人!"沙里飞略显忧色地道。

"奇怪,狼居族怎会派出这么多人对付胡屠族,难道不怕呼邪单于的匈奴骑兵吗?"小刀六皱了皱眉,惑然道。

"而且狼居胥山距此地相当远,何以会长途跋涉于此呢?"沙里飞也奇怪地道。

"那只有一个可能,这些人并不是狼居人!如果说有一队两千余人的狼居骑兵自狼居胥山赶来,只怕一路之上早就风声鹤起了,我们从范夫人城中赶来之时又岂会听不到消息?"刘秀估计道。

"那会是什么人?在大漠之中,又哪来的这样一股力量?该不会是马贼吧?"小刀六也猜测道。

"恐怕唯有匈奴人自己才能驱如此多的骑兵来这里吧!"刘秀笑了笑道。

"匈奴人自己?"众人不由愕然,皆有点不信,因为胡屠族本就属于匈奴的部落。

"主公,你看,那边还有大队人马赶来!"格朗目光投向山谷的另一面,讶道。

刘秀眉头一皱,略有些愤然道:"这才是他们的真正杀招!"

"他们用大队人马引出胡屠战士,而后再以另一股袭击其本部!"

"呜……呜……"一阵长长的号角之声惊碎长空,山谷中立刻沸腾了起来,一些年轻的女人们竟也负箭备弓跃马冲向号角之声传来的山坡。

"看来他们也发现了这些想偷袭的敌人!"小刀六道。

"但是他们只有百余女子,又怎能挡住那近千铁骑?"格朗担心地道。

“那队人马有多少?”刘秀向格朗问道。

“大概有八百余骑!”格朗用耳贴地听了一下道。

“好！我和铁头、鲁青去对付这八百骑，你们都去相助格蒙吉亚对付那两千骑兵！也该是我们松松筋骨的时候了!”刘秀意兴高昂地道。

“皇上!”赤练剑不由担心地叫了一声。

“难得我今天心情不错，你就不要这样称呼了，这是我的命令！不过，你们都必须活着回来见我!”刘秀沉声道。

“是!”赤练剑知道再说什么也是多余的，反而只会让刘秀不高兴，是以唯有不语。

众人虽略有担心，却不敢违抗刘秀的话，不过许多人都相信刘秀即使不敌，自保是绝对没问题的，倒是铁头和鲁青大为振奋。

能与刘秀并肩作战确实是一件很痛快的事，当年初入河北之时，便与刘秀一起救了火凤娘子，杀得确实痛快，而后征战沙场，刘秀也会常让他二人相伴左右，可以说是集宠信于一身。

这一刻刘秀又要他二人与之并肩作战，确实让他们心中感到痛快。

“走了!”刘秀不再多说什么，一打马，便向山谷的另一边奔去，鲁青与铁头自不甘落后。

其他人望了刘秀的背影一眼，无可奈何地摇了摇头，也打马向格蒙吉亚的方向飞驰而去。

“师尊出关，乃是我长安之幸，弟子特为师尊准备了酒宴!”刘玄的神态显得极为恭敬。

邪神悠然地伸了个懒腰，没有回答刘玄的话，却大笑起来，半晌才止住道:“真是痛快！真是痛快！天下去了刘正和秦盟，谁人还能是我之敌?!”

刘玄的脸上闪过一丝冷意，一闪即逝，上前笑道:“恭喜师尊天下无敌!”

“哈，很好，为师天下无敌，自不会亏待你!”邪神傲然道。

“谢师尊!”刘玄忙道。

“你知道为师想要什么，也明白为师当年培养你的目的!”邪神淡淡地道。

“弟子明白，一旦弟子坐拥大汉江山，师尊便可成为武林皇帝!”

“哈哈哈……”邪神一阵爽快的大笑，点头道：“看来你还一直记着师尊的话，果然是我的好徒儿，到时你做你天下百姓的皇帝，我便做武林诸派的皇帝，这天下是你我师徒二人的!”

“是啊，整个天下都是我们师徒二人的！弟子准备了数天，择个吉日便封师尊为武林皇帝镇国公!”

邪神眼睛一亮，顿时喜道：“好徒儿，选日不如撞日，我看不如就明天吧!”

刘玄先是一怔，旋又笑道：“好！一切都由师尊做主，就明日，只要弟子一天是大汉天子，师尊便永远都是大汉的武林皇帝镇国公!”

“好！为师就保你长坐帝王宝座!”邪神也颇为欣然，肃然道。

刘秀的健马如飞般插至那一群女战士阵前，带着战马打了个旋，在扬起的尘土之中向众人淡淡一笑。

“有谁会说汉话?”刘秀耸耸肩问道。

那一群女战士与几名男骑士都以戒备的眼神望着刘秀。

“你是什么人?”其中几名女骑兵手把弯刀之柄警惕地问道，竟是标准的汉语。

“哦，能听能说就好！我是格蒙吉亚长老的朋友，想帮你们多杀几个马贼!”刘秀松了口气笑道。

“哦……”那些人这才稍微松了口气，对刘秀不再有敌意。

鲁青和铁头很惊讶地打量着这些异族的年轻女人们，竟有些微傻。

那些女人们也很大胆地打量着刘秀和铁头等三人，不过，更多的则是将目光放在刘秀身上。

“他们来了！”那几名男骑士提醒道。

“各位姑娘们，你们先为我观阵，让我去对付那些人，免得你们美丽的手弄脏了。”刘秀将马头兜了一圈，长声道。

“你一个人？”那几名女子大愕。

“还有我们俩呢！”铁头咧嘴一笑道，一副无所谓的样子。

“你是我们的客人！在这里，我们并不想让客人受到任何伤害，还是请你们回避吧。”队中行出一红马，马背之上的少女以一种极为平静的口吻道。

刘秀不由得打量了一下马上的姑娘，此女极为高颀，身材更是裹得极为惹火，微黑的皮肤透着健康的红润，倒有一种异域的粗犷豪放之美，虽然置身这群年轻女人中不是最漂亮的，却是最有气派的。

“敢问姑娘如何称呼？”刘秀问道。

“她是我们族长的女儿黛吉亚！”一名长舌的美人抢着回答道，并向刘秀抛了几个媚眼，与一旁的几名少女一起笑得有点神秘。

刘秀不由心中感到好笑，不过倒也受用，能让漂亮女人喜欢自不是一件坏事。

黛吉亚瞪了那女子一眼，随即又扭头向刘秀道：“你是格蒙伯伯的朋友，我们就有责任让你们安全，请你们回帐中休息吧！”

“这是什么话，我们手正痒着，为什么要回去？”铁头把大铁桨向肩头一扛，有些不高兴地道。

鲁青则干脆站在马背上向铁头道：“兄弟，我们不管她，先去杀一阵再说！”

这正中铁头下怀，道：“好！好！”

黛吉亚脸色一变，但其余女子见鲁青那样子，不由得捂嘴笑了起来。

“小姐，请把你的弓借我一用！”刘秀伸手向黛吉亚道。

黛吉亚一怔，但仍是解下了背上的大弓，并送上一壶雕翎箭。

刘秀一笑，毫不客气地接过大弓，一带马头道：“你们先在这里等一会儿！”说完已如旋风般向那溅起漫天尘埃的马贼冲去。

黑压压的一片，自远处奔来，倒像是大草原上的野马群。

“喂——”黛吉亚不由地叫了一声，但是刘秀根本就没回应。

鲁青和铁头也打了个口哨，呼啸着追在刘秀之后，向那一群马贼奔去。

“跟上！”黛吉亚大急，她又气又恼，这三人像是傻子一般，居然凭三人之力就想阻挡这近千马贼，这怎不让她恼？要是这些客人有个三长两短，还真无法向格蒙吉亚交代，尽管这是一场力量悬殊的战争，结果可能没有人能够幸存，但刘秀毕竟是他们的客人。

当然，这些人对这三个客人的勇敢也不由得钦服。

刘秀只感到极为爽快，大草原上风疾草长，他远远便嗅到了那股强烈的杀气自草原的另一端蔓延过来，这种感觉让他激动，让他心头热血上涌。

尽管刘秀年纪并不大，但所经历的战争和决斗绝不少，这是一种在战场之上所训练出来的锐气。

敌人的身影在他的视线中越来越清晰，马蹄之声如奔雷一般在心头滚过。

刘秀不由得一声长啸，手中大弓立时若满月般张开，三支雕翎箭几乎是同一时间射出，呈一道弧线破入马贼的阵中。

马嘶、人号，三支弩箭仿佛是三柄巨锤一般扎入三名马贼的心窝，使之躯体自马背之上撞飞两丈才落地，而箭势未竭，洞穿前一人的胸膛再射入其后之人的心窝。

三支弩箭射杀九人，这才悠然落地。

箭仿佛拥有强大的灵性一般在虚空拐弯！

只射出连珠三箭，刘秀便悠然收弓，战马也悠然停住。

在大草原上，在两队即将交锋的骑兵之间，仿佛是一座巨大无边的山岳。

无论敌我双方的骑兵都带住了马缰，只因为震撼于刘秀的气势。

那三箭的气势几乎让所有人都为之震惊，他们无法想象世间竟有如此神奇的箭技！

“希聿聿……”战马长嘶，刘秀夹在双方的阵形之间，显示出不对称的力量。

黛吉亚和她身边的女将们也都呆住了，为刘秀这三箭的神威所慑。

马贼迅速安静下来，战马低嘶，所有人的目光全都聚集在刘秀的身上，竟没有人敢再向前逾越一步。

“你们这些马贼听着，我们主人今天并不想大开杀戒，如果你们知趣的话，立刻领人滚回去！”铁头拉开大嗓门喊道。

“你们从哪儿来就滚回哪儿，否则休怪你家矮爷不客气！”鲁青也吼道。

胡屠族的少女战士们也都有点乐了，这个战场之上的气氛似乎极怪，她们本以为这会是一场不对称的恶仗，更对刘秀这三个外来的客人很担心，可是这一刻这三人却没把这近千在草原之上横行无忌、杀人无数的马贼放在眼里。

事实上，这群马贼也确为刘秀诸人的气势所慑。

马贼的头目是个面目极为阴鸷的中年人，却并不像是胡人。

“你们是什么人？这只是我们与胡屠族之间的事，你们这些中原人捣什么乱？”那中年人厉声问道。

“我看你不也是中原人吗？那你又为何要与马贼混在一起呢？”鲁青冷笑道。

“如果你们不听劝告的话，那我只好连你们也一并杀了！”那中年人的语气极为强硬，尽管他也被刘秀那一手所慑，但是他却相信自己人多的力量，而且对方全都是一些女流之辈，自然是无惧。

胡屠族的女战士全都箭上弓弦，她们并没有指望什么，知道最后一战总是难免，因此时刻作好战斗的准备。

“我们不知道你们与胡屠族有何仇怨，不过，我是胡屠族的朋友！你是他们的敌人，也将成为我们的敌人！我再重复一遍，今天本人并不想大开杀戒，你们从哪儿来，就带着你们的人回哪儿去，否则今日这里注定是你们的坟墓！”刘秀淡淡地开口道。

那中年人神色一变，怒极反笑道：“好狂的口气！与我们作对的人，从没有一个好下场，我想你们也不例外！”

刘秀冷冷一笑，却把大弓抛回给黛吉亚，目光投向发地一干表情中透着无限狠意杀机的马贼，却没有再说什么。

“你们究竟是什么人？我胡屠族从未结怨大汉诸族，也从未见过你们这群马贼，你们又是从哪里来？”黛吉亚叱道。

中年人邪邪一笑道：“美人想知道吗？待会儿本大爷会带你去我来的地方与你好好爽一把的，到时你就会知道哪是哪儿了。”

“无耻！”黛吉亚怒叱道。

“哼！本大爷看中你是你的福气……”

“我再给你们一次机会，你们退还是不退？”刘秀声音中透出淡淡的杀机，冷冷问道。

“杀……”那中年马贼头目不待刘秀那句话说完，便已大吼一声。

近千骑顿如潮水一般向刘秀这方涌来，这些凶悍的游牧民族战士根本就没想过什么是怕。

“找死！”刘秀一带战马，仰天一声长啸，裂云破风，直上九霄，更仿佛有层层气浪随声波向四面辐射。

“希聿聿……”刘秀座下的战马也一声长嘶，有若龙吟，四蹄腾空而起。

众人只觉眼前一花，刘秀已经消失在马背之上，而在这浩渺的大草原之上已腾起一阵狂野无伦的飓风。

风中，一道白链化成一柄巨型长刀自天空劈落。

强大无伦的杀气与刀气无孔不入的如网般自虚空罩落——

天地顿陷入一片白茫茫之中，被马蹄搅起的尘土卷在风暴中，夹在白茫茫的世界里，以无与伦比的破坏力向四面延展。

惊呼声、马儿的悲嘶声、惨号声，还有那裂云的长啸声，在这刮下的飓风之中撕成了碎片，再化为虚无。

在强烈的光亮刺激之下，所有人都禁不住闭上了眼睛。

那群马贼的劲箭也全都射向了那白茫茫的一片虚空，但是他们并不知道是否已攻击到了所要攻击的目标，更不知道自己为何要向那未知的空间里放箭。只是一股让他们无法抗拒的压力使之知道，在那片蔓延的白茫茫的虚空之中存在着可怕的危机。

白茫茫的世界仅一闪之间，一闪而过的迷茫，但战场之上的情况已经发生了可怕的变化。

首当其冲的马贼们仿佛被飓风扫过的庄稼，七零八落地横于地面之上。

在大片空阔的地方，草原上的草木全被绞碎，而在碎木般的草上是狼藉的人身马尸。

最先让人想到的是那自虚空中劈下的巨大长刀，然后众人才会下意识地寻找刘秀的存在。

那千余勇悍的骑士却在一刹那间倒下近百人，而他们射出的箭竟化成碎末自空中坠落，再看之时，刘秀已若天外飞仙般落于马背之上。

马贼们此刻竟再也无法以凶悍的姿态面对这一切，那中年头目更是心胆俱寒，所有马贼都绕开了刘秀，但却并非是再次攻向胡屠族的战士，而是向荒野冲去。

铁头大喝，他并不是一个习惯甘于寂寞的人，一直以来，他都有着极重的杀心，对于两军对垒的情况，他都习惯以最勇悍的姿态出现，是以他策马便追！

刘秀一声低啸，目光却罩定了那有些忧郁的中年人。

中年人只觉得随刘秀目光所至的竟是一股有若暗潮般的气机，仅在刹那之间，自己便仿佛裸露于森寒的北风之中，一种莫名的恐惧和孤独感几让他绝望。

刘秀的目光之中仿佛透着异样的魔力，在千军万马之中，在那遥遥的距离之下，似能将人陷入一个只有死亡与冰寒的广旷世界，让人的灵魂和精神随着虚无的幻想在绝望和恐惧中崩溃……

“呀……”中年马贼头目在与刘秀目光相对的刹那间，竟狂喷出一大口鲜血，如遭雷击般自马背之上翻落。

一切的发生都像使人做了一场梦一般，铁头并没注意到这些，但鲁青已经快骑拉起了那自马背之上栽落马下的马贼头目，而此刻铁头的大桨已砸碎了第二十一个马贼的头颅！铁桨之上沾满了鲜血和浆液，几乎没有人能硬接他一桨，那些羽箭射在他身上，却仿佛射中败革，仅只能伤其一点皮毛而已，但这却更激起了铁头的凶性。

众马贼并未与胡屠族的女战士们交锋，便已经开始逃窜，在他们根本就惹不起的死神面前，都意识到了危险的存在。

刘秀那不可战胜的气势和攻势，使得这群在大漠之中悍不畏死的游牧骑兵也感受到了深深的恐惧。

生命，对于每一个人都只有一次，尽管有着许多不如意的地方，却并没有人想死。人们并不是害怕死亡，而是害怕没有了希望！只要活着，就会拥有希望，是以此时众马贼不再强求杀敌，而只求自保。

“杀……”黛吉亚一声低喝，那百余名女将也趁机发动了。对于敌人，就像是对待狼群一般，最好是能赶尽杀绝，至少也是越杀得多越好。是以，这些逃窜的马贼们便成了这些美女骑士们的箭靶。

刘秀不由得带住马缰，无可奈何地摇了摇头。他并不介意战争，可是他根本就不知道对方是敌是友，并不是所有胡屠族的敌人都真是他们的敌人，是以一开始他并不想痛下杀手，但后来他还是出手了。只不过，他也不会在这种双方混战的时候再出手。

或者说，这种混战场面已不值得他再出手！在没有对手的世界里，不对称的形势只会让人感到寂寞。

刘秀稍感有些寂寞，杀人之时，他并没像铁头那般感到那般痛快和有成就感，是以铁头能杀得不亦乐乎，他却不能。

刘秀只是静静地跟在这群女将们的队伍后面，并不参与围杀，仅在万一有危险的时候出手相救。

于是一行人追杀马贼二十余里，直杀得这群马贼哭爹喊娘，仅剩两百余人四散逃逸，余者或死或伤或被俘。

这群姑娘们个个满载而归，杀人仿佛对她们来说也是家常便饭，没有一点手软的迹象。

而在归途之中，铁头和鲁青已经成了她们心目中的英雄，铁头一人居然割下了九十七颗敌人的头颅，鲁青虽然少一些，但也有六十余颗，这两人在战场之上的勇猛几乎让这群异族美少女们崇拜得无法形容。

尤其对铁头，那纵横无敌的攻势，状若天神，杀得那些马贼们心胆俱裂，那几名胡屠族的男战士们也都佩服得五体投地。

刘秀不只是英雄，更像是神，一尊守护神！尽管他比鲁青与铁头更具魅力，但却没有几人敢想象自己能与之匹配，是以他反而显得有些落寞，不过却没有人能掩其光芒与气势。

铁头自是志得意满，对那些美少女们挑逗直率的表示更是色与魂授，他的战利品更由那几名胡屠族的男战士们拖着，那几人仿佛成了他与鲁青的下属，这使得他们有心情与这群美女们逗笑调情。

让刘秀意外的是这些女战士竟全懂汉话，至少也会说上几句，这使得铁头和鲁青都不再寂寞。

刘秀自然不反对铁头和鲁青这方面的私人问题，倒极想给自己极为忠心的部将安排一个更好的归宿。是以，他对铁头和鲁青在很多方面都会予以关照。

刘秀赶回胡屠族之时，胡屠族的男人们也纷纷赶回。尽管许多人伤痕累累，也有一些人战死，却击退了来犯的敌人，更俘敌四百余人，可谓是大获全胜。但当他们看到这些女战士们居然也俘获了近百名敌骑时，不由讶异，更对这群女人们刮目相看。

黛吉亚最先迎上自战场上回归的男人们。

“爹……”黛吉亚的到来，使得那些自谷口返回的男人们全都下马牵缰而行。

“好女儿！你是我的骄傲——”族长格木吉亚眼见黛吉亚居然领着这一群姑娘们杀退了敌骑，更俘获大批敌人，欢喜至极地赞道。

那群男人们也都显出赞许敬佩的神色。

“这一切还多亏了这位中原来的林大哥！”黛吉亚指了指一旁的刘秀，充满敬意地道。

格木吉亚忙放下黛吉亚，大步迎上刘秀，张开怀抱拥住刘秀的肩头，恳然而无限感激地道：“朋友，我们胡屠族的朋友！”

“朋友！朋友……”那群胡屠族的战士们立刻应声相和。

格蒙吉亚也赶上，解释道：“我们胡屠族的朋友永远都是我们最尊贵的客人，我们最尊贵的兄弟，所有属于我们的东西，也都属于你们！”

刘秀这才明白什么是所谓的朋友，不由得也拥了一下格木吉亚那宽厚的肩膀，肃然道：“你也是我们的朋友！”

格木吉亚和格蒙吉亚相视望了一眼，不由爽朗地笑了。

那群胡屠族的战士们也都大为振奋，他们亲眼目睹刘秀的那群部下人人以一敌百，不仅如此，更有几人厉害得让他们吃惊，是以对这群来自中土的人都有着无限的敬意，后再听那几名姑娘们大谈铁头与鲁青竟杀敌百余，而铁头更似是刀箭难伤，这使得那群胡屠族的年轻人神往不已，倒是刘秀那神话般有若魔法的功夫，没人理会。

铁头立刻成了这许多人的英雄，硕壮的身躯被抛起，然后又落在人堆里，再抛起，如此反复，把他颠个七荤八素，一旁的驼子和苏氏兄弟不无幸灾乐祸地笑了起来。

鲁青个子矮小，从人堆之中溜出没人知道，不过也惹得那群姑娘们大笑不止。

“这些人究竟是何来历？在这片地方怎么会有这么大的马贼群?”刘秀淡然问道。

格木吉亚叹了口气，面显忧色地道：“这些人很可能不是马贼，也不是狼居胥人!”

“哦?”刘秀并不意外，却知道其中必有蹊跷，不过他也不便询问太多，来到这里，只不过是路过而已。

“我会审问这些俘虏的!”格木吉亚说着吁了口气，向族中的男女战士们道：“为了欢迎我们尊贵的客人，晚上，我们可以痛饮一场!”

年轻人顿时欢呼一片。

商州城，城防极严，这是王匡所剩的最后两座城池之一，汉中王刘嘉的兵力强盛，而刘嘉也是颇会用兵之人。

春陵刘家确实人才辈出，刘寅、刘仲、刘嘉，无不是自小熟读兵书战策，更皆是文武全才，便连那个从小不在春陵刘家长大的刘秀也是天下鲜有的奇才，这确不能不让人惊服。

当然，这可能与武皇刘正也是出自春陵刘家有关，是以春陵刘家的子孙没有不争气的人物。

刘嘉昔日在绿林军中带兵不多，却仔细研究过许多将领的战略，包括严尤与刘寅诸人，后来更始政权成立，才随刘寅、刘仲行军作战颇多，再后来便成了独当一面的人物，尤其是刘寅被害之后。

王匡、王凤之辈则是昔日参与加害刘寅的同谋之一，是以刘嘉对这几个人绝不会客气。

当然，王凤起兵响应，这使得王匡的压力稍减。但是随着于匡增援而至，一开始便偷袭了王凤押送而来的粮草，这让商州各地有些紧张了。

商州城中的粮草本来储备就不太多，因为河内之战，损失甚重，现在粮草又被劫，军无粮草又如何能打仗？因此，王匡和廖湛诸人也确实有点发愁。

而且这个时节地里的庄稼都没有成熟，在城外收购也难，事实上在三辅之地，百姓们本就生活于苦难之中，便是收获的季节里，粮食也没有多少。

刘嘉此次出汉中，几乎带领了大部分的将士，而且这些将士大多都是昔日春陵军的旧部。

昔日春陵军虽人数少，却是人才济济，便是后来的李轶，因功封为舞阳王，而刘嘉的副帅宗佻便是昔日与王凤、王常、李轶共战昆阳的猛将之一，更是昔日与刘仲和李轶一起冲出昆阳寻求救兵的十三死士之一。此人武功和才智绝不在李轶之下，却因受王凤、王匡的排挤未能封王封侯，后被刘玄派到汉中做太守，因此这次与刘嘉共同出征王匡。

宗佻负责攻取另一座由张卯紧守的洛南城。

张卯的消息网也被截断，仿佛是孤军苦守，开城相战，被宗佻连杀数将，吓得张卯再不敢开城迎战。

张卯知道宗佻的厉害，皆因昔日他也是十三死士之一，因此明白宗佻的武功与谋略比他都胜一筹，他从不敢打没有把握的仗，更不会明知不敌也去战。

廖湛这几日的神情并不太好，他总有一种极为不祥的预感。

多年来，廖湛都没有这种预感，也从来未曾怕过，但是这些日子来竟然心中总有一丝惧意，甚至有点后悔不该意图造反。刘玄待他确实不薄，尽管这些日子来刘秀对赵萌和杜吴更加信任，对他疏远了一些，但是至少也能风光无限地横行长安。

不过，现在一切都是无法挽回的，他不仅背叛了刘玄，更背叛了邪神门规，这或许便是他不祥预感产生的主要原因。

尽管这几日他身在商州城中，却也颇感不怎么安全，是以很少走出王府，不过他也实在是闷不住了。

每天都活在阴影之中并不能解决问题，王匡都对他有意见了！在别人眼里，仿佛他变成了胆小之人，是以廖湛也想出去走走。

第九十三章　邪神门徒

商州城中虽然已经很萧条，却并不缺少花钱的地方，更不缺酒馆、青楼、赌坊！毕竟这里是三辅的一座重城，靠近长安，因此在未战之前，也是极为繁华之地。

战争只能对贫民百姓造成最为彻底的伤害，而对于那些真正的有钱人和豪强却并不能有什么特别的影响，因为无论谁当政，谁得天下，想要治理好一方地域，就必须有当地的豪强支持，否则一切都是妄然。

因此，对于各地的豪强来说，尽管战争对他们有影响，但他们依然按自己的方式生存下去。

在商州仅剩的几家酒楼已经买不出什么酒菜了，但在青楼之中，却依然能让人找到快乐，因为这里并不用买卖酒菜。

廖湛已经很长时间没有风流了，昔日在长安之时，风流潇洒没几人能比，那时刘玄并不怎么打理朝政，而像他这样受宠的侯爷们是因战功起家，根本就不用打理什么政事，因此在京城无聊的时候自然纵情享乐。

在绿林军之时，廖湛与王匡、王凤诸人本就不怎么约束自己和部下，屡屡犯事、享乐，若不是如此，绿林军怎会三分而去？后来若非刘寅，只怕绿林军还只能隅于绿林山一带。

刘寅的加入，使得绿林军纪律严明，更制定了各种律法！以刘寅治军之法几乎使绿林军上下焕然一新，这也使绿林军拥有了得到天下的基础，但是这也使刘寅得罪了王凤、王匡、廖湛这些人，从而埋下了祸根。

刘寅死了！刘玄并不怎么理朝政，天下打下来了，所以廖湛、王匡、王凤诸人也便故态萌发，纵情声色之中，也使得天下百姓再次陷入苦难之中。

这些日子来，廖湛确实忍耐了很久，是以这次他走出王府，想出门寻乐子，第一个想到的也便是青楼。

青楼是在任何朝代都无法缺少的温柔乡，在这里醉生梦死者不知凡几。

廖湛并未骑马，而是选择了坐轿，这对他来说，已是难得，不过这样更能掩人耳目。

“侯爷，我们已经为你全准备好了！”龟奴早就知道廖湛要来，是以轿子一到，便立刻迎上，表情有些神秘地邪笑道。

廖湛岂有不明白这种笑意的本质？不由堆出一种只有男人才能意会的笑容问道：“是什么样的货色？”

龟奴神秘地笑道：“是前几天才送来的原装货，专门等候侯爷先品尝的，保证让侯爷满意！”

“哈哈……”廖湛笑得有些诡异，眼中却发出奇异的光彩。

“快带本侯爷去！”廖湛道。

“请跟我来！”龟奴领着廖湛转入偏门，那群护卫也紧随其后，以最高的警惕打量每一个方位！这些人都是廖湛的亲信，因廖湛担心邪神门徒的报复，是以让这些人随身保护。

走偏门也是廖湛的意思，他并不想自己的行为满城皆知，那只会影响军心，只怕王匡更会责怪他，因此这一切都安排得极为神秘。

天水坊是商州最好最大的青楼，不过由于战争，已使其生意减去大半，因此，现在的经营并不太好，仅只是留下了两间阁楼的生意，其他的都是空着的。

廖湛也觉得院落之间有点萧条，不过，这正合他意。

天水坊的老板是个极为知趣的人，专门为廖湛准备了一座小楼，清静、优雅，在黄昏时分更有着一种极妙的情调，或许是浪费。

廖湛见惯这种环境和意境，有时候，他也喜故作风雅，而选择这种时间出来，因为他在晚上会把相中的人带回府中享用，没有女人陪着过夜的日子并不好受。

这也是廖湛今日乘轿出门的另一个原因！

天水坊的小榭、亭、楼皆别具一格，更多的是仿长安的飞凤楼而建的。

“侯爷，你要的人就在里面！”那龟奴引着众人走进小楼，指了指一间绣房道。

“你们在外面等着！”廖湛向十数名护卫吩咐了一声，整整衣衫，却听得绣阁之中传出一阵琴音，有若一泓清泉自阁楼之中流淌而出一般，令人心神顿爽。

廖湛望了龟奴一眼，拉住龟奴欲推门的手，道：“你也在外面！”

龟奴一怔，悻悻地笑了笑，廖湛却极为轻柔地推开门，脚步很轻地踏入闺阁之中。

龟奴轻轻带上房门，廖湛循音进入一个偏厢的卧房，心情竟有些急切，但让他捕捉到的只能是一个侧影。

闺房之中飘着一种淡淡的香味，如兰花一般清淡，嗅之让人心中荡漾着一种春情。在琴音相伴之下，使人心神似飞越到很遥远很遥远的地方。

秀发如瀑，仿佛遮挡了半张面孔，廖湛移步走近，脚步很轻，似是怕惊碎了这种感觉，惊碎了这美丽的意境，直到他走这女人的身边，女子依然没有回过头来，只是很自然地以春葱般的玉指拨动着琴弦，有种说不出的优雅。

廖湛没动，只是轻嗅着自秀发间飘散出的一股独特的香味，并静静聆听着琴音，也不愿太唐突地打断琴音。

静立半晌，琴音忽止，廖湛这才回过神来，赞道：“好！”

“好吗?”那女人淡漠地反问了一声，悠然扭过头来。

廖湛一看顿时大吃一惊，脱口低呼："麻姑！"也同时出手击向那女人的头顶。

女人淡淡地笑了，却并没有躲避，仅以春葱般的玉指斜斜戳出。

"啪……"廖湛的手掌击落在女人的额头，但让他惊骇若死的却是他居然发现自己的手上竟没有一丝力道，击在对方的额上便像是搔痒一般，而女人的手指却已经封住了他的穴道。

"你，你……"廖湛的脸色变得惨白，此时他心中的沮丧是难以形容的，甚至不知该说什么才好。

那女人笑得极为优雅，美丽而年轻的面庞之上堆着一种难以言喻的欢悦。

"知道为什么没有力量了吗？"女人笑靥如花。

"你在房间里布下了毒？"廖湛声音有点发冷地问道。

女人笑了笑道："那不是毒，只是一种来自身毒国的香料，那只会让人心生情欲！在婆罗门中，这是必备最常用的，但是这种香料与另一种香味相合则会使人筋软骨疲，力道暂失。"

"另一种香味？"廖湛顿悟，后悔地道："这种香味便在你的头发上！"

女人又笑了，道："你果然很聪明，难怪邪神从小就把你送到天魔门卧底，还能成为十二圣之一，像我就没有这种机会！"女人似乎不无感慨，顿了顿又道："不过，遗憾的是你不该背叛邪神门规，不该走错这一步！难道你不知道背叛邪神门规的人将不会有好下场吗？"

廖湛无语，脸上闪出一丝惊惧，有些乞怜地道："邪神都已经死了，你又何必忠于他的门规呢？如果你今日不杀我，廖湛必当重谢！"

"你真是天真！你以为邪神真的会这么容易死吗？你以为就凭你几句话就可以改变邪神门徒的信仰吗？"女人不屑地望了廖湛一眼，有些悲悯地道。

"邪神没死？不可能！"廖湛脸色更变，竟渗出了一串汗珠。

女人依然笑得很甜，起身拂了拂身上的尘土，悠然道："我为什么要骗一个将死之人？邪神明日将会被封为镇国公，更被尊为继刘正之后的武林皇帝，如果你不是这几日都龟缩在王府之中，早就应该知道这个消息了！”

廖湛脸色变成了死灰色，想到邪神，他的心便在战栗。

“念在我们昔日同门的份上……”

“你应该很清楚，邪神门徒是不可以拥有感情的！至少在感情与门规相冲之时，选择的应是门规！当年我们训练之时最残酷的经历便是要杀死自己同门师兄弟，然后胜者生存……”

“你不要说了！你说你要怎样才能够不杀我？”廖湛打断女人的话，几近哀求道。

“这么多年来，你变了！原来邪神门徒也有人害怕死亡！”女人浅浅地笑了，无论任何举止都显得那么优雅，那般赏心悦目，但在廖湛的眼中，这一切却是那般的恐怖和阴森。

廖湛无语，他后悔不该出门，而更多的却是后悔不该来天水坊。其实他比任何人都清楚邪神门徒的可怕，比任何人都更明白邪神门徒的无孔不入！甚至比之当年杀手盟的苍穹十三邪更让人恐怖！但事实上他却出来了……

“你若杀了我，也不可能活着离开商州，甚至是这天水坊！”廖湛终于为自己找了一点勇气，他还记得守在门外的十几名护卫高手，只要他一声呼喝，这些人便立刻会为他拼命。

女人不置可否地瞟了廖湛一眼，淡淡反问道：“你以为凭这些人就能够让我留下吗？那你也未免太小看邪神门徒了吧？”

廖湛心中豁了出去，此刻已没有什么好讲的，他很明白邪神门徒的残忍、冷酷、绝情，在最后的希望破灭之后，他已经没想过眼前的女人会真的放过他。

穴道被封，真气无法运行，这让廖湛几乎放弃了挣扎，但却希望门外的护卫们能突然闯入救他一命。

当然，这只是一种奢望，他知道门外的护卫们或许以为此刻的他正在调情。

“如果你想试试的话，我只有认命了！因为你肯定不会留下我让我知道结果！”廖湛语气竟极为平静地道。

“你确实是个极为明白事理之人，与这种人说话可以省去很多麻烦，念在我们同门一场，我便给你一个痛快吧！”女人悠然道。

“来——”廖湛突地高喊，但声音却戛然而止，因为女人已经切下了他的头颅，在鲜血尚没来得及溅上身体之时，女人已提着廖湛的脑袋直射向阁楼之中的窗子。

廖湛的呼叫顿变成破裂的声音，但也惊动了阁楼之外的护卫。

“哗……”阁楼的门被撞开，但在这几人扑入房中之时，女人已提着廖湛的脑袋飞出了阁楼。

女人的速度不谓不快，但让她意外的却是，在窗外也会守候着廖湛的护卫。是以，在她乍一破窗而出时，迎向她的却是两柄利剑。

剑快如惊虹，角度刁钻，这群人的反应速度之快，确让女人意外。

“铮……”女人横琴而挡，两根琴弦崩断之际，立刻弹射而出，自侧方袭向剑手。

那两名护卫也极为灵敏，一击即退，险险避开琴弦，但他们还没来得及再变换方位之时，那断弦的琴中竟射出一蓬雾一般的牛毛细针。

针细且快，在两名护卫的惨号之中，女人没有停留，她似乎明白，廖湛说的没错，如果陷身这群人之中，今日她也便唯有死路一条。

“哗……”女人听到身后窗子碎裂的声音，更听到了那气劲爆发的声音，吃惊之余，立刻甩出三颗黑丸。

那群护卫刚追出阁楼，便见三颗黑丸在空中相撞，顿时爆起一团浓浓的黑雾，并散发出刺鼻呛人的气味。

这些人顿时骇然惊退，待他们再看之时，那女人已经不见了踪影。

“恩公，只怕你们此刻不宜前往龙城!”格蒙吉亚找到正在欣赏篝火舞会的刘秀，语气有些沉重地道。

刘秀一怔，收回目光，讶异地问道：“为什么?”

“刚才我们审问了这群俘虏，他们正如我们所料，竟是右贤王派来的!”说着格蒙吉亚叹了一口气。

“你们匈奴的右贤王?”刘秀讶异地问道。

“不错，正是呼邪单于的二王子!”格蒙吉亚有些愤然地道。

“他为什么要派这么多人前来剿灭你们?难道你们不是匈奴的一部吗?”刘秀惑然不解。

“这事说来话长，皆因现在单于已经年老力迈，于是将来由谁继承单于之位却有了争议。若按我们匈奴部的历来传统，自当是左贤王接任，但是右贤王却对单于之位窥视已久，更大量培植亲信，建议让匈奴各部推举产生单于，以让单于的继承人得民心，服各部之众!呼邪单于听信了这个建议，于是前些日子便下召各部，让各部在左右二位贤王之中选出一位单于继承人。后来，左贤王仍以多一票取胜，这下惹怒了右贤王!”

“你们就是推选左贤王的各部之一?”刘秀恍然问道。

格蒙吉亚点头道：“我们一直都受左贤王的关照，可以说是他的忠心部落，因此右贤王要对付，自然会首先选择我们!”

“那他们就不怕呼邪单于知道吗?”刘秀讶异。

“若不是右贤王有恃无恐，自然不敢如此。此刻他请来了西域王母门的大日法王，并将之推荐给呼邪单于，此人武功盖世，又富心机，单于竟让他做我们的国师，现在有他给右贤王撑腰，自是有恃无恐了。”格蒙吉亚忿然道。

“你是说你们的国师是西域王母门的大日法王?”刘秀吃了一惊，问道。

“恩公也认识此人吗?”格蒙吉亚讶异地问道。

“自然认识!”

“如今你破坏了右贤王的好事，这些人绝不会放过你的，所以，如果你要去龙城，只怕会被他们所害！”格蒙吉亚提醒道。

“大日法王在龙城吗？”刘秀不由得问道。

“不错，因为单于身体极坏，随时都有可能归西，他要帮右贤王夺下单于之位，因此这些日子一直在龙城！”

“难道你们就任他在龙城胡作非为？”刘秀讶异地问道。

“可是我们又有谁能胜他呢？连左贤王都拿他没办法，大日法王的武功已是天下无敌，他还有几个弟子也都是极为厉害的人物，在我们匈奴族中，几乎难有人能胜过其弟子，就更别说大日法王本人了。”格蒙吉亚无可奈何地道。

刘秀立刻明白，格蒙吉亚指的是谁，他也很明白，苦尊者、空尊者之厉害，也难怪匈奴人会害怕，但他心中却大为欢喜，如果说大日法王在龙城，那么在王母门之中便不会有太多的高手，他也可以改变一下原定的计划，不必亲自去西域了。有狄氏三英所带的高手与早就安排在那里的飙风骑战士，应该没什么问题，他对姜万宝的安排极为放心。

“恩公！”格蒙吉亚见刘秀发愣，不由唤了声。

刘秀不由得笑了笑，收回心神道：“我想去见见左贤王，不知长老可否代我引见？”

“啊，恩公想见左贤王？”格蒙吉亚讶异地问。

“不错，说不定我可以帮他的忙！”刘秀肯定而自信地道。

“可是此去龙城极为凶险，那个大日法王实在太厉害！若恩公有个……”

“大伯，你们在聊什么聊得这么投机？”黛吉亚插上前来，打断了两人的话。

“没什么。”刘秀接道。

“我请你去跳舞！”黛吉亚可不管什么，伸手极为大方地道。

“我？”刘秀指着自己的鼻子，讶异地问道。

“不是你难道还会请我伯伯跳呀？”黛吉亚笑道。

“可是我不会跳舞呀！”刘秀不好意思地道。

“我可以教你呀，你看他们不也是跳得很高兴吗?”黛吉亚指了指铁头和鲁青诸人道。

刘秀顿时差点把刚吃进去不久的红烧牛肉给喷了出来。

铁头那壮硕如牛的身材跳起舞来像是摇晃的大黑熊，鲁青跳起来倒是极为灵活，但像一只跳虱一般在人群中窜来窜去，一大群姑娘们围着他两人转着，和着节拍舞起胡屠族独特的舞姿，相衬之下，确实是极为滑稽的对比。

“来呀!”黛吉亚催道。

小刀六在人群之中倒舞得自然而轻爽，此时见刘秀的窘态，不由挤眉弄眼的。

“恩公，去吧，我先退下了!”格蒙吉亚不由慈和地笑了笑，退了开去。

刘秀无奈，只好赶着鸭子上树，被黛吉亚牵入了篝火堆中。

族中的男女们立刻围过来，将他与黛吉亚圈在当中，旋舞起来。

王匡大怒，也大惊，这群护卫竟没有人能看清女刺客的面目，而且廖湛居然在青楼之中被杀!他气恨廖湛也太不争气了，在这种大军压境之时，还有心情寻花问柳。

廖湛之死，天水坊也跟着遭殃了，那龟奴被拉来问过话后，立刻斩首，天水坊的鸨母、老板统统斩首，那群青楼女子或逃散，或被抓去充当官妓，整个商州城乱成了一团。

四面城门紧闭，四处张贴女刺客的画像，城中战士挨家挨户搜寻，王匡似乎不将此女刺客揪出来，绝不甘心。

不过，王匡自然知道，这女刺客胆敢孤身入城诛杀廖湛，就绝对不会是简单人物，甚至在城中很可能有很多同党。

廖湛之死，对商州城中将士的精神打击不谓不小，本来商州连日来在与刘嘉的对抗之中处于下风，现在刺客竟在城内杀了廖湛，这自然不能不让人心寒。

胡殷似乎一下子苍老了很多，他来到王匡的帅府之中，脸上的倦意明显得无法抹去。

“你来了？”王匡的心情也极为沉重。

“我刚看了廖湛的尸体！”胡殷深深地吸了口冷气道。

王匡不语，只是淡淡地望了胡殷一眼，随即又把目光投向那窗外的黑暗。

“好锋利的刀！好快的刀！”胡殷又似乎是在自语地道。

“我知道！”王匡语气平静之中透着些许的无奈。

“我却看不出是哪一门派的刀法！刚才我也去查了一下那阁楼！”胡殷道。

“哦？”王匡略有些意外，问道：“有什么发现？”

“在阁楼之中点着一炉奇怪的香，并无毒，但我查过，这种香味一旦与另一种味道合在一起，便可成为一种让人暂失功力的毒，廖湛是中毒在先，这才为人所乘，但在那阁楼之中并没有那种香气的香源，我猜，那种香味必定是从那女刺客身上散发出来的！”胡殷分析道。

“可是那又如何？”王匡不明白胡殷说这些又有什么用，人都已死了，至于如何死的已不怎么重要了。

“我在城中挑选了一批极为优良的猎狗，只要刺客尚在城内，我就一定能找出她的踪迹！”胡殷肯定地道。

王匡的眼中闪过一丝亮彩，咬牙道：“我绝不能让廖湛白死！这事就交给你去办吧，我估计刺客可能是邪神门徒，你也要小心，说不定在城中尚存在着她的大批同党，最好不要打草惊蛇，我要一网打尽！”

“我明白！”胡殷略有一丝倦意地吁了口气，恹恹地道。

王匡心中却多了一丝无奈的感慨，他知道胡殷这些日子来确实很疲倦，但这又有什么办法，都怪廖湛不争气。

刘秀在格木吉亚那里再一次证实了大日法王在龙城，而且连苦尊者和空尊者也都在龙城，这使他改变了计划，立刻让格朗飞鹰传书至休屠，再由休屠的飙风骑战士将消息送到身在张掖的姜万宝手中。

在大漠之中最快的传书方式，就是经过特训的鹰，而没有鸽子，因为会有太多苍鹰对这种小动物垂涎欲滴，而只有最为凶狠的鹰才是首选。

当然，刘秀自不会仅将希望寄于鹰身上，同时也派出两名飙风骑战士以最快的速度赶往休屠，两路并发，才会更加保险。

胡屠族的款待确实是别开生面，而这里的女人们尤其胆大豪放，铁头和鲁青仅舞了一半便不知被几位姑娘们诱拐到哪儿去了，这让刘秀极为恼火，他还真担心这两人弄出什么事来，若不是沙里飞向他解释，说这里的女孩子并不太注重贞操之类的，而且男人们也不会在意，他还真会过意不去。

让刘秀讶异的是，在匈奴诸部之中，便连妻子也很混乱，他们没有妻子的说法，妻子只是一种财产货物而已，当儿子继承了父亲的财产之后，父亲的妻妾也会变成他们的妻妾，有时连嫂子也可成为自己的妻子，这些让刘秀听得头都大了。

而像他们这般尊贵的客人，只要那些未嫁的女人们愿意，他们可以随便游戏，便是他们索要别人的妻妾，这些人也会毫不犹豫地拱手相让。

刘秀还是第一次走入匈奴的生活，也是第一次了解到这些在中原看上去都是大逆不道的事，在这里反而变得像是家常便饭一般。

刘秀并不介意逢场作戏，不过，此刻他的身份不同，往后更有可能会是大汉天子，自然不能太过放纵。

格木吉亚对刘秀极为尊重，刘秀说想见左贤王，他立刻表示愿意引见。身为一族之长，自然拥有着别人所不及的眼力，他很清楚，眼前的这群人拥有着不可估量的力量。

尽管他并不清楚这群人的具体来历，却明白小刀六昔日还与呼邪单于有过大量的交易，在匈奴人中也是个极出风头的商家，连呼邪单于都对其另眼相看，至少在目前看来，这些人应该会成为右贤王的敌人，也便可能成为左贤王的朋友。

格木吉亚对左贤王极为忠诚，是以他也希望刘秀诸人的出现能帮左贤王扭转局面。至少，让左贤王成为单于，对胡屠族是极为有利的，是以格木吉亚将龙城之中的形势和现状毫不保留地一一告诉了刘秀。

刘秀最想知道的情况自然是关于大日法王，对于什么左右贤王争权夺利却并不是太在意。不过，他也明白，如果想要对付大日法王，不与左贤王联手，只怕便是杀了大日法王也难逃出匈奴骑兵的追杀，尽管他并不怕，但是惹上匈奴这样的强敌总不是件好事。

商州城中四处都是乱窜的猎狗，对每一个胡同和每个角落都仔细地搜寻。

因为廖湛之死，确让商州城中大动干戈了，猎狗的鼻子在这种时候完完全全地派上了大用场，但遗憾的却是追寻的最后结果竟是在一条通往城外的水道中。

追兵下入水道之中，骇然发现这竟是可以让敌人自由出入的暗道！

胡殷也大惊，暗自庆幸刘嘉并没有事先发现这条暗道，否则，只怕刘嘉的人已经有一大部已经在商州城中了，那时只要从内部打开城门，商州岂有不破之理？

胡殷立刻让人通知王匡，并在这条暗道的入口设哨，并填埋沙土，以免为人所乘。不过，此刻他也明白，追寻廖湛的仇敌大概无望了，这刺客对商州城之熟悉，让人吃惊，而身为一个女人，竟能自如此又臭又脏的水道之中钻进钻出，可见此人确实是经过特殊训练的。

商州城中的百姓极为清苦，其粮食许多都被王匡征集了过去，以作军备，很多百姓都已经数日未能进食，在这种情况下，城中的百姓几乎已经对王匡绝望了。

城中饿死之人比比皆是，而这次城中动荡，许多百姓都以为是城外的大军已经攻破了城池，皆兴奋地赶出来，但后来却知是刺客杀了廖湛，这个消息让城中的军士沮丧，却让百姓生起了反抗的希望，反正都是死，倒不如拼一把！于是，在城中一些稍有头脸之人的引领之下，商量起献城之策来。

刘嘉也感到了城内的动荡，那城头的灯火比往日更多，更听到了阵阵自城中传出的喧闹声，这让刘嘉惑然，但同时也极为欣喜，其大军迅速开至城下。

云梯、楼车、各种登城器具也都推了出来。

"报王爷，帐外有一女子想求见王爷！"一名中军迅速奔进，神情有些古怪地道。

"一个女人？"刘嘉也怔住了，在这种时候，居然有一个女人要见他。

"不错！她……她还带着一颗人头，想请王爷借她一匹战马！"那中军的表情依然是极为古怪。

"一颗人头？谁的？"刘嘉更是奇怪，在这种时候，一个女人来见他已经很奇怪了，而且还带了颗人头，这不是更奇怪吗？并且声明来此是借一匹马，这也确实不能不让人惊讶和不解。

"是廖侯爷的人头！"那中军犹豫了一下道。

"廖湛的人头？"刘嘉大喜，立身而起，问道："她在哪里？让她来见我！"

"王爷，我看还是小心为妙！"主簿宋义提醒道。

"主簿认为有何不妥之处吗？"刘嘉反问道。

"王爷当知昔日荆轲刺秦王的故事，荆轲取秦叛将之首级去见秦王，却落个图穷匕现之局！"宋义淡然提醒道。

刘嘉不由得笑了笑道："我可没有嬴政那般伟大，何况对方只不过是个女人而已！"

"现在王爷肩负大汉江山的重任，乃大汉之梁柱，若稍有闪失，则我等死不足惜呀！"宋义肃然道。

“好！我会小心的，传侍卫上殿！”刘嘉知道宋义的意思，此人一直都跟随着春陵军，乃南阳的豪强，对刘家确实是忠心耿耿，更像是一个长辈一般循循善诱，而他部下若不是有这些人在，只怕想胜王匡也不是一件容易的事。

“王爷，她已经带到了！”那中军回禀道。

“让她进来！”刘嘉淡淡地道。

一个浑身湿透的女子提着一颗人头在众目睽睽之下坦然而入，那玲珑凸透的躯体充盈着无限的生机和活力，爆发出无穷的诱惑力。

女人似乎并没有发现那一双双都快瞪出眼眶的眼睛，以及那因吞口水而上下窜动的喉结，抑或是她根本就不在意别人的目光，根本就没有想过自己的行为举止。

她的脸色略显红润，湿漉漉的头发披于肩头，把脸庞遮掩了一些，却无法掩饰其天生的丽质。

女人的脸上依然挂着坦然恬静的笑容，让人如沐春风，眉眼间透出无限优雅的气质，一步一摇，若风中之荷，雨中水仙，自有无法言喻的魅力。

但破坏这一切美好形象和气质的却是女人手中所提的一颗泣血的人头！

火把的光亮之中，人头显得惨白，但许多人却可以辨认出此人正是昔日不可一世的廖湛！

一个女人杀了廖湛，而且还提着人头极为招摇地走过千军万马来到帅帐之中，这的确有些难以想象。

“民女麻姑见过王爷！”女人来到帐中极为优雅自然地行了一礼，语如燕歌，煞是好听。

“起来！”刘嘉的眸子里闪过一丝疑惑，他不能否认这个女人的美丽，更不能否认这个女人有一种足以让天下所有男人都心动的气质，即使是他也不例外。不过，刘嘉拥有着别人难以相比的自制力，这是春陵刘家每一个子孙都要从小修习的课程。

就只是因为他们是春陵刘家的子孙，是武林皇帝的后人，因此他们便拥有了外人难以与之相比的定力。

“谢王爷!”女人抬起头来，目光穿过虚空，直视着刘嘉，含着淡淡的笑意，坦然优雅的笑容却有着几让人疯狂的诱惑。

“你刚自商州城中出来?”刘嘉并不为其所动，淡然问道。

宋义的目光低垂，他一向老成持重，直觉告诉他，这个女人绝不简单！因此，他不能不让自己提高警惕，以防万一。

“不错!”女人坦然答道。

“那你定知道入城的秘道!”刘嘉眸子里闪过一丝厉芒，肃然问道。

“是的，但只怕此刻那已经不再是秘道了!”女人平静地道。

“为什么?”刘嘉讶异地问。

因为他们利用猎狗追踪我的行迹，相信定然已经发现了我出城的那条下水道!“女人解释道。

刘嘉打量了眼前这个女人一眼，女人依然很坦然，似完全不知道自己玲珑凸透的躯体是多么具有吸引力，是多么惹眼。

“廖湛是你杀的?”刘嘉也不能不佩服这个女人的胆量和镇定，仿佛是一副天生就是诱男人下地狱的样子。

“不错!”女人回答很肯定，也很自信。

“你一个人?”宋义也有些吃惊地问道。

“不错!”女人的回答依然肯定而自信。

殿中的众将士皆有些不敢相信。

“你是凭什么杀了他?”刘嘉口气依然极为平静地问道。

“凭我是个女人!”女人的回答依旧很让人意外，更多的却是透自骨子里的一份傲气。

刘嘉无语，这是一个不是答案的答案，但却是那般无可挑剔。

“据我所知，廖湛在城中护卫极多，也常居于王府不怎么行动，你一个人又怎么能接近他？”宋义道。

“不错，他的确有很多护卫，也极为小心谨慎，但遗憾的是，他始终是个男人，男人总离不开女人，更遗憾的是，他比许多男人更耐不住寂寞，所以我能杀了他！”女人拂了一下粘在一起的头发，坦然道。

殿中的将士无一不是男人，听到这话也无不脸热心跳，这女人居然如此直接而坦然地说出这样一番话，确实有着难以形容的刺激感，再加上那惹火的躯体，几乎让殿中所有的将士体内都燃起了熊熊之火。

毕竟这些男人离家日久，军中生活更是清苦枯燥，哪会见到这样惹火的女人？何况此女人不仅貌美如花，更举手投足间有着说不清、道不明的诱惑力，那挺起的胸脯仿佛会说话一般。

“你是在哪里取下他人头的？”刘嘉吸了口气，他都无法摒弃心中的那缕遐思，与这样的女人相对久了，他也怀疑自己是不是真的能够把持得住。

“天水坊的阁楼之中！”女人并没想过要隐瞒什么。

刘嘉的目光温和了一些，心中已经明白了一个大概，语气也显得缓和了许多，道：“你为什么要杀廖湛？”

“因为他是我组织中的一名叛徒，所以我特地前来杀他！”女人坦然道。

“你组织的一名叛徒？什么组织？”刘嘉讶异地问道。

“这是我们组织的秘密，请恕我不便相告。否则，我也会是与叛徒同样的下场！”女人不卑不亢地道。

“王爷问你话，你……”

“刘村！”刘嘉叱了一声，这才对那女人悠然一笑道：“我不勉强你做你不喜欢做的事，无论如何，你杀了廖湛就是我们的朋友。你说，你需要什么，只要我能给你的，你尽管说！”

“我不要什么，我只要王爷借我一匹好马，能让我在明天中午之前赶到长安！”女人平静地道。

众将再愕，这女人竟不要奖赏，而只要一匹好马，并要在明日中午之前赶到长安，众人不由得对面对这女人的身份和意图胡思乱想起来，但这个突然出现的女人确实是太让人意外了。

“你要去长安？”刘嘉讶异地问道。

“不错，我要去长安！”女人再重复了一遍。

“很急？”刘嘉又问。

“很急！”女人肯定。

“好！”刘嘉笑了，向一旁的中军道：“把我的玉麒麟牵来！”

“王爷！”那中军不由得吃了一惊。

女人也有些意外，第一次很认真地打量了一下刘嘉，竟发现眼前这个男人居然有一种特别的气势与魅力，俊逸不凡的容颜配着那深邃而明澈的眼睛，透着深深的睿智和干练，不怒自威的形态，拥有了在千军万马之中无数次征战后所留下的沧桑和王者的霸气。

女人的心竟没来由地波动了一下，露出一个极为欣然的笑容，反问道：“你不问我去长安干什么？”

“如果你愿意告诉我，我不反对！我说过，并不想勉强你做你并不喜欢做的事！”刘嘉也笑了。

女人以手捋了一下粘在额前的秀发，极为优雅地笑了，却并没有说什么。

“你是不是应该去换一身衣服，难道你不怕受了风寒吗？”刘嘉悠然问道。

“如果有衣服可换，我也不会狼狈成这样来见王爷，这是很不敬，王爷没怪民女已经很感激了！”女人很坦然道。

“在我军之中并无女眷，因此没有合适的衣服给你，但如果你不介意，就将就穿着本王的衣衫吧。”刘嘉伸手向一名专门为自己打理后勤的中军挥了挥手。

殿中的众人都很惊讶，不过许多人皆明白刘嘉对下属向来极为关心，对每一位部将都有如子侄，更是极为节俭。

“王爷，可你只有两套换洗的衣裳呀！”那中军有些为难地小声道。

“那就都拿来！”刘嘉肃然道。

殿中众将心中大讶，他们怎也没料到堂堂汉中王，在军中只有两套换洗的衣裳，众将士心中皆一阵感动。

女人也几乎不敢相信自己的耳朵，任谁都不会相信堂堂汉中王，十几万大军的最高统帅，大汉天下的顶梁之柱，竟然只会有两套衣服在军中换洗。

女人心中也一阵感激，她来根本就没想过刘嘉不仅赠马，还会赠衣，而且是仅有的两套换洗衣裳，这使她想到天下百姓皆传汉中王极善待百姓，汉中无有不服者，且其节俭到将朝廷的俸禄大部分救济于难民，而府上人人节俭。今日看来，应该不假。

“谢王爷好意，民女另想办法好了！”女人见此情况，有些不好意思地道。

“如果你瞧不起本王，可以不用接受！”刘嘉爽朗一笑道。

女人不好再说什么，肃然跪下，恳然道：“那民女先谢过王爷！”

“不必！这一路有四百余里，本王的玉麒麟乃是大漠汗血宝马，日行千里，若不出意外，明日上午你便可赶到长安！”刘嘉悠然道。

女人眼中闪过一丝异样的神采，一闪即逝，那中军已捧来两套叠得极整齐、极干净的衣袍。

女人望了一眼，却是两套质地稍柔软的棉织衣料所缝制的袍子，做工倒是极为精细，两套一新一旧，而旧袍入目处赫然竟有一道长长的补丁，斜斜地裸露在腰肋位置，仿若一道永远无法抹去的伤疤。

女人不由得望了刘嘉一眼，心中涌起了一股无法形容的感觉。她看到的仿佛已不再是那肃然而冷静的王爷，而是一尊伟岸的神！她几乎可以猜到，在刘嘉的腰肋之上定有一道长长的刀疤，这或许是战争留给刘嘉最为沉重的纪念。

“好了，你可以到我帐中换上衣服赶路了，我已让人给你准备好了干粮和水！”刘嘉语气极为平静地道。

“谢王爷，王爷之恩，民女来日定当相报！”女人语气极为坚定，向刘嘉深深地施了一礼，便随那名刘嘉的亲卫中军行出了帅帐。

待女人离帐，刘村有些不自然地道：“王爷，这……”

“不用多说！此刻城中必定是极乱，乃我们攻城千载难逢的大好时机，不能有误！”刘嘉吸了口气，打断刘村的话道。

“可是这样只怕会付出太大的代价，反正商州粮草不多，只要围困一些时日……”宋义提议道。

“我们没有时间再等了，赤眉军此刻正攻向关中，我们若是拖久了，只怕赤眉军会攻到我们的后防，那时，我们就要背腹受敌了！时间才是最为重要的，因此我们必须尽快攻破商州城！”刘嘉肃然道。

众将顿时也意识到形式紧迫，眼下唯有攻城一途了。

王匡的心神也绷得极紧，这些天来，刘嘉天天摆出一副攻城的架势，却总是虚张声势，但金鼓声一作，他也不得不起来，这使得王匡这些日子来都没能休息好。

刘嘉的战术也确实够绝，每天晚上必让人轮番擂击战鼓，造成攻城的假象，让城中的军士几日夜晚都无法安睡，而让他部下的战士却轮番休息。

城中的将士本就食不饱，现又饥又疲，斗志更是一落千丈，而眼下廖湛被杀，更是严重地打击了城中守军的士气。

针对刘嘉的战术，王匡也不得不让城中的守军轮番严守，让他们不必因鼓声而惊起。

此刻刘嘉大军又是鼓声大作，当城中守军习惯性地以为是假攻之时，那些云梯和楼车已经架到了城下。

“杀……啊……杀……”喊杀之声如雷般惊起，夜空若沸，杀气充盈了每一寸空间。

箭矢若雨，火把的光亮更是将城内外的天空映得通亮。

整个商州也似乎一下子沸腾了起来，刘嘉亲自督战，一切能用的方式都用上，比如挖地道之类的，更以巨大檑木冲撞城门。

城头也是一片忙乱，倾沸水、倒火油，更以巨石相砸。

双方之争几乎已近白热化，而此时，王匡却骇然发现城中涌出数百操持着各种家什作武器的贫民，他先是大喜，以为这群百姓也是前来助他守城的，那群守城的战士也以为如此，是以便放他们奔入警戒线，但这些人却直冲城门，更对驻守城门的战士一阵猛打。

事发突然，这些官兵手中的兵器都被贫民们抢了去。

“快开城门——”有些百姓高喝，而大部百姓则是直扑城门。

王匡几乎傻了，这群百姓居然要为刘嘉打开城门，若真是如此，又岂能保住商州城？

“给我杀了他们！”王匡高喝。

大批的守城军迅速向城门口挤去，但是他们也无法不顾忌来自云梯和楼车上的攻击，城外的掷石机也使得城头状况极为不妙。当然，如果不出意外，坚守却是没有什么问题的，尽管刘嘉的部下皆悍不畏死，上下一心。

那群百姓也似乎都豁出去了，拼命地阻住守城军的攻击，让开城门的人顺利取下门柱。

“轰……”城门在外面的檑木狂撞之下猛地打开。

城外的刘嘉看了大喜，大旗一挥：“冲啊……”

刘村领着大队骑兵迅速扑向城门，而步卒也如潮水般涌入城中。

那群百姓也跟在刘嘉的军中猛攻城内的守军。

刘嘉的将士绝不会乱杀普通百姓，但见城门口聚集了这么多的普通百姓帮他们杀敌，立刻明白这群人很可能便是使他们轻易撞开城门的人。

王匡立在城头之上，看着这一变故，也不由得一阵怒啸，但此刻已无回天之力了。

“元帅，我们走吧，城破了！”王匡的亲卫提议道。

“走？走到哪里去？”王匡反问道。

“我们去洛南，张侯爷尚在那里，到了那里我们再从长计议！”那名亲卫道。

王匡不由得叹了口气，道：“看来也只能是这样了，我们从北门走吧。”

……

商州城的抵抗并不是太过强烈，仅只是胡殷所守的南方极为顽强，但胡殷却被刘村斩杀，是以守军只好投降。

而王凤和王匡则弃城而逃，自北门向洛南赶去，更带走了一大批亲信。

刘嘉早就在前往洛南的路途埋下伏兵，这是防止两城之间相互联系，所作的预备，但在这一刻却成了一着极好的伏兵。

在黑夜之中，乱箭如雨，几乎让王匡与王凤身边的战士死伤大半，而刘嘉部下大将崔次、祈蒙、崔武三人更联手合战王凤、王匡，在优势的兵力之下，几乎是十几位好手合围这两名昔日在绿林军中不可一世的人物。

王凤和王匡自城中杀出，已是极疲，这些日子来也没能休息好，现在又急于脱身，并无斗志，竟在这十几名好手的围攻之下一时无法脱身。

王凤和王匡也有点吃惊，刘嘉军中竟然有这么多的好手，而且这些人似乎全都悍不畏死，每每出手都是与敌俱亡的打法，即使王凤、王匡的武功盖世，一时对这些人也莫可奈何。

这些人使王匡想到了那日下旨的钦差，像那名钦差般的高手，他便不知刘玄身边究竟有多少，但他隐隐知道，昔日刘寅为春陵刘家培养了一批极为精锐的死士，而这些人在昆阳之战中确实是以一当百，若非这些人，只怕昆阳之战很难取得胜利。也正因为如此，才让刘玄感到了来自刘寅的威胁。

春陵军在更始军的四支组合之中是兵力最少的，却是最具攻击力和破坏力的，也可以说是四支大军中最强最具潜力的一支！而刘寅死后，这引起人便全部成了汉中王的部下。

汉中王拥有这些力量，更证明了廖湛对刘玄的评断。唯有现在的刘玄是昔日的刘仲，这才会如此毫无顾忌地将最强的兵力交给汉中王刘嘉。

若眼下的刘玄是真正的刘玄，又怎会不惧刘嘉借所拥有的最精锐的战士为刘寅报仇呢？

事实上，这些与崔次、祈蒙三将一起合攻王匡、王凤的人，正是昔日刘寅秘密训练出来的死士！

这些人只会忠于春陵刘家，昔日刘寅也只能暗中培养了两千战士，后来转战天下之时，这些人损失近半，而且现在也有很大一部分随刘琦琪保护着春陵刘家，及运作春陵刘家的各项生意，在刘嘉军中也不过数百人而已。但这数百人却绝对是不可轻忽的力量，这些人皆由刘嘉和刘村亲自指挥，每一个人独立作战，都可称得上是江湖好手，一上战场成为一个整体之时，则是一支无坚不摧的攻击力量。

刘嘉自然知道王匡和王凤都是当世之中难得的高手，尽管崔次、崔武兄弟和祈蒙也都是昔日宛城之中名声赫赫的高手，但与这两人相比，却相去甚远，所以他便派了三十名死士相助三人守住北门，这一刻却派上了用场。

刘嘉此时也急速向商州城中追出，王凤、王匡乃是昔日害死刘寅的凶手之一，即使他们并不是叛臣乱党，刘嘉也不想放过这两人！而他明白，有崔氏兄弟阻住一段时间，自己应该有机会追上这两人。是以，他让宋义和刘村整顿商州城，而他则亲自追杀王凤和王匡。

王凤和王匡很明白，如果他们不能突出包围，待刘嘉赶来，那他们便唯有死路一条！尽管若论单打独斗，刘嘉并不敌他们当中的任何一人，但是刘嘉身边的高手如云，足以对他们构成致命的威胁。

而此刻随他们冲出商州的亲卫战士已经死得差不多了，而他们也仅是在这十几人的围攻之中稍占了上风，这如何能让他们不急？

而越急却越无法闯过这重重的纠缠围杀，反而陷入了苦斗之中。

王凤心中大恨，这些昔日的小将，今日却让他难以施展手法。不过，战争本就不像是江湖决斗，没有原则，没有规矩，所有的一切都是以杀死对手为目的，昔日的武功招式反而花巧太多，在战场上只能是以最为实用的方式解决问题。

在同等的局限之下，又在群战之下，超卓的武功虽然有用，但是却无法发挥至极致，除非弃马！

弃马，不让马背限制自己的身法和空间，这只能是王凤和王匡的选择。

王凤和王匡并不是傻子，他们很清楚自己该作出怎样的选择，此刻并不只是两军对垒，更多的应该是逃命，是以两人同时自马背之上弹射而起，穿出那十数匹战马的夹击。

"希聿聿……"王凤和王匡的两匹战马顿时惨死。

崔氏兄弟诸人也皆跃空而起，他们并不想让王凤和王匡逃脱。

"砰……"王凤和王匡弹上虚空，却在半空之中互击一掌，两道气劲瞬间炸开。

崔氏兄弟跃上虚空之时，王凤和王匡已借这掌劲的互推之力向两个相反的方向弹去，若夜鸟一般投向黑暗。

王凤和王匡根本就没有再战的意思，此刻他们能够做的，便只是逃！

马都已经弃了，说明其已下了无比坚定的决心！要知道两人的坐骑都是陪他们征战了多年的宝马良驹，就像是生死兄弟，但这一刻为了自己保命，而不得不弃它们而逃。

崔氏兄弟在空中拦截却扑了个空，暗骂王匡与王凤狡猾，但却没办法，他们的功力不如王匡两人，更没想到王凤和王匡会这样逃走！力竭而落之时，喝道："给我追，别让他们跑了！"

那群战士和刘家死士们立刻带马向两人投林的方向追去。

王凤和王匡分道而行，借夜色之便，只要入了树林，他们就不怕逃不了。以他们的轻功，尽管长途跋涉无法与马儿相比，但也不至于甩不开追兵。

尽管两方只不过狂战了数个时辰，但王凤和王匡却感全身几乎脱力，更身受数处轻重不一的伤。

在疲惫不堪的情况下，他们心中所想的就是尽快逃出险境和追杀，而并没想着要借树林对付追兵。

事实上他们也很明白，即使是能够多杀几名追兵又能如何？对大局依然无法补偿！

刘嘉追来之时，地上只有狼藉的尸体，王凤和王匡已早消失在夜色之中。

崔氏兄弟有些惭愧地禀报着刚才发生的一切。

刘嘉并没有责怪，只是淡淡地道："以他们的武功，你们很难将之留住，这不怪你们，你们立刻领五千兵马到通往洛南的各条道路之上布哨严查，不要让他们有机会逃入洛南城！"

"是！"崔氏兄弟领命而去，他们也明白，王匡两人很有可能会去洛南与张卯会合，现在也只有张卯固守的洛南才是他们可投的地方，只要封锁了那里的几条路口，就不怕王凤和王匡不露面。

当然，谁都知道，王匡两人是绝对不好惹的！

饥饿像鞭子一般抽打着王凤的心，战了半夜，又逃亡了半夜，他从没有过今日这般狼狈。

因为廖湛之死，这使得他连晚饭都没吃，后来攻城战就开始了，在疯狂的杀戮之中不断地耗损体力，却没有任何时间补充。

城破之时，他又只好与王匡杀出重围，再遇崔氏兄弟的伏击，这一环套一环的搏杀，即使他武功超绝，也难以承受如此大的压力。

征战之中，伤口都没能好好地包扎，血也流了不少，这拼命的狂奔，已让他接近脱力，也只有在停下来之时才知道什么是饥饿，什么是疲劳。

昔日在绿林山之时都没有这般辛苦过，便是在云梦泽中聚众取义，也因他是头领，并未真的与那些难民一样吃那么多的苦。

王凤与王匡本是堂兄弟，更是生活在同一大家族之中，王凤之父乃是昔日红阳侯王立，但后来王莽夺权，这才斩杀了红阳侯。

若论辈分，红阳侯乃是王莽的叔父，而王凤则是王莽的堂兄弟，但王莽杀了王立之后，王凤便立志报父仇，这才谋划多年，散尽家财救助难民，而借机起义，这也是何以王凤本性之中抹不去贪图享乐的原因之一，但是他却没有想到今日落到有若丧家之犬的地步。

天色渐亮，王凤也不想再跑，这一路之上，确实是疲惫不堪。

是以，他选了一座山头，静坐调息，企图尽快恢复体力，而且更能观察四面的动静，若不是饥饿让他难以承受，只怕他仍想等到中午再离开这座山头。

但在朝阳升起的时候，他意外地发现不远处的一个小村庄竟升起了炊烟，这使他本来就饥饿的肠胃更是受不了，因此，他不得不向那小村庄赶去。

……

村庄极为安静，稀落的几户人家，倒也别有一番清雅。

王凤顾不得浑身血衣，便大步走入村中。

村民们皆吓了一跳，这突然出现的不速之客使他们皆躲得远远的。

此时王凤的鼻子极为灵敏，竟能嗅出屋中熬粥的香味，是以毫不客气地便闯入了熬粥的小院之中。

“有朋自远方来，不亦乐乎，是谁光临寒舍，何不入内一叙?”

王凤一踏入农家小院，便听得一声淡泊而平稳的声音传了出来，不由吓了一跳，这声音有一种似曾相识的感觉，但是他却记不起在什么时候闻听过。

而到了这一地步，不管对方是敌是友，唯有硬着头皮推开草庐之门，但在他推开门之时，不由得大吃一惊，脱口呼：“严尤!”

王凤大惊之下，几乎要掉头就走，但脚下却不听使唤，因为他知道，如果严尤要杀他，以他此刻的状态，很难逃脱。

草庐中人也大为惊讶，因为这推门而入的人竟一口叫出了他的名字，是以他扭头望了一眼，也不由得大感意外。

“王凤！”

屋中熬粥之人竟然正是昔日曾在王莽朝中任过大司马的一代名将严尤！

王凤怎也没想到，昔年纵横沙场鲜有败绩的一代名将，更曾是绿林军最强对手的严尤，居然会寄身于这荒村的茅舍之中，这一切都是那般不可思议。

“我道是谁，原来是昔日故人，若蒙不弃，则共饮一碗粥吧。这荒山野岭的，也没什么好招待客人的，还望别见笑！”严尤似乎已经忘了昔日在两军阵前苦战的经历，语气极为平和。

王凤一阵犹豫，不知严尤葫芦卖的是什么药。

严尤似乎看出了王凤的心思，淡淡一笑道：“我已经不是昔日的严尤，早就不问天下之事，在风尘中游荡了那么多年，早已勘破一切，是以隐居于荒山之中以图自在安逸。内人与犬子送布去集上卖了，所以我只好自己动手熬粥，想必你也是饿了，不若喝两碗再上路吧。在这里，我并不想见到血腥之人。”

王凤这才恍然，故作没事地笑了笑道：“想不到昔日威振天下的严大元帅居然如此超脱，倒是我王凤让人笑话了，既然这粥是严大元帅亲自熬的，我倒真想喝两碗！”

严尤淡然笑道：“我已不是什么大元帅了，如果我没猜错的话，王兄弟是从商州城而来，这粥你赶快喝了吧，我这里不便留客，也不想为世俗侵扰了此地的安宁，请了！”

王凤望了严尤一眼，又望了望那瓮中的粥，道了声谢，也不再客气，更顾不烫，大口大口地狂喝起来。

严尤似乎并不在意王凤的样子，只是很自在地整理着柴禾，仿佛这一切都已经是生活的主调。

“谢严兄的粥，王凤今日谢过了，他日若能重见，必当重谢！”

"我并不需要人感谢，这个世上已经没有任何事比安宁的生活更让人满足，跟着我来此隐居的都是我的旧部，许多人都与你有仇，你还是尽快离开此地吧，否则，只怕会对你不利!"严尤淡然道。

王凤一怔，立刻明白怎么回事，但心中却有种莫名的感触，或怆然，或无奈，也不知道这一切是因为严尤才发的感慨还是因为自己的际遇。

"就此告辞!"王凤向严尤施了一礼，却是极为诚恳的，对于这位昔日让他们害怕的名将，王凤的心底从来都是有着一种特殊的敬畏。

"不送!"严尤语气依然很平静，根本就无法看出其心中的喜忧。

王凤再不逗留，他也担心刘嘉的兵马追来，是以快速退出严尤的小院，但出了小院才几步，便发现村口已被几条伟岸的身影堵住，整个村庄弥漫着一层强烈的杀气。

王凤的眸子里闪过一丝惊惧，他认识这些人，正如严尤所说，这些人都是昔日追随严尤征战天下的高手、旧部，但此刻却成了王凤的灾星。

"让他去吧，过去的都过去了，强记着仇恨只会让心更沉重，只会让自己的罪孽更深重。"严尤的声音如一缕轻风般飘出小院，弥漫了整个村庄。

那几人的神色微变，似乎对严尤的话奉若圣旨，立刻向两旁让出一条道。

王凤松了口气，不再说什么，急速离开这奇异的村庄，他确实没想到在这一个荒野孤村之中，竟隐居着一代英杰。

王凤已经不知道这里距离商州多远了，在山与山之间，甚至都不知朝什么方向走，他知道自己迷路了，至少，如果他仍坚持走山道的话，一定会迷路!因此，他唯有顺着山边的小道一直前行，他自己也不知道是朝哪个方向走。

直到他发现一座搭于路边的茶棚，更感受到一股极强的杀气之时，仍不明白敌人所处的方位。

但他却知道，杀气是来自茶棚!

“皇上，廖湛的首级已经奉上，请皇上过目!”杜吴双手呈上一颗仍然不失新鲜的人头。

刘玄只是望了一眼，便已辨明此头正是廖湛的，不由得大为欣然，问道:“谁出的手?”

杜吴扫了一下刘玄身边的几名宫侍，小声道:“麻姑!”

刘玄眉头一掀，道:“朕听闻她乃是师尊众徒之中最优秀的人物之一，只是一直无缘得见，却没有料到她竟能取下廖湛的脑袋，你告诉她，朕想见她!”

“皇上，可是她送来首级之后便前去邪神那里了。”杜吴有些为难地道。

“哦。”刘玄眉头拧得更紧。

“这么说，朕想见她，只好去师尊那里找寻了?”刘玄有些恼火地道。

“让臣先去看一看。”杜吴想了想道。

“不必，你陪我同去就行，我倒想看看麻姑究竟是如何杰出的人物!”刘玄有些固执地道。

“可是，皇上还要主持礼祀啊?”杜吴提醒道。

“哼，朕知道，朕至少也应是邪神门徒的半个主人，有权知道邪神门徒的事情和秘密！若非如此，朕要拜邪神何用？要这武林皇帝何用？这天下，是朕的大汉江山!”刘玄极为忿然地道。

“皇上请息怒!”杜吴忙劝道。

“是啊，皇上请息怒!”柳公公也上前劝道。

“此刻是小不忍则乱大谋，有邪神在，才能更好地号召邪神门徒共对大敌！我们眼前最大的敌人乃是赤眉军!”杜吴提醒道。

刘玄咬牙切齿地吸了口气，又坐向御座，他知道杜吴所言没错，眼下最大的敌人不是邪神，而是赤眉军!

“长安城中的粮草储备如何?”刘玄吁了口气，话题一转问道。

“关中的粮草大部分运回了长安，已派重兵把守，所有的仓库都已储满，又新建了五个仓库，仅城中之粮可供军需一年绝无问题。”杜吴道。

“很好！邓晔果然会办事，就算那老东西破不了赤眉，我们也可凭长安城稳守一年，拖到冬日，便是赤眉军的死期，那时再除掉那倚老卖老的老鬼！”刘玄狠声道。

“皇上圣明，邓晔将军已经在城内外各处布置，征聚了大量守城之物，李松和李况二位将军已命城内外大量造箭，相信即使赤眉军能攻到长安城外，也不可能讨得了半点便宜。”

“这就好，如果能拖上半年，赤眉军不仅要对付我们，更要面对枭城军的背后攻击！有探子来报，邓禹在河东大量储粮造箭，似是有意渡河出击，那时就会有赤眉军头痛了！”刘玄冷笑道。

“如邓禹真的渡河出击京师诸地，这对我们也会是强大的威胁呀！”杜吴担心地道。

“我们固守长安，养精蓄锐，就让赤眉与他们先争一场，我们也可以坐收渔人之利，至少也会更多一些机会！”刘玄道。

“皇上，臣觉得，刘秀在北方的势力只怕比赤眉更可怕，洛阳有消息来报，大司马只能苦守洛阳，倒使洛阳像一座孤城，皇上应该让郑王或是梁王刘永发兵前救，否则，若失洛阳，我大汉便只有半壁江山了！”杜吴担心地道。

刘玄神色微变，有些不悦道：“朕知道，梁王不是已派大将苏茂前往相助了吗？”

杜吴见刘玄神情，知道如果说实情只怕是讨不了好，只好转开话题，但心中却有种无可奈何的感觉。

第九十四章　神秘死神

王风驻足，目光如刀一般投向那冷清的茶棚。

茶棚的生意确实有些冷清，或许是因为这小小的驿道并没有太多过往客人的缘故吧，抑或只是因为现在时辰尚太早，或是今天的日子并不好吧。

今天确实不像是个好日子，至少对王风来说是如此，疲劳加上失落及身上数处大小伤势，使他昔日的自信消失得无影，尽管他尚有一身的傲骨。

茶棚之中有一个“吧嗒吧嗒”抽旱烟的干瘦老头，腰间尚系着围裙的老头显得有些憔悴，蔫蔫的样子，犹如淋了雨躲在墙角发抖的病猫。

生活的折磨或是岁月的漂洗，使那张本就干瘦的脸上刻满了深深的纹路，仿佛是枯木的年龄。

老人普通而沧桑，似并没有注意到王风的到来。

杀机，并不存在于老者的身上，在茶棚之中除了老人之外，便唯有一个人。

一个头戴竹笠的人，背影极雄，一袭长衫，显得干净而清爽，桌上放着一壶香茶，一盘苦菜，也许，这便是这个小茶棚之中最能拿得出手的茶点了。

头戴竹笠之人没有扭动一下头，始终背对着王风，但王风却知道，这个人知道他来了，甚至是专门在此等候他，而那股浓如烈酒一般的杀气便是传自此人的身上。

对方是谁？王凤暗问，但这个已经不太重要，只要是敌人，不管是谁都一样。

只是王凤有点不解，如果说这人是刘嘉的人，又为何只是单身一人？如果这人不是刘嘉的人，又为何对自己有着这么深的敌意？

该来的便不可能回避得了，王凤并没有想回避的意思，因为他知道避无可避，是以他很平静地步向那茶棚。

对于找上门来的敌人，在没有回避的可能之时，只有两个结果，一个便是让对方永远消失，要么便是自己永远自这个世上消失，没有第三条路可选。

那头戴竹笠的人没有动，即使是在王凤已经只距他身后不到一丈的距离，似乎并不知道在这个距离之中，对于王凤这种高手来说，足以置人于死地。

王凤没有继续靠近，而是绕了过去，然后进入茶棚。他明白，只要他再多走近一步，那便会遭到真正的雷霆一击！尽管头戴竹笠者没动，但王凤却知道其气机已经抵达饱和，膨胀到只要稍有半点外界的压力也会爆发的地步，是以他并没有继续靠近。

进入茶棚，他才发现神秘人物的竹笠压得比他的想象还要低，他依然看不到对方的面目，但是却知道神秘人在看他。

王凤深吸了口气，悠然行至神秘人对面，大咧咧坐下，道："掌柜的，来壶茶！"

那抽旱烟的老头似乎也感受到了那种不和谐的气氛正在虚空之中蔓延，有些奇怪地打量了一下满身血污的王凤，一时之间竟不知道说什么好。

"我这里有茶，是专为你准备的！"那头戴竹笠的神秘人悠然推过身前的那一壶茶水，淡淡地道。

"你知道我要来？"王凤的眸子里闪过一丝冷厉的杀机，问道。

“不是知道你要来，而是一直都跟在你身后！”神秘人很平静，也很冷漠地道。

“一直跟在我身后？”王凤不由得骇然，脸色变得极为难看地厉声问道：“你究竟是谁？”

神秘人笑了，笑得有些冷酷，更有些傲意，但半晌才有些忿然地自语般道：“我是谁？我又是谁？我还能是谁？”

王凤也不由得呆住了，他不知道是这人故意在装疯卖傻，还是这个人真的不知道自己是谁。不过，他并不相信这人真的傻。

“揭开你的竹笠，我会告诉你你是谁的！”王凤冷笑了一声道。

“那样你只会死得更快！”神秘人冷漠而自信地道。

“你是来杀我的？”王凤反问。

“你认为还会有其他的目的吗？”神秘人也反问。

王凤冷冷一笑道：“你认为你有这个能力？”

“一切都是试过了之后才会知道的！不过，我认为不会有太大的问题，所以，我给你准备了一壶好茶，喝过之后，我就可以送你走了！”神秘人淡漠地道。

王凤不由得笑了，伸手抓过茶壶，端起杯子，极为坦然地倒满一杯，却突地将杯中之茶猛地泼向神秘人的面庞。

“这杯茶是为你送终的！”王凤对这个神秘且自以为是的人也极恼，更想让对方他并不是吃软饭的。

茶水化作点点珠玉，却若弩矢一般带起一股锐啸，在如此近的距离之下，几乎是避无可避。

神秘人并没有避，那些茶水却只在其面前爆散而开，竟在刹那间化成一团水雾，若轻烟般散去。

“啸……”王凤手中的茶杯裂成两片，若两柄飞旋的圆月弯刀一般标射向神秘人，同时他也出手了！

既然一切迟早总会要来，又何必让等待磨消自己的锐气呢？所以，王凤选择了率先出手。

尽管此刻王凤伤疲交加，但喝过了严尤所熬的粥后，体力也恢复了不少，对于自己的武功，他依然极为自信。

不过，王凤知道眼前这个敢与他单打独斗的神秘人绝不会是庸手，而事实上也的确如此，从那杯刹那间化为雾气的茶水之上就可看出此人的功力深不可测。

“铮……”一声轻吟，王凤看到了一缕幽光，以诡异而绚丽的弧迹掠过虚空，快得形同无物。

茶杯的两片在虚空之中化为碎末，而灿烂锋锐的剑气已透入了王凤的气场中。

剑快、绝、狠、诡、奇，以至于王凤连看都没看清是来自哪里，又将攻向何处，但在守无可守的情况下，他选择了退。

这或许是唯一的选择！

“裂……”王凤手中的茶壶也裂成了两半，剑气以比王凤预料的速度更快地破入气场，以至于在王凤退开三丈之时，他身前的桌椅全都被那几乎无坚不摧的剑气斩为两截。

茶壶的碎片若漫天花雨般射出，王凤在突然之间发现自己极为被动，是以他在洒出碎片茶杯之时，立刻出刀！

刀出，却并未能封住那柄剑，剑若有着生命一般追逐着王凤的身形，自由而诡异地在虚空之中变幻着无穷无尽的攻势，而那神秘人却依然坐于茶桌之前并未挪动分毫。

王凤惊骇若死，几乎有些绝望地呼了声：“御剑术！”

没有人回答王凤的话，那名老者已吓傻当场，而神秘人的动作却是那般轻盈自然。

“我跟你拼了！”王凤咬牙，已不再顾忌那几乎无孔不入的飞剑，身形向神秘人狂扑而去。他很清楚，如果这正是传说中的以气御剑的御剑之术，以他今日的状态，也只会是死路一条，反正都是死，反激起了他的凶性。

是以，他出招已尽全力，力求与敌同归于尽。

王凤旋身、飞扑、横刀，天地顿显一片肃杀！炽烈的杀气如十个太阳同时洒下的光芒，弥漫之处，卷起一层火热的风暴，茶棚若受热而炸开的瓦罐般爆散，茅草顿时使天空一片混乱，但这一切并不能阻止王凤的这一刀，无法阻止王凤的身体和速度，所有这些在剑气、刀气、杀气之中绞碎的东西全都以王凤为中心旋转，竟卷成一个蛋形的气团，若风暴般撞向神秘人。

神秘人再也无法以安稳的姿势坐于那张已被先至的气劲绞碎的桌子之前，而是选择了退。

神秘人退，那在空中飞旋的剑却在王凤身后狂追。

场面更显诡异莫名！

神秘人暴退三丈，站定！头顶的竹笠如旋转的风轮般飞出，以开山裂石之势切向那蛋形的风暴，而整个身子如同涨起的气团，衣袍若浪涛般抖起，在那风暴逼近丈许之时，他也立刻倒旋而出，身形竟化成无数柄灿烂的剑，若百万朵莲花一般乍然绽放。

“轰……”蛋形的风暴化成千万碎片，破壳而出的是一人一刀。

刀是王凤的刀，人便是王凤！而在一切爆碎、化归现实之际，王凤却骇然惊呼——

王凤惊呼，是因为他看到了那张面孔，那张一直掩于竹笠之下，此刻却突然暴露的面孔！

王凤不该惊呼，更不该分神，在这必杀的战局之中，任何一个细微的松懈都是致命的，只在他松神惊呼的一刹，已经有五道影子般的剑穿透了他的身体。

在王凤惊呼化成惨哼之时，神秘人竟抓住了王凤的刀锋。

刀上的力道几乎散去八分，只因王凤已先中数剑，更分神使气势顿泄，是以刀锋竟为对方赤手所抓。

王凤的嘴角溢出两缕鲜血，以难以置信的语气念叨着：“刘寅……啊……”王凤还没能说完，身后的飞剑已透体而入，立时气绝。

他至死都无法明白这是怎么回事，其表情并没有痛苦，只有惊愕，便像是做了一场离奇而诡异的梦。

刘嘉的追兵找到王凤的尸体已是商州城破的第三天。

地上除了王凤的尸体外，还有那茶棚的掌柜老头。

老头死在咽喉一道剑痕，表情只有惊惧，而王凤的死则显得极为离奇，其身上伤痕多达数十处之多，最让人无法理解的是他死时的表情。

没有人知道王凤是谁杀的，又为什么会杀王凤，而且还是在这种偏僻的地方。

追踪的人很清楚，杀王凤的人是个绝对的高手，只看这茶棚被毁的样子及地上纵横交错的剑痕，及几乎被气劲碾成碎末的桌椅，可以想象，王凤是经过了一场巨战后为人所杀。

杀人者是谁？王凤用刀，而天下用剑者又有何人拥有如此功力？又有几人能胜王凤且能将之击杀呢？而这人又与王凤是什么关系？

很多问题都让人疑惑，但有一点却为追踪者看了出来，而这也成了刘嘉的疑团。

追击王凤的人有几名刘家高手，他们对地上的剑痕作了分析和比较，竟与春陵刘家的独门剑法极为相似！

刘嘉闻得此消息，竟亲自前往查看，果然如这些人所言，依剑痕推断，确与春陵刘家的独门剑法神似，甚至可以说就是刘家的独门剑法。

若此人所施展出的真是刘家的独门剑法，那此人的剑道修为已达到了登峰造极的地步，而在刘家剑道能抵此境界的人屈指可数。在外八房的高手中有一二人，但这些人都在南阳，在这里除了他和刘村及刘玄之外，已没有人能将刘家剑道修至此境界。

那么击杀王凤的人又是谁呢？为什么杀了之后尚陈尸于此呢？

刘嘉想到了一个人，但却更不可能，因为他想到的人早已不在人世。

王凤的死，让人有点难以想通，不过却有极大的可能是死于刘家人之手。

至于死于谁手已不太重要，重要的是这一代枭雄最后仍然无法逃脱死亡的结局，这对那些叛乱的逆臣来说确实是一个极为沉重的打击。

而王凤的死，也使洛南城更加孤立，城破已是再所难免。

刘嘉至少可以松口气，也好向刘玄有个交代了。

刘玄拜邪神为武林皇帝镇国公，这确实引起了朝野极大的震动。

邪神之名未听说过者少之又少，但是却让邪神成为继刘正之后成为武林皇帝，这却是对刘室江山的一大污辱，将一个邪派高手与昔日得天下黑白两道共尊的刘正相提并论，这不仅让刘姓子孙无法接受，天下武林也难以接受。

刘玄此举确实引起了许多朝中大将不满，一来，邪神对江山社稷寸功未立，凭什么当镇国公？又凭什么受封？其二，邪神曾残杀过不少正道中人，而更始政权之中的大部分将领乃是来自草莽，与各门各派都有着极深的渊源，也有些甚至是各派中的弟子，与邪神之间可以说是积有宿怨。因此，在刘玄要一意孤行之下，这些将领自然心生怨忿，不过谁也不敢真个挑衅邪神。

谁不知邪神武功盖世？年前还传其于泰山之巅决战武皇而与几大绝世高手同归于尽，却没料到邪神不仅未死，还在皇宫之中，这怎不让人意外？

眼下朝廷处于外忧内患之境，没有人知道邪神会干出一些什么，而面对赤眉军的压力，长安城内本就动荡不安，这下则更是人心惶惶。

在没有出现邪神之事前，至少城中众将心中尚有一些信心，而这信心则是来自刘玄这近月来所表现出的睿智，可此刻又做出这不理智的举止，深深地伤害了许多战将的心。

赤眉军攻下关中，并没有太多的悬念，邓晨并没能守住关中，在赤眉军的强势攻击之下，邓晨更不幸战死。

邓晨战死这更是让长安诸将大哀，即使是刘玄也是痛哭出声。

邓晨当日乃是协助助刘寅起兵春陵的最大功臣之一，更在绿林军争夺天下之时转战天下，在昆阳大战中也立下了大功，可算是更始军春陵兵系的主要首领支柱之一。

邓晨乃邓禹的堂兄，文武双全，在军中极得人心，即使昔日的王凤、王匡也不敢排挤，后被封为定王，以示其尊。

邓晨战死，自然使得长安军心大恐，全军戴孝。

关中无粮，赤眉军进入关中，才发现其粮库已空，立刻明白刘玄早让人调走了粮草，不由大恨。

对于已无法供应军备的关中，赤眉军并不怎么看重，是以樊祟立刻下令进逼长安。

在刘玄收到刘嘉送来的王凤与胡殷的人头之时，赤眉军已经到了长安城外。

刘玄没有半点欢喜，尽管王凤、胡殷身死，但是他却失去了大将邓晨，而这些人昔日更是他部下的勇将，这一刻他无法对付外敌，却拿回了昔日爱将的人头，这确实是一种讥讽，也是更始军的悲哀。

王凤被杀，胡殷被杀，廖湛也死了，且商州被破，张卯哪里还有斗志？

当王匡赶到洛南之时，张卯立刻领兵与王匡弃城而逃，在别无选择之下，全都投降于赤眉军。

赤眉军自然不会拒绝，此刻他正要攻打长安城，若有这些熟知长安的更始降军配合，那自是事半功倍。

这样一来既增强了自己的实力，也削弱了更始军的力量。

刘嘉与宗佻合兵，立刻攻打赤眉军的后防。

赤眉军大司马逄安领兵相战，双方也呈僵持之状，刘嘉想回洛阳相助也是不能。

逄安的兵力与刘嘉相差无几，其部下也是战将如云，刘嘉一时之间也没有办法，现在他自是不能什么也不管地返回汉中。毕竟，他无法放下长安的牵挂，也做不到！

即使是外人不知道刘玄的身份，他却不会不知，这江山至少可以算是春陵刘家的！尽管他对刘玄这些日子来所做的一切并不满意，甚至有些失望，但刘玄一直以来都是他最为尊敬和钦佩的兄长。

他们之间虽不是亲兄弟，却亲如兄弟，刘寅已不在世上了，尚有河北那个风头正劲的刘秀是春陵刘家的人，可这也不足以成为刘嘉背叛的理由。他很明白，即使是天下人都可以背叛刘玄，他却不能！

刘玄对刘嘉的关心一直都没有改变，而对刘嘉所寄予的厚望也比任何人都重，是以刘嘉不可能真的背叛。

尽管刘嘉明白，刘玄已近日暮途穷的地步，但是他却愿意与刘玄一起走下去。

刘嘉从来不傻，也绝非没有远见，眼前天下的大局他也可以分析得很透彻，只是碍于自己特殊的身份，而无法像许多人一样自由地选择，这便注定了悲剧！

龙城，全以粳米粘土所筑，其城之坚可谓是世间罕有。

当年筑此城调动了十万奴隶，每一段城墙之结实使锥子难以钉入，也可以说这是一座以鲜血和白骨垒积起来的城池。

龙城并不太大，没有像长安城、洛阳甚或是宛城那样的气派，但却有一种异域的风情。

在辽阔的大草原之上，这耸立的坚城便像屹立于豫鲁平原之上的泰山。

泰山不高，但却能放眼千里，这也便是龙城给人的第一印象。

古朴、沧桑的外型，有着匈奴人一般原始的粗犷。

这是刘秀第一次在大漠深处看到的最让人震撼的建筑，不由得让他想起了昔日大将卫青、霍去病及飞将军李广与匈奴大战，而赶匈奴远逃极北之地的场面。

不过，汉军从未攻至龙城，李广随卫青大军破燕然山下的赵信城，而霍去病大军则深入大漠更远，竟追杀匈奴至瀚海（今俄罗斯境内的贝加尔湖），但是，汉军却并未能攻下龙城，这多少与龙城之坚有一定的关系。

龙城位于候河之畔，水源丰茂，向南则是大草原与沼泽地，若没有熟识路径的人引导，想找到龙城绝不容易，抑或在半途便已死于沼泽或狼群的威胁之下。

左贤王的封地在赵信城，但由于呼邪单于病危，也都住在龙城之中。

龙城之外聚结了许多牧民，也有许多来自遥远异乡的人至龙城贸易，其打扮，可以看出很多都是大月氏或贵霜、安息诸国的来客。

格木吉亚对龙城并不陌生，在这里，他的身份地位并不低，至少在呼邪单于面前有说话的权利。

守城的匈奴兵也对其极客气。

龙城，并没有想象中守得那么森严，或是因为在大漠深处，并无太多强大的外敌敢来入袭的缘故，以至于整座城池看上去并没有防卫，连最普通的战士也没有。

不过，沙里飞立刻解释，因为匈奴战士平日里都是各部落的牧民，在没有战事之时，皆可回归家中，一旦战事发生，立刻可以全民皆兵！

这是一个特殊的民族，也有着特别的军事状态，其最大的优点就是无论是老人和小孩，都是最好的猎手，皆擅长骑射，这便使他们随时都可以组织出一队超强的战旅。

匈奴之可怕也便在于此！

在龙城之中，刘秀可以看到许多来自各地的物品，甚至有奴隶交易，活生生的人也能够成为交易的货品，也有许多是屡此战争中的战利品，在变成了私人财产之后，便赶到城中交换必须的货物。

也有许多东西是从汉地运来的，但在龙城中很少见到有汉人做生意，但汉人奴隶倒是常见到。

匈奴与汉人之间似乎有着极深的仇恨，这或许是因为王莽大举征伐匈奴引起的恶果。不过，小刀六在这座城池之中却极为活跃，城中的许多匈奴战士都识得他，因为他并不是第一次前来龙城，更在龙城之中出够了风头，这使得匈奴人不敢忽视这个年轻的汉人商贩。

左贤王府在龙城的西北角，没有汉人宫殿的华丽，却颇具气派。

早有人通知了左贤王，是以在刘秀一干人马刚到王府门外之时，左贤王便已迎了出来。

左贤王年约四旬，并不高大，却自有一股悍野的气势，并不显得强壮，却让人感觉有生裂虎豹的力量。

左贤王是一名高手！

对于异域的高手，刘秀有着强烈的兴趣，这是受昔日摄摩腾的影响，那个神龙见首不见尾的行者给了刘秀很多启示，至少在武学之上视野大开！

“本王未能远迎，还请见谅！”左贤王的语气极为客气，脸上堆满了笑容，倒是一个极具亲和力的人。

“王爷何用如此客气？”小刀六淡淡一笑道。

“诸位大名我早就有所耳闻，当日萧公子在龙城外大显身手，本王很遗憾没曾观看，今日一见，传闻果然非虚！”左贤王对刘秀倒并没怎么在意，因为刘秀已经易容，看上去比较普通。

刘秀并不想以自己的身份在龙城太过招摇，而且匈奴的局势很难预料，若是让太多的人知道他的身份，则很难展开手脚。

“王爷如此说，想必传闻也不是什么好话！”小刀六不由得笑了。

左贤王也不由得笑了，道：“怎么会？萧公子真会说笑，请入内厢吧，本王已为你们准备了酒宴!”

“哦，王爷早知我们要来吗?”小刀六讶异地问道。

“格木酋长已经让人先来告诉本王了，所以本王才能及时准备酒菜!”左贤王笑着道。

刘秀不由得将目光投向格木吉亚。

格木吉亚也坦然一笑道：“我的确已经告诉了王爷萧老板要来龙城，还有一干来自中原的高手。”

刘秀暗松了口气，他倒也相信格木吉亚不会出卖他。

“不错，本王身边正缺像萧公子身边的这般高手，前几日，王弟借比试之名杀我身边数位高手，还要推举那个什么大日法王为国师，父皇居然同意，我看他真是老糊涂了!”左贤王极为忿然道。

“大日法王还没有成为国师吗?”刘秀讶异地问道。

左贤王不由望了刘秀一眼，却并未怎么在意，只是淡淡地道：“本来早应该是了，但是近来父皇身体极坏，所以也便没能出殿上朝，这事就一直拖到了今天。这几日父王身体有所好转，只怕大日法王成为国师便在这几日之间了。”

“哦，有大日法王这样的高手成为贵国国师，这可是一大幸事呀，可我看王爷何以闷闷不乐呢?”小刀六故作不知地问道。

左贤王叹了口气，道：“萧公子有所不知，这问题关系到我匈奴国单于之位的继承，如果大日法王成为国师，有他投我王弟一票，并支持他的话，本王就无法顺利继承单于之位。大日法王乃是王弟请来的外人，却要干涉我匈奴内政，即使不是为了单于之位，本王也不会允许其成为我国的国师!”

“哦，那王爷有什么办法能阻止他们呢?”小刀六故作恍然问道。

“要是有办法，我也不用在这里如此为难了，大日法王武功盖世，根本就无人能敌，本王就是想找个借口赶走他都没办法施行!”左贤王有点无可奈何地道。

“哦?”小刀六心中暗喜，只要有左贤王的这句话，那就好办了，而得知大日法王尚不是匈奴国的国师，这也使他心中更松了口气，只要大日法王尚没有正式成为匈奴的国师，也只能算是一个客卿的身份，相互之间便可以不用太过顾忌了。

“如果王爷认为可以的话，格木的这些朋友愿意助王爷一臂之力!”格木吉亚适时提出建议。

“啊，那真是太好了，这是真的吗?”左贤王大喜问道。

“久闻左贤王乃仁慈仁义之主，我萧六一直都想与贵国长期合作交易。因此，我也愿贵国有一仁义之主，而且王爷登单于之位乃是顺乎天意民心，萧六自然愿为王爷成为匈奴之主而稍尽绵薄之力!”小刀六坦率地道。

左贤王更喜，欢悦地一拍萧六的肩膀道：“如果本王登上了单于之位，便立刻与汉人通商，永结和好！本王也绝不会亏待你们的!”

小刀六不由得欣然笑了，道：“有王爷的这句话，萧六当知此行不虚!”

“走，喝酒去!”左贤王似也是极为豪爽之人，听小刀六如此一说，立刻便拉着他向大厅中行去。

“皇上，你认为王匡和张卯这两人是不是应该留在世上呢?”樊祟吸了口气问道。

刘盆子的目光有点锋利，反问道：“你认为这两人已无关轻重了?”

“不！我认为这两人反复无常，若是在最关键的时候出了乱子，只怕会让我们满盘皆输!”

刘盆子不由得笑了，道：“这两人在刘玄没死之前是不敢弄出什么乱子来的，留着对我们还有点价值。不过，我的计划只怕是很难施行了!”

“哦?以皇上的武功，要挟持刘玄难道还有什么问题吗?”樊祟讶异问道。

“不，我总觉得刘玄身边还有一个极为可怕的人物，他就在皇宫之中，即使是我也难以觉察到他的行踪，但我却知道他一定在开始注意我，甚至是怀疑我了！”刘盆子吸了口气，脸色有点难看地道。

“以皇上的武功，当今天下，又有谁能相比？难道皇上连此人是谁都没有查出来吗？”樊祟不敢相信地道。

“不错，这个人就像是一个影子，只怕连刘玄自己都不知道身边会有这样一个影子的存在，这使我突然明白，为什么昔日派入长安皇宫中的内应会一个个离奇地死去，想必与这个影子有关！”刘盆子吸了口气道。

樊祟也不由得愣了愣，如果连他的主公也这么说，那便表示此人确实极为可怕。

“那皇上便不要再入长安了，我们一切可从长计议，若让你亲身犯险，万一……”

“你不用为我担心，天下间已没有人能识得我的易容之术，自保对于我来说，倒是一件很轻而易举的事情。以长安城中的准备，要想攻破他，不用非常手段，不冒险，只怕根本就没有机会！”刘盆子吸了口气，很坚定地道。

“但是……”

“不必再多说什么，我一定要将此人查出来！军中，便由你和徐丞相打理，我会让人与你联络定计，里应外合，长安必会是我们的囊中之物！”刘盆子傲然道。

“那皇上要多保重，我们备战已经准备得差不多了，只要一有机会，立刻就可以大举攻城！”樊祟道。

“如此甚好！我要回去了，否则让那影子察觉，只怕会坏事！”刘盆子看了看天色道。

“皇上要小心……”

“你是说王凤并不是汉中王所杀？”刘玄讶异地问道。

“应该说不是汉中王亲手所杀，因此汉中王才派卑职前来请皇上参考一下。”刘重极认真地道。

刘玄自然认识刘重，否则也不会只单独召见此人。

刘重乃春陵刘家外八房高手之一，所以刘玄很清楚此人的忠诚可靠。

“你说说看，想让朕参考什么?”刘玄想了想问道。

“据卑职所查，王凤乃是死于我春陵刘家的‘玄剑诀’之下，而天下间能将‘玄剑诀’练至登峰造极之境者在我春陵刘家乃屈指可数。据我们所知，除汉中王和刘村将军外，在这附近便唯有皇上的剑道至此境界，可此次定不是皇上出手，汉中王和刘村将军也没出手，照那地上所留下的剑痕看，击杀王凤者的武功甚至可能在汉中王之上，且杀了王凤又将那茶棚掌柜加以灭口，因此汉中王心存疑惑，也让卑职将疑虑告诉皇上!”

“哦?”刘玄也为之讶异。

“如果此人是友，若能查知此人下落，当对我们有大利；如果此人是敌，只怕其知晓我春陵刘家独门武学，会对我刘家极为不利!”刘重语气沉重地道。

“会‘玄剑诀’，且能在功力上胜过汉中王者，除了朕之外，便唯有智叔、长兄和正叔了，但是正叔和长兄都已不在人世，智叔又远在东海，除此之外，谁还能够将‘玄剑诀’运用到这种境界?”刘玄愕然心忖。

“我想不起还会有谁!”刘玄肯定地道。

“可是‘玄剑诀’从不外传，更是非本家资质特高的族人没机会得知其法，应该不可能外传，而且即使外传也不可能会在造诣上胜过我族中弟子呀!”刘重惑然道。

“朕会注意的，那里有没有留下什么特别的异象?”刘玄想了想问道。

“王凤的表情很怪，死的时候眼神里像没有痛苦，却尽是惊惧和难以置信!依卑职估计，他是见到了极度意外的情况，或是极度可怕的情况，其最为致命的伤却是自背后透胸而过的一剑……”刘重描述着现场所看到的一切。

刘玄的神色顿时也显得极为古怪，但沉吟了半晌，却未再言语。

刘重有些期待地望着刘玄，似乎是想寻求一个答案，但刘玄沉吟了半晌才道："好了，此事就到此为止，朕也不知道对方是谁，但此人既然替我们杀了王凤，应该不会是敌人，这一点可以放心！抑或是正叔的外传弟子，若他真有心，总有一天会出现的。"

"是，卑职明白！"刘重沉声道。

"你回去告诉汉中王，他对朕的忠心，朕心里明白，这个天下若说还有人值得朕信任，那么这个人就一定是他！"刘玄语重心长地道。

刘重望着刘玄的表情，心中竟一阵莫名的感动。

龙城不大，却也不算小，刘秀等人为熟悉城中的环境花去了整整一天的时间。

左贤王的亲随介绍得十分详尽，好像是在教导刘秀诸人该如何逃生一般。

有这般的好向导，刘秀自然是能够很快地掌握整个城内的布置。

对于城市，刘秀也曾有过一些研究，这是他何以能让臬城迅速发展稳固起来的原因之一！多了解一些城池的特点并不是一件坏事，而且这异域的风情也确别具一格，对于刘秀来说，这些都很新鲜，也很有趣，权当是一次游玩。

小刀六诸人并不害怕自己的行踪为右贤王所知，也不担心被大日法王知道，赤练剑、驼子诸人与苦尊者等人交过手，双方应该不会陌生。这一行人当中，只要刘秀的身份保密就不会有太大的问题。

如果大日法王知道刘秀亲来龙城，说不定会准备退走的后路。

大日法王又岂会不知刘秀的武功并不会比他逊色？否则当日也不会一击而成功。

对于真正的高手，并没有真正意义上的偷袭与被偷袭，在气机的相互制约中，都能够感应到相互的存在。

那次大日法王是大意了一些，但这也与刘秀自身的实力有着极大的关系。

那一次受伤，大日法王足足用了半年的时间才捡回一条命，若不是王翰秘制的圣药，只怕他很难有康复的机会。

刘秀的那一刀确实是狠绝、快绝，其杀伤力直接破坏了大日法王的内腑，伤势之严重，连大日法王自己也不敢想象。

因此，大日法王对刘秀恨极，却也对这个足足小他四十载的年轻人有几分惧意。

是以，刘秀明白，要是大日法王知他来了龙城，要么会用尽办法借外力对付自己，要么便会作好逃走的打算，而这两种结果却是刘秀都不想看到的。

刘秀可以肯定右贤王已经知道他们这群招摇的人的到来。

至于右贤王将会有何表现，那却很难说了，不过，那并不重要，重要的是他有足够的信心去面对一切。

事实上，在龙城之中，本就只有大日法王才是他真正的威胁，其他的人都不足道哉。而大日法王却是右贤王的王牌，自不会轻易动用，只要大日法王不轻易出手，那么凭归鸿迹、小刀六诸人，有足够解决问题的能力。

如果右贤王不出来挑衅，刘秀也只好先行下手了。这次大逛龙城，他们表现得那么招摇，也自然有这一个目的的存在。

龙城的百姓对于这些属于左贤王贵宾的外族之人并不反感，或是因为左贤王极受他们尊敬之故吧，抑或是因为小刀六上次的天机弩使呼邪单于与北匈奴之争取得了几次胜利，这让匈奴人对小刀六极为尊敬。

小刀六的样子未变，依旧是当日来龙城时的打扮，只不过现在身边没有了昔日那几百英雄无伦的飙风骑。

在龙城的每一个人眼中，都以为小刀六才是这一行人当中的真正首领，包括左贤王在内。

而这些也正是刘秀所需要的，也只有这样，才会让大日法王更自以为是一些，让刘秀处于更有利的位置。

“我已经准备了一个专为欢迎你们的晚会，到时将会有在龙城和龙城附近的许多酋长参加，另外还会有我的几位王弟，国中的长老！”左贤王有些兴奋地道。

“右贤王也会参加？”小刀六问道。

“当然，如果他不参加，那岂不是少了很多热闹？”左贤王笑道。

“这么大的场面，我们有点受宠若惊了！”小刀六笑道。

“你是我们最尊贵的客人，自然要隆重一些！”左贤王坦然道。

“谢王爷如此看得起，我们必尽全力，以不负王爷所望！”小刀六也爽快地道。

“有你这番话，我也放心了！”

“萧公子，府外有人自称是来找您的，王爷让我前来通报一声！”一名王府家将前来客气地提醒道。

“哦？”小刀六忙随那家丁同往，却见来者居然是欧阳振羽，不由得大喜将之领入府中。

王府的家丁见来者果然是萧六的熟人，自然便不再过问，左贤王对小刀六诸人是极为照顾，更给了其极大的自由。

左贤王自然知道了这几人在胡屠族击退数千骑兵之事，因此，他所寄予的厚望极高，自然不敢太给这些人压力。

欧阳振羽的到来，使刘秀也极为高兴，而且他之来还带来了关于中原各方面的消息。

拥有飙风骑这群人和姜万宝布于中原各地的眼线，而使得刘秀身在大漠也能以最快的速度得知中原的一切。

在大漠，飙风骑不只是自己活动，而且与各地的游牧民族、大小马贼都有交往，因此，可以说是大漠之中畅通无阻的战旅，这也为传递情报提供了方便。

欧阳振羽所带来的多是枭城军各路将领的战报，及长安诸地的最新战况。

吴汉围攻洛阳，却已是近两月的事，但朱鲔凭坚城死守，让他没有机会破城，且城中守军近十万，想破城也绝不容易。

朱鲔乃极富才智的战将，否则也不能被刘玄那么看重，而封为大司马，吴汉虽勇，但朱鲔不与之交战，他也没办法。

洛阳城高，护城河深，想掘地道都难。另外若是强攻洛阳，其伤亡自是无比惨重，吴汉也不敢担当这个损失。

不过所幸的是，贾复大军击败了更始陈侨的数万大军，与吴汉合围洛阳。

洛阳也便成了一座孤城，这比昔日刘寅合围宛城的情况还要惨。

与此同时，在河东的邓禹击败王匡之后，又整军继续西进。

由于邓禹击败王匡，又得河东，其名声大振，且枭城军向来纪律严明，作风极好，这更得河东百姓拥戴。

邓禹军也迅速壮大起来，而邓禹自汾阴（今山西河津县南）渡过黄河攻克夏县（今陕西韩城县南），随后又整军与更始左辅都尉公乘歙大战。

经半月苦战，在长安东北衙县（今陕西白水县北），由于公乘歙兵达十万之众，双方皆没能讨到好处。

不过，邓禹小胜数场，形势极好。

另因赤眉军在猛攻长安，公乘歙军心难定，在气势上处于劣势。

欧阳振羽再将汉中王平定王凤、王匡诸人之乱，王匡与张卯投降赤眉军之事细述了一遍，但刘秀却并没有高兴，反而显出一丝忧色。

“就只有这些吗？”刘秀一直都没有发话，突然问道。

“另外，据长安城中传来的消息称，刘玄居然封邪神为武林皇帝镇国公！”欧阳振羽想了想道。

“什么？”刘秀神色大变！

欧阳振羽忙重复一遍。

“他封邪神为武林皇帝?!”刘秀顿时怒形于色，他怎也没想到刘玄居然会做出这般有损刘家声威的事，这对昔日武林皇帝刘正更是一种污辱!

“他这样做确实是惹得天怒人怨，长安许多将领心有不服，各地的武林人物也极为不屑和不耻!”欧阳振羽补充道。

刘秀脸上的怒气逐渐消散，尽管他所见到的刘正半人半魔，但却明白刘正对他有着多深重的恩情，更在他身上寄托了太多刘正的希望。另外，作为昔日的武林皇帝，刘正更是刘室子孙的骄傲，而今刘玄却封一个邪道之魔为武林皇帝，这倒像是颠倒了黑白，将刘正的人格与邪神放在同一高度，这不只是对刘正的污辱，也是对刘家和对天下武林的污辱!刘秀既已经称帝，自然要极力维护刘家的声威，是以，在听到此消息之时，他确实极为震怒。

不过，刘秀并不是一个不能控制情绪的人，很快便冷静下来，淡漠地道:“他这是在自取灭亡，本已众叛亲离，还要把自己逼上末路穷途，这或许是天意!”

众人不由得愕然，看着刘秀那似有着极深感慨的样子，都不知该怎么说。

“眼下长安风雨飘摇，城破在即，更始军不过是强弩之末，刘玄这么做，更不得人心，刘盆子则更是无名之辈，天下当非皇上莫属，敌人越乱，对我们就越是有利，坐山观虎斗，又何乐而不为呢?”欧阳振羽提醒道。

刘秀淡淡一笑，道:“是很好!不过，重镇不能失，中原偌大河山，但乱子也不小，若失主动，则有可能后悔莫及。因此，我们绝不能有半点松懈!”

“皇上的意思是说定要先攻下洛阳?”欧阳振羽立刻明白。

“不错!洛阳乃中原最有利的重镇，北联河内，南进中原，西可攻长安，东可扫北海，也只有夺下中原才能有更多的机会平定天下!”

“大司马正在加紧攻势……”

“不！吴汉虽勇，但想强破洛阳那也是太不明智之举。因此，洛阳只能智取，而不能强攻，否则即使攻下也成了一座烂城！”刘秀打断欧阳振羽的话道。

“那皇上认为又该如何呢？”欧阳振羽讶异问道。

“朕给你一道密谕，快速送回邯郸交给刺奸大将军岑彭，命他前去劝降朱鲔！”刘秀想了想道。

“臣明白！”欧阳振羽略有些疑惑，但刘秀的话便是圣旨，他自不敢违拗，而且他对刘秀极为信服，其作此安排，定有理由。

“若是岑彭有什么疑虑，你必须以最快的速度将消息传于我，不过，我月内必回塞内！”刘秀叮嘱道。

“皇上，臣还有另一件事需要禀报！”欧阳振羽又道。

“何事？”

“无忧林的人让微臣将一密函交给皇上！”说完欧阳振羽自怀中又掏出一个以火漆密封的竹筒，递出道。

“哦？”刘秀心中升起一丝暖意，因为他想到了怡雪。

不管与怡雪之间为何关系，此女确实对他情谊深重，数次出手相救，现在又为他奔走天下以求消息。

刘秀自竹筒之中取出一薄绢，竟尤有余香，薄绢之上写着数行小字，极为娟秀。

“伯升未故，力杀王凤，居于长安，隐于深宫！”

属名为“雪儿”。

刘秀乍看薄绢之上的字，不由得大惊，脑子顿时嗡嗡直响。

众人看刘秀傻愣了半晌，也不知绢上所写何字，急问道：“皇上，发生了什么事？”

“啊……”刘秀回过神来，道：“哦，没事，王凤是不是被杀了？”

“不错！王凤与王匡在商州城败，在潜逃向洛南之时被人所杀！”欧阳振羽道。

“那是谁人所杀呢?”刘秀又问道。

众人微愕，但似乎猜到这可能与秀娟上的内容有些关系。

欧阳振羽想了想道：“听说是汉中王所杀，我们并没有确切地探知王凤究竟死于谁手!”

刘秀心中涌起了一股难以形容的激动，这字迹是怡雪所写绝对没错，薄绢上尚留余香，确有些像怡雪身上特殊的香味。

他知道，怡雪是绝对不会欺骗他的，那也就是说长兄伯升真的没死!而且此刻正在长安的皇宫之中!

这一切又是为什么呢?当日自己赶去舂陵之时，尸体已经下葬，他连长兄最后一面也未曾见过，但是他却明白，是刘玄逼死了长兄刘寅!

更有人盛传长兄乃是服下毒酒而亡，难道刘玄当时并没有检查刘寅是不是真死?

如果刘寅真的没死，那为什么不重新出现江湖而要隐于深宫呢?

究竟是发生了一些什么事?以刘寅的武功和智慧，若重返军中，长安城外的赤眉军何敢猖獗?只要其登高一呼，更始军又岂会如眼下的一盘散沙?如果有刘寅在朝，更始政权绝不会腐败得这么快!

可是刘寅一直都未曾出现江湖，一直都没再让天下人感觉到他存在的分量。

这一切又是为什么?是有什么难言之隐，还是有什么不可告之外人的秘密?

刘寅杀了王凤，因为王凤战败!因为王凤叛了更始军!那么说刘寅之所以杀王凤，皆是因为长安城中所坐的是刘室子孙!

但刘玄乃是当日逼死刘寅的凶手，他没有理由会因为刘玄而杀王凤，除非他已经知道了此刻刘玄的真实身份。

想到刘玄会是自己二哥刘仲，刘秀心中感到极为不舒服，难道自己真的愿意看到刘仲死在赤眉军的旗下?看着自己的亲人穷途末路还落井下石？

刘嘉的信使他知道了一切，如果在很早的时候他便知道这一切，那他还会不会像今日这般呢？还会不会那般扩张自己的力量呢？

在很多时候，刘秀都不愿意知道事情的真相，因为这很残酷！

当然，为得天下，总不免会失去一些什么，只不过这一刻失去的乃是亲人。

不过，此刻大事已几成定局，想逆转都是不可能。

眼下谁成为大汉天子，直接关系到亿万百姓的幸福，任何个人的私情都显得渺小和微不足道。

即使刘秀此刻愿意臣服于刘玄，他部下的百万将士也绝对不会愿意！而且他更不能向世人说明眼下的刘玄乃是自己的二哥刘仲！

那样的结果只会让局势更为不堪，甚至会让天下人对更始政权更为唾弃。

而且一旦长安城被破，那天下之争便已不再是他与更始军的争间，而是与赤眉军的争战！

对于赤眉军，对于刘盆子，刘秀自然不会手软，只是刘寅尚活于世上，这会对战局有何影响呢？

如果刘玄拥有了邪神这样的高手，又有了刘寅的相助，那其力量必然会陡增，甚或能扭转整个战局也说不定。

刘寅尚存于世上，这使得刘秀既高兴又担忧，而长安城外的大战也让他挂心，至少，他担心刘嘉。

无论如何，刘嘉对他都极为不错，至少没有隐瞒欺骗他，更将部下的许多人才推荐给他，这一点确让刘秀感激，可见刘嘉心中也是极为痛苦的。

也可以说刘嘉对刘仲彻底失望，也知大势已去，但却又不能背叛刘仲，这才准备好一切的后事，以备不测。

这些举动只表明了刘嘉一个决定，那便是准备与赤眉军死战到底！

刘嘉绝对是个人才，更是个讲情讲的人，最关键的是他乃自己的兄弟！在为刘仲的江山社稷上，刘嘉牺牲了太多，这让刘秀对他多了一份同情和关心。

他甚至决定，龙城事毕，便立刻飞马赶往长安，看看能做些什么，或是让刘嘉归顺。

“你们都出去，朕只想一个人静静！”刘玄的声音有些发冷，肃立于御花园的小榭之中，目光悠然地斜视着倒映于水中的明月。

“皇上！”柳公公似乎尚想说什么。

“你也出去，都到御花园之外去！”刘玄的语气很坚决地道。

柳公公极为愕然，他发现刘玄今日的情绪极怪，但是他却不敢多说什么，谁不知赤眉军这几日猛烈攻城，使得刘玄的心情大坏！他自不敢再扰乱刘玄的心神。

那几名宫女也只好随柳公公及侍卫们退了出去。

御花园很大，很安静，夜色如水，此季已过中秋，不过秋意并不甚浓，至少今天尚很热。

习习凉风倒也让人精神为之清爽。

御花园外，禁卫军把守得极为严密，没有人敢让刘玄在园内受到任何侵扰。

赤眉军中高手极多，樊崇自然也会想到派人刺杀刘玄，那样长安城便可不攻自破，因此，在大战期间，长安城的守卫严密至极。

刘玄背负着双手，目光远眺水面，月辉泛于水面之上，如片片鱼鳞，使湖水显得更为幽深。

静立良久，刘玄这才长长地吸了口气，仿佛是自言自语般道：“我知道你一定在这里，我也知道你一定已经知道了我的身份！大哥，既然你还活着，又为何不出来与我一见？又为何只如影子一般活在我的背后呢?”

夜，依然寂寞，唯有轻风拂过树叶带起丝丝沙沙细响。

没有人回应刘玄的话，而刘玄也不曾稍挪一下躯体，依然立如一棵风化了的古树。

又过了半晌，刘玄又自语道："你的气息我可以感觉得到，春陵刘家人的体内天生就流淌着与众不同的血，我知道你就在我的身边！难道就连让兄弟见一眼都不行吗？无论过去发生了什么，我都是你的兄弟……"

"你已经在这里说了三天！"一个声音仿佛是自刘玄心底传出。

刘玄吃了一惊，问道："你在哪里？"

那声音叹了口气。

"大哥，我知道你还活着，我知道就是你！你知道我一直都在为你而伤情，难道你就不可以出来与兄弟见一面吗？"刘玄语气显得有些激动。

刘玄说完，骇然惊觉眼前湖面上的月影摇晃起来，在他还没想明白之时，一道人影已若飞天神龙般自水中破出，自空中划过一道美丽的弧线，落于小榭之外。

刘玄转身，却见那条人影只是背对着自己，浑身仿佛是笼罩在一层水雾之中。

刘玄不由得傻了，直觉告诉他，要找的人便在自己面前，但这人难道一直都是潜于水底之下？

"你还是不敢见我吗？"刘玄语气之中竟有一丝无奈。

"见与不见又有何分别？"那人的声音依然极为平静，如吹在空中的风，淡淡的，却有挥之不去的落寞。

"有！因为我是你兄弟，至少让我知道你还活着，知道你还活得很好，那样我就可心无牵挂地去面对一切困难！"刘玄肯定地道。

"我死了，对你只会有好处！"

"不！"刘玄大声道。

那人悠然转身，但面目却罩在一张面具之下，不过，那人随即又缓缓地摘下了面具。

刘玄的心顿时凝固，心悸之余，不知是欣喜还是伤感地呼了一句：

“大哥，你的脸!”

刘玄记得这张面孔，即使是化成灰他都能记得，但昔日冷傲、威严、俊逸的脸却只剩下三分之二。

是刘寅！刘仲心中狂喊，刘寅还活着！但是这之中究竟发生了什么？究竟是怎么回事？当日刘寅被害之时，他正在前线，并不知过程，但当他赶回宛城之时，却先去见了刘玄，后来偷偷地回过春陵，但那时刘寅已经下葬。

“没死，这便是代价!”刘寅的声音有点苍凉。

“我已经杀了刘玄!”

“我知道，但你又成了刘玄!”刘寅的语气依然很平静。

“我只想为春陵刘家争口气，我的心仍是刘仲!”刘仲忙解释道。

“我没说你做错了，你比我更狠，更懂得应变，不愧为我春陵刘家的好子孙!”刘寅道。

第九十五章　逆天改命

刘仲心中一阵愧疚，当日他一直都盼刘寅死，因为只有这样，他成为刘玄才不会有人识破，否则刘寅也必会窥视帝位，这是他力促刘寅成为刘玄眼中钉的原因。

“这一切都是大哥的栽培!”

“我受之有愧!”刘寅叹了口气道。

刘仲怔了半晌才道：“为什么大哥这两年都不出现?”

“你认为我可以出现吗?”刘寅淡淡反问。

“我们都很需要你!”

刘寅不由得冷笑了一声，道：“需要我？我只不过是一个废人，一个不能成为男人的男人，需要我就可以出来吗？你手下战将如云，又何须我的存在?”

“大哥，你……”刘仲听到这话，不由得惊呆了。

“不错，我已经成了一个不是男人的男人！尽管我逼出了御酒之中的剧毒，却烂了半边脸。我本以为酒中只有毒，谁知刘玄居然还在酒中放了水银，以我的功力尽管逼出了那颗水银珠，却使命门大损，再也难以成为一个男人……!”

说到这里，刘寅露出了一个比哭还难看的笑容，接道：“其实这一切早就在我的算计之中，却没想到还是高估了自己一些。不过，我的损失也是值得的，你的确没让我失望！”

刘仲一时无语，他心中之沉重无以复加！他也不知该说些什么，在这种时候，任何的安慰都是多余，也只是在这个时候，他才明白为何刘寅连自己的妻女都不去相认。

“难道就没有什么东西可以治好吗？”刘仲期待地道。

“没有！就算可以换一张脸，那已经不再是自己！人生便是这样，要想有得必有所失！”

“这便是大哥为什么不重出江湖的原因？”刘仲伤感地叹了口气，问道。

“你认为大哥是这种没有志气的人吗？”刘寅反问。

刘仲摇头！

刘寅傲然一笑道：“我从来就没有在乎过自己的脸和身体！”

“那为何大哥却隐于宫中？”刘仲惑然不解。

“因为我要看着你，看着你怎样去消耗邪魔两宗，只有我不在这个世上，才能真正地让邪魔两宗相斗！才能从根本上削弱这两股隐于朝野却能危及我大汉江山的力量！”刘寅吸了口气道。

刘仲的脸色顿变，有些难以置信地望着刘寅。

刘寅并不回避刘仲的目光，悠然道：“其实我早就知道你有替代刘玄的野心，邪宗和邪神门徒及天魔门中早有我安下的卧底，你的每一点行动都在我眼里，如果没有我伏下的死士和卧底，你根本就没有机会击杀刘玄！而我却是你前途的绊脚石，所以我只好选择消失于这个世界，否则，以刘玄之心，我又何惧？”

刘仲被说得额角渗出了缕缕冷汗，突然之间，他似乎已经无法看透刘寅的内心，这个假死了两年的长兄之心思深沉得让他害怕，让他吃惊。

“那你为何不阻止我？如果你坚持，大汉天子应该是你！”刘仲沉吟了良久，吸了口气道。

刘寅依然淡淡地望着刘仲，神情平静得让人吃惊，但怔了片刻，又将面具悠然戴上，道：“我相信你！我以为你能成为一个好皇帝，同时我更明白，真正祸乱大汉江山的并不是来自朝廷和百姓，而是来自江湖！若是天魔门和邪宗一日尚存，大汉江山便难以稳固，即使是我做了天子也是同样的结果。所以，我选择了隐于暗处，只可惜为此所付出的代价也太沉重了！”

说着刘寅悠悠地叹了口气。

“那大哥可有结果？”刘仲想了想问道。

“有没有结果你应该也很清楚！”刘寅很平静地道。

刘仲不语，他确实比较清楚，这两年来，尽管邪宗和邪神门徒都在不断地发展，可是人才却逐渐凋零，因为无数次阻杀甚至是许多秘密分坞都被人铲平。

而这许许多多的意外，邪宗总以为是天魔门之人所为，因此，只要知道天魔门的线索，邪宗必定展开强烈的报复行动。如此一来，两股潜在的实力便在相互明争暗斗之中不断消亡。

刘仲身为邪神门徒，而邪神与邪宗之主又有着极为密切的关系，对刘仲来说，关于邪宗的事自然会知道许多，而刘仲此刻的身份为大汉天子刘玄，同时也是天魔门的护法，自然更是对天魔门了若指掌。

当然，许多邪宗高手确实是死在天魔门的人手下，那是后来邪宗与天魔门势成水火之后才发生的，而这之中的导火索让刘仲万未料到的竟是已经被刘玄所害的大哥。

刘仲也是两宗之间矛盾的始作俑者之一，只不过，他所做的一切也都成了刘寅算计中的一部分。

“你是如何知道我还活着的？”刘寅悠然反问。

“因为你杀了王凤！刘嘉已让人将此事告知了我。这个世间，能将‘玄剑道’练至那等境界者，除了智叔和我，就唯有大哥可以做到！”刘仲吸了口气道。

“就凭这个?”刘寅又反问。

“感觉!就因为这个使我想起了一直在我身边若有若无的感觉，那是只有大哥才能给我的感觉!以前我总认为这只是幻觉，思念所至，但王凤死后，我知道那并不是幻觉，而是事实!而这感觉在我置身御花园中之时，才是最强烈的，所以我才会猜测大哥便在御花园之中，而事实证明我的感觉是没有错的!”刘仲想了想道。

刘寅涩然，目光却投向那遥遥的天空，仿佛在突然之间多了无限的感慨，或许是突然觉得苍老了。

“你感觉很对!但这一切都没有用，我活着与死了并没有什么分别!”刘寅突地道。

“为什么?”刘仲惊问道。

“你不该做错一件事，而这件事成了你所犯的最为致命的错误!”

“我不明白!”刘仲惑然。

“你不该引狼入室，封邪神为武林皇帝，这使你永远失去了争夺天下的本钱!即使你得到邪神的力量，也将失去天下!更对不起我春陵刘家的列祖列宗!”刘寅不无感伤地道。

刘仲怔住了，半晌才道:“你都知道了?”

“我既然活着，又怎会不知道?若不是知道你是邪神的弟子，我当日就不会让你去施行偷天换日的计划!”

“你早就知道一切?”刘仲神色大变。

“当年邪神来春陵之时，你尚小，那时我和智叔就已经知道!邪神之所以自小就暗中调教你，是因为他听信了天机神算的天命之说，而那天命所归正在我春陵刘家!邪神本是王莽请来击杀拥有天命的人，但是他却在私心驱动之下没有杀你，反而想培养你这个可能会成为若干年后天子的小娃，所以才收你为徒!而今天你确实没让他失望!”刘寅的目光悠然投向刘仲，略有嘲讽之意。

“既然你当年就知道，为什么不阻止他？”刘仲心头大震。

“邪神武功在天下间鲜有敌手，能成为他的弟子并不是一件坏事，而且如果我阻他成为你的师父，那他只会杀了你！另外，如果有邪神的力量相助，说不定真能逆天改命，让你成为光复大汉的天子！当然，我们不干涉此事，同时也是想看看邪神的武功究竟高到了一个怎样的程度，看看你所学的武功能有何奥妙……”

“什么叫逆天改命？我本来就是当今天子！我的命何用改？”刘仲闻言，有点微恼道。

“你错了！这一刻我不得不相信天机神算的推算，真正天命所归者确实在我舂陵刘家，但绝对不是你！”刘寅语气沉重地道。

“你是说三弟？”刘仲的眼中闪过一丝妒色，冷冷问道。

“不错！如果你没有封邪神为武林皇帝，那么这个结果不一定正确，因为先入为主，刘家的力量和武林的力量或可支持你，但你让一个邪神成了与正叔平起平坐的武林皇帝，这不只是对正叔的污辱，也是对刘家和整个武林的污辱！”刘寅语气竟有些激愤。

刘仲不语，他在想刘寅话中的分量，当日他不顾众臣的反对，一意孤行地封邪神为武林皇帝，确实是错了吗？

“正叔乃刘家的神，也是武林的神！没有人能够与其并行于世，没有人配与其享有同样的地位，现在没有，两百年之内也不会有！也许永远都不会有！而你这样只是将自己推向了一个深渊，推上了绝路！”刘寅语气之中有些许的愤慨，但是却依然能够克制内心的情绪。

刘仲心中也微恼，语气变冷道：“我知道自己在做什么，你心中只有三弟，只有那个天命所归的三弟！我乃当今天子，若连自己想做的事都做不好，我要之何用？我不在乎别人怎么看我，只坚信一定可以打败赤眉，再重新平定天下！”

刘寅望着刘仲，半晌无语，良久才叹了口气道："我不得不告诉你，在你和邪神的身边，尚有天魔门的奸细，而且是天魔门的两大圣女之一，与昔日曾莺莺并称的冷月圣女！"

"冷月圣女？"刘仲眼中闪过一缕杀机。

"曾莺莺为我所杀，而这冷月圣女的名字好像叫麻姑，我一直都在追查其下落，也才是前几天才得到具体消息。"刘寅的语气中充满了杀机。

刘仲心中之震荡无以复加，而另外一个原因却是因为刘寅所说邪神门徒之中最为优秀的杀手麻姑，竟会是天魔门的冷月圣女，这怎不让他心惊若死？

如果说麻姑便是冷月圣女，那么他在长安城的所有布置岂不是全都为天魔门的人所知？

"另外一个不幸的消息却是，天魔门的新一代宗主便是这个成为赤眉军皇帝的刘盆子！"刘寅无可奈何地道。

"那城中所有的一切岂不都让敌人所知晓了？"刘仲冷汗大冒，失声道。

"应该是这样，我本想杀了这个女人，但遗憾的却是因为邪神的出现，让这个女人逃出了长安城！"刘寅无可奈何地道。

刘仲的脸色变得极为难看，他这一刻似乎明白何以麻姑会送来廖湛的人头，而后又那般神秘，那只是因为麻姑想探清长安城的布防及备战状况。

而这些情况则正是赤眉军所需要的，更惨的却是麻姑身为邪神门徒，还很有可能从一些人的口中探得许多重要的机密，这对长安是绝对不利的。

而刘寅说麻姑出了长安城，这事绝对不假，也那也就是说，赤眉军肯定已经知道了长安城内的所有布防，这使本就处于下风的长安更是雪上加霜。

“另外，你也要小心邪神，此人绝不会如你所想象的那样简单！我也该走了，并不想让太多的人知道我还活着，邪神也一直都在找寻我的匿身之处！”刘寅说着飘身落向湖心。

“大哥……”刘仲不由呼了一声。

“不管怎样，你都是我兄弟……”语绝，刘寅身形已没入湖水之中，而刘仲却听到一阵脚步之声传来。

刘仲一怔，目光投去，却见柳公公正快步行来，似乎明白何以刘寅要立刻离去。

宴会便在左贤王的府中举行，匈奴的宴会与中原的风气并不相同，并非是在室内，而是在左贤王府内的巨大校场之上。

在校场的四周都搭好了座席，胡杨木桌几，兽皮所铺的软席，而在座席之间燃起几堆跳跃的篝火，使得整个校场灯火通明，亮若白昼。

校场四周设有塔台，塔台之上也燃起了明亮的篝火，这使得光线自四面射向整个校场，无论坐于哪一个席位，都能清楚地显露在光亮之中。

左贤王府本就是除了单于宫殿外，龙城之中最为气派的建筑。

刘秀诸人皆座于小刀六的身后，而小刀六却是坐在左贤王的左边，再过去就是匈奴国中的一些大臣、长老。

而左贤王的右边空着的位置是留给右贤王的，而右贤王右边则是各地身在龙城的族长们的座位。在篝火的另一方，则是族中的勇士与各部落中带来的勇士们，整个校场足有千余之众。

宴会之隆重由此可见一斑。

主要席位有五个，左右贤王与小刀六各占其一，另两席乃是匈奴丞相耶律济阳和驸马兼北府兵大元帅耶律长空。

在匈奴国中，耶律家是除王族之外最具权威的新贵，不仅是因为丞相复姓耶律，更因为有一个耶律长空！

耶律长空乃是匈奴国第一勇士，更掌管北府十万大军，还是呼邪单于的女婿，这使得此人在匈奴国中更是举足轻重。

耶律长空与小刀六的关系不错，那是因为小刀六所制造的兵器是耶律长空最为欣赏的，两人之间的交易极为频繁，这便使得两人关系不错。

耶律长空绝对是匈奴国中极富才华之人，其威望并不下于左右贤王，在南北匈奴之战中，也唯有耶律长空才能够威慑到北匈奴。

耶律长空之所以今晚也来参加宴会，是因为客人乃是萧六。他对这年轻人极为看好，对其飙风骑更是欣赏，两人在萧六前几次来匈奴之时还相互交流了训练这些特殊战士的心得和经验，当然，这与耶律长空对中原极为向往也不无关系。

他极想通过这个来自中原的商人口中得知中原的一切情况，只有完全了解了中原的一切，才能够适时征服中原！

当然，这些都是很长远的计划，并非近期能进行的。南北匈奴战争，使得匈奴都无力南侵，若能与中原修好，借其最精良的武器统一南北匈奴之后，才有可能会考虑入主中原。

这只是耶律长空的想法，因此，他对小刀六确实极为看重，因为这个年轻的商人很可能会成为他实现梦想的支柱，却并不太在意左右贤王的争斗。他很明白，无论谁当权，都不可能离开他，在很多时候，他都中立，不帮任何一方！他并不想得罪二位贤王中的任何一个！

萧六左边是左丞相耶律济阳，因萧六乃今日的主宾，这才坐在丞相的上首，以示尊敬。

事实上匈奴国对萧六的存在抱有感激，就是因萧六所造的兵器，让他们这一年多来在南北战争中屡获胜利，而且萧六打通了匈奴与汉人的商道，这使得南匈奴的经济也迅速发展起来，这自然使匈奴各部和龙城的一些大臣对这个给自己带来好运的年轻人极为尊重了。

是以，连耶律济阳坐于萧六下首都毫无怨言，反而谈笑自若。

在五个主要席位之后是亲卫席。

亲卫席也是为保护各自主人设下的，而因刘秀与归鸿迹身份略有特别，单独一席坐于耶律济阳下两席之外，若赤练剑诸人则坐于萧六之后。

右贤王的架子似乎极大，迟迟未至，让在座的宾客们等的都有些不耐了，那在篝火堆之上烧烤的猪、牛、羊已香味四溢，左贤王正欲吩咐进食之时，一声呼喝传来——

“右贤王到!”

场中的许多人都连忙起身，唯坐于上首的左贤王、耶律济阳与耶律长空、小刀六、刘秀诸人安然未动，其他人可不敢对右贤王不敬。

当然，左贤王乃是兄长，自不必向弟弟行礼，耶律长空和耶律济阳则与右贤王同样尊贵，刘秀与小刀六则根本没把右贤王放在眼里，摆明找茬的，自不会行礼。

右贤王的排场极大，竟是直接策马进入校场，这才让人牵走马儿，左边是大日法王与其并肩，身后乃是苦尊者和空尊者，再后面则是十数名亲卫高手，脸上挂着一丝傲然不可一世的笑容，龙行虎步地穿过众族中勇士。

“见过右贤王……”勇士们皆躬身让开一条大道。

小刀六也觉得这右贤王的气势要稍胜左贤王，却有一种让人反感的傲气，仿佛这个世上只有以他为尊，其他人根本就没放在他的眼里。

便是左贤王似乎也并不放在他眼里，否则也不会直接策骑闯入王府之中。

耶律济阳的眉头一皱，他对右贤王的这种做法也有些不满，不过他乃极有修养之人，这或许是他选择支持左贤王的原因。而右丞相慕容狂则是极力支持右贤王的人，只是今日的宴会，慕容狂并未在龙城，因此没有到场。

“我来迟了，请王兄勿怪!”右贤王远远地便向左贤王打了个招呼，朗声笑道。

“王弟日理万机，能来已是为兄之幸，何敢相责?”左贤王也淡淡地回应了一句。

耶律济阳和耶律长空与右贤王打了声招呼后，便坐于原位。

小刀六也淡淡起身施了一礼。

“这位想必就是我们匈奴国尊贵的客人萧六萧公子吧?”右贤王似乎也很客气。

“不敢当，正是萧六，往后还望王爷多多关照!”小刀六忙应道。

“好说，好说，有我王兄关照你，想必在我国定是顺风顺水!”右贤王言语带刺地道。

小刀六心中暗骂，但仍悠然笑道：“那是自然，不过，若再加上右贤王的爱护，就更加完美了。”

“哈，我听说汉人最是贪得无厌，今日见萧公子，本法王才觉此言非虚呀!”大日法王插嘴道。

众人顿时色变，惟右贤王依然笑意盈盈。

小刀六神色不变，淡笑道：“听闻法王早在中土修行多年，不正是要学习汉人此种优点吗?若说法王今日才见识汉人此优点，未免也太过虚伪吧?”

众人皆愕然，谁想到小刀六居然把贪得无厌说成优点?他们当然不知小刀六本就生在混混之中，对于这种辱骂早就是高手中的高手，无赖反正是拉下脸皮，什么都不用怕，倒是大日法王被小刀六的话给愕住了。

匈奴人见萧六如此坦率，也都大感好笑有趣，倒没小看他，因为他们本就喜欢直爽之人。

大日法王遭抢白，神色微变，还想说什么，左贤王已淡淡地道：“大家已等了法王好久，法王何不先坐下再说?”

大日法王无奈，只好瞪了小刀六一眼，小刀六却毫不回避地与其对视，嘴角边还挂着一丝冷而得意的笑容。

“哼!”空尊者也望了小刀六一眼，同时亦看到了赤练剑诸人。

空尊者自然记得这个昔日让他吃了亏的大敌，此刻是仇人见面分外眼红，自然不客气。

大日法王的座席在右首耶律长空之下，皆因其是西域王母门的掌门，更是无人能敌的不世高手，其地位自然尊崇。

大日法王的目光在小刀六身上扫过之后便落到了归鸿迹的身上，他自然记得这个当日在内丘抢人的人，在没有见到他所惧的林渺之时才悠然松了口气。

大日法王自然知道这个归鸿迹的可怕，昔日能成为十三杀手之首，自然不是庸人！而归鸿迹与小刀六同时出现，确让他有点意外，但他不知道坐在归鸿迹上首的人是谁，这个人他并不认识，但能坐在归鸿迹上首的人当然不会是简单人物。

当然，此刻的刘秀已经易容，大日法王也难以辨认，而且此刻刘秀气机内敛，外人难以察觉。

至少，在没有正式对决之前，刘秀并不想大日法王知道他的存在。

事实上惊讶刘秀所坐位置的人也有很多，没有几人认识这看上去极沉稳的年轻人是谁，但都知道定是左贤王的贵宾，否则怎可能坐在副席之首？甚至比大日法王所坐的位置更尊贵!

“皇上，赤眉军又在开始准备攻城了!”柳公公的神色有点异样地道。

刘玄的神色微变，赤眉军终于还是发动了！这只是或迟或早的问题，不过，他相信，凭长安这座坚城，稳守应该不会有问题，这是他的自信，即使是赤眉军已经知道了城中的布防也不例外!

“立刻传我之命，将城中的粮仓守紧，绝不可有半点意外出现!”刘玄首先想到的便是能保长安命脉。

“皇上放心，粮仓乃是邓晔将军亲自把守，绝不会有问题!”柳公公极为自信地道。

刘玄微松了口气，在长安城中，此刻他最看好的人之一便是邓晔，此人行事谨慎，文武兼备，看得出邓晔也知道最重要的便是保粮草，这才亲自把守。

“有他看守朕就放心了，随朕去城头看一下!”刘玄吸了口气，认真地道。

“皇上，城头之上危险，我看皇上还是待在宫中吧。”

“朕会不知道危险吗？但朕要让赤眉军知道，朕从来都没有怕过什么！即使他的兵马再多一倍，朕也不会在乎!”刘玄神情坚决，肃然道。

柳公公一怔，他明白刘玄是认真的，身为臣子他自不敢多说什么，而且他对刘玄的决定也很欣慰。身为一代君主，能够做到这一点，只会让将士更归心。

至少，柳公公不希望这次战局是长安城大败，刘玄对他极信任，这一点足以让他愿意为主子卖命。

长安城头，李松神情肃然，秋风瑟瑟，吹得李松的征袍猎猎作响。

火光之中，赤眉军若蚂蚁一般自远而近，遍野皆是，不知究竟有多少。

长安城墙高达七丈，气势之雄当世无两，城宽五丈，城头宽达三丈余，城外护城河也有三丈余宽，深达丈许，若有人想攻破城墙，那一切都是妄然。

李松并不担心，以长安城之坚，便是赤眉军拥有百万之众，也休想很快攻下，何况赤眉军并无百万之众。

长安城的十二座城门尽皆紧闭，而赤眉军却在覆盎门聚结，仿佛是想自这一方攻入城中。

城头的战士也极为冷静，守于垛口，只得守将一声令下，则万箭齐发。

望着赤眉军一步步缓缓靠近，每个人的手心也都渗出了汗水，没有人知道下一刻自己能不能尚活着立于城头之上，也没有人知道死亡将在何时降临，但他们却必须正面战争，直面杀戮！

死亡，在战争之中只是一个过程，至于谁导演这个过程，则没有人真能回答，或是能回答的人已经死了。

为什么赤眉军会选择夜里攻城？而且还是大明大白的！这让人有些意外，在李松有点不解之时，刘玄却已在护卫环拥之下来到了城头。

城头的将士立刻精神大振，刘玄在大军压境之时亲临战场，这确实让战士们意外，也更感振奋。至少，刘玄尚记得他们，这就够了，在精神上也是一种鼓舞。

但意外的却是，赤眉军并没有再继续向前，而是停在城外，似乎已经放弃了进攻，至于弄的什么鬼便没有人知道了。大量的攻城器械全都运送到城下却不攻，仿佛只是摆着一个空空的架势，这不能不让人意外。

连刘玄都有些莫名其妙。

“加强戒备，他们必是在等我们松懈之时才开始进攻！”李松叮嘱各方守城的偏将道。

刘玄登上城楼，目光所过之处，城外尽是赤眉军。让他意外的是，这些赤眉军大量地后撤。

“咦，他们想干什么？”刘玄的眉头皱了起来，他确实有些看糊涂了，赤眉军此举是何意他根本就无法揣度。

不过，赤眉军皆在射程之外，只有掷石机或可勉强将石头掷到，但那样就会失去准头。是以，赤眉军没动，城中的长安军也不动，一来不想浪费装备，二来想看看赤眉军弄的是什么鬼。

大漠的烧羊肉确实是极好的美味，而今日在左贤王府中负责烧烤的乃是龙城最有名气的烤羊大师。

当然，左贤王也自不会让客人在食物之上不满意，便是酒也是各种各样的，有来自中原的黄酒、烧酒、安息的葡萄酒，还有大漠人最喜欢的马奶酒。

对于匈奴国一人之下、万人之上的左贤王来说，想弄到这些东西并不难，但是作为普通的大臣和小部落的族长及一干勇士们，却绝难有一品如此之多美酒的机会。

即使是小刀六、刘秀等人也从未喝过安息的葡萄美酒，乍入口，确实让他们心旷神怡，余者更是赞不绝口。

不过，宴会并不只是喝酒吃肉，在这崇尚武力的国度之中，总免不了有一些调节气氛的游戏。

比如摔跤、格斗，以及一些匈奴少女们以狂野的舞姿让这些客人叫绝不已。

随着游戏的深入，场中人的目光也逐渐转移到了大日法王和他的两位尊者。

在尚武的民族之中，挑战可能是最为平常不过的。

空尊者和苦尊者的武功极超卓，在龙城之中从无败绩，这使得匈奴国中许多勇士们都不服气，此刻借着酒兴，自然便有人挑战。

对于挑战者，即使是呼邪单于也不能阻止，因为这关系到勇士们的声誉、尊严和人格，而且这也是匈奴国中最为通行的法则。

也正因为不断地挑战，使得匈奴人人尚武，人人擅战，这使匈奴成为大漠草原之上无人能敌的凶悍民族，即使是比他们多得多的汉人，对他们也是退避三舍。

不过，真能够挑战到空尊者的人并不多，因为首先必须要胜过右贤王身边的另一些勇士，才会拥有这个资格向空尊者挑战。

右贤王身边的高手极多，似乎也准备了让人挑战，仅只一名叫花刺模的人便已连胜三场，使右贤王面子大涨。

左贤王身边遣出一人，也被其摔出两丈。

“我去!”铁头看着那黑大个，顿时手痒了起来，他知道这花刺模力量极猛。

“此人绝不可小视!”赤练剑提醒道。

左贤王输了一阵，有些尴尬，知道身边没有真能胜过花刺模的勇士，不由将目光投向了小刀六。

小刀六哪会不明其意，不由得立身而起，向立于场上激战的花刺模举杯道：“这位勇士神力过人，果有万夫莫挡之勇，我手下有一兄弟，想与勇士切磋切磋，不知意下如何?”

小刀六说话间，铁头便已站起身来。

众人的目光不由得全都投向了小刀六，许多人都知道，这个自中原而来的商人身边不乏高手，但很少见识过，这下倒让他们企盼不已。

花刺模的目光自然落到了铁头的身上，也暗惊，因为铁头的身材几与他相差无几，看上去像尊铁塔，绝对是个难缠的对手。

右贤王也看出了情况不妙，淡淡地道：“花刺模已连战三场，已有些疲惫，既然萧公子的手下想战，我这里还有些人，倒可以陪你的手下试试。”

铁头朗声一笑道：“好说，好说，那我就先战三场再战花刺模兄弟吧!”说话间已大步跨入校场篝火之中，大眼环视四周。

“花刺大哥先休息一会儿，让小弟来试试吧!”自右贤王身后立刻又行出一人，看上去壮实如一头魔豹，个子不高，却似乎充盈着无穷的爆发力。

花刺模望了两人一眼，又望了右贤王一眼，右贤王点了点头，他也便悠然退下。

“我叫铁头！”铁头先自我介绍道。

众人听到这名字不由大觉好笑，不过都似乎看出，此人只是向场中一站，立刻杀气腾腾，自有一股无法掩饰和气势若烈酒之香般散出。

“我叫呼奴儿！”那人也抱拳道。

“好！那就不客气了！”铁头一笑，立刻大步逼上。

呼奴儿见铁头迈步而出，立刻抢攻而上，如一颗炮弹般直撞向铁头那庞大的躯体。

铁头朗笑，身子竟如风般稍移，顺手一捞，立刻搭住呼奴儿撞空的肩头。

呼奴儿本以为铁头这大块头必不太灵活，却没想到其步法竟也如此之灵敏巧妙，一错身便避开了他这力逾千钧的一撞，还带住了他的肩头。不过，他也并不急，抬手，已缠住铁头那粗壮的手臂，侧腿便擦入铁头的腿后。

铁头也微感惊讶，这呼奴儿的速度确实极快，施出的是匈奴最正宗的摔跤法，而刚才那一撞却又是糅合了中原的武学，他倒不敢小视，当然，他根本就不会相信自己会败。

呼奴儿用力猛摔，但他却惊觉，铁头如一根深埋入地底的柱子，想将其摔过肩头，那几乎是蚂蚁撼大象。

一旁观看的匈奴勇士们先见呼奴儿攻势如此之猛，且一下子以过背摔之势定住了铁头，本以为这下铁头输定了，懂得摔跤的匈奴人自然明白这一摔的力量，便是左贤王也暗自叹息。

但当众人见到呼奴儿连用两次力，铁头仍纹丝不动时，才感到意外。

呼奴儿立刻知道不妙，正欲改招，但觉头顶一紧，铁头那蒲扇大手已重压其上。

“起！”铁头一声大喝，铁柱般的大腿横扫，身子下沉之时，呼奴儿的整个下盘连根拔起。

“呼……”众人惊讶之时，呼奴儿的身子已经被铁头如放纸鸢般扔了出去。

右贤王的脸色顿时变了，铁头这一手确实是漂亮至极，更显示了其无可抗拒的力量。

一切的经过简单、利落、惬意，像是陪小孩子玩耍一般。

“谁再来陪我玩一把？”铁头目光之中不无傲意地扫视着右贤王身后的众人。

在呼奴儿身子落地之时，周围的勇士们这才知道疯狂鼓掌！铁头的这一击，确实技惊四座。

左贤王也暗松了口气，形势逆转得太快了。此刻，他对萧六身边的人确实拥有了更多的信心。

“萧公子的手下果然神勇！”左贤王不失时机地加上一句。

“让我来领教一下这位自中原来的兄弟！”自右贤王身后再跳出一人。

小刀六看到此人也不由得吃了一惊，此人比铁头更高出半个头，尽管略瘦一些，但那股悍野之气却使其像是月下咆啸的凶狼。

“此人乃是乌桓国的第一高手拓跋金，因在国中犯事，才逃到匈奴！”耶律济阳略有些担心地提醒小刀六道。

小刀六不由得也有些担心，目光不由投向刘秀，想看看刘秀的意见，但见刘秀谈笑自若，像是根本没有在意，他稍感放心。

小刀六知道，铁头跟随刘秀多年，不断地接受调教，刘秀最清楚其实力，如果刘秀没意见，那自然是没事，这才对耶律济阳道：“丞相放心，不会有事的！”

铁头望了一眼拓跋金，不由得笑了，道：“大块头叫什么名字？”

拓跋金大怒，铁头这种语气似乎根本就没有把他放在眼里。

左贤王见过拓跋金的功夫，他自然对铁头有些担心，尽管铁头刚才的表现确实极好，但他却并不知道铁头究竟有多厉害。

"我叫跋拔金，你记好了！"拓跋金狠声道。

铁头以一种很奇怪的眼神上下打量着拓跋金，在看得拓跋金浑身不自在之时又突地大笑起来。

铁头这番大笑，只笑得一旁观看的人莫名其妙，但却笑得拓跋金恼羞成怒。

在倏然之间，拓跋金似乎感觉到自己浑身都是缺陷，铁头这莫名其妙的大笑让他感到一种极大的羞辱，他恨不得将铁头立刻撕成碎片。

铁头没有抢先出手，因为他知道拓跋金一定会受不了。他并不笨，这几年来追随刘秀南征北战，武功在战争的磨砺和刘秀的调教之下也是一日千里，再非昔日的铁头。

而战争的洗礼，使其心智更坚定，头脑也更为清醒。许多人，只要他看第一眼，就知道是一个怎样的对手，是以他先激怒了拓跋金，再等待那雷霆一击。

拓跋金果然率先出手了，拳出隐挟风雷之声，地上的尘埃如被龙卷风刮走，直撞铁头。

铁头未动，身后篝火却爆起一团亮闪，在拳风之中似摇摇欲灭。

四下俱惊，这一拳之力确实足以让人心惊，却不知铁头何以不动。

"轰……"铁头出拳，以逸待劳，以最快的速度、最准的角度，与拓跋金的拳头撞在一起，两股狂野的拳劲卷起一阵旋风将空中凝聚的尘土再次撕裂。

铁头晃了晃，拓跋金却连退三步。

众人不由得再次欢呼，这种以硬碰硬的场面确实足以刺激每一个人的感观和视觉。

谁也没有料到铁头居然这么猛，竟选择以硬碰硬，根本就不作丝毫避让。

在匈奴国中，只有最强大最勇猛的人才能最受尊重，铁头本就是以勇武著称，直接而威霸，这是最合匈奴人胃口的，是以能换来一阵阵掌声。

左贤王和耶律济阳终于松了口气，耶律长空的眼中却闪过一丝亮彩。

“好!”铁头悠然向前跨出一步，喝了一声，也不知道是在赞自己还是在赞拓跋金。

拓跋金刹住脚步之时，铁头已经跨上了两大步，瓮大的拳头毫无花巧地直奔拓跋金的面门。

拓跋金确实吃了一惊，尽管他的块头似比铁头还大，但铁头的神力几乎让他指骨发麻，那股气劲有若浪涛一般涌入体内，他根本就无法让自己在巨大的冲击力之中止步，而当他尚未曾缓过气来时，铁头的拳头已到。

一向以神力为傲的拓跋金今日确实遇上了克星，这一拳，拓跋金不敢硬接，迅速闪身斜插向铁头的一侧。

“轰……”就在拓跋金斜插之时，铁头收拳、抬膝，以膝盖侧击，其速快得让拓跋金避无可避，只得双手猛挡。

铁头一膝之力较之拳劲更烈、更猛。

拓跋金竟被震得倒翻两个筋斗才踉跄落地。

铁头也退了一步，面上泛起一丝傲然的笑意。他的搏斗经验比拓跋金要丰富得多，这两年的戎马生涯，让他更懂得如何合理地运用身上的每一个部位，如何以最直接的攻击方式发挥出更强的攻击力。

战争，只会使武功简化，更直接，更有效，更具杀伤力！因此，一个身经百战的将军与一个武林人物身上所散发出来的是两种截然不同的气势。

铁头出自武林却来自沙场，因此，在他身上糅合了拓跋金所无法具备的气势。

惨烈、锋锐、威霸，配以其高大的身材，像是一座永远都不可能倒下的山峰。

拓跋金的心中竟生出一股从未有过的恐惧，铁头那种似笑非笑的眼神像是看穿了他内心的一切，包括他的每一点想法和意图，甚至连他内心的恐惧也无所遁迹，但他却不能回避，不能怯弱。

在匈奴国中，没有倒下便不是败，而且在自己的主子面前，又怎能拱手认输？是以他的身形再一次狂扑而上。

连人带拳，若雷霆之势飞投向铁头——拓跋金想全力一击，以挽回面子。

铁头依然未动，如一根半截埋于地下的巨柱，而他身后的篝火在强大劲风的压迫之下，全部倒向一边，一时沙尘四起，几乎让坐于对面的勇士们睁不开眼睛。

夜似乎极为安静，安静得只有呼啸的风，只有篝火“噼剥”之声清晰可闻，所有人都将目光投向了场中，都在期待。

期待拓跋金这全力舍身一击所换来的结果！

每个人都知道，拓跋金豁出去了，至少已有孤掷一注的倾向，这使很多人都生出一种错觉，拓跋金的败是必然！

这自铁头与拓跋金两种截然不同的表现可以看出。

铁头的冷静与拓跋金的疯狂形成了两个极端，只是这些人想看看铁头会是怎样击败拓跋金。

两人交手，真正的接触只有简简单单的一拳一膝，但就是这两记最为简单的攻击却让每个人皆为之震撼。

那是一种力量的震撼！

铁头未动，只是目光变得更加锋锐，锋锐得像是可以洞穿一切。在混沌之中，他找到了拓跋金拳头的轨迹，是以在拓跋金的拳头逼近五尺之时，他才出手！

出手，以快得让人吃惊的速度挥出左掌，如同一支拨浪的巨桨，缠向拓跋金的拳头。

“噗……”掌与拳相接，只发出一声轻轻的闷哼，若两只在水中相撞的船身。

拓跋金只觉双拳有如击入了一个巨浪卷起的漩涡中，整个身子及所有的力量全都不由自主地滑向漩涡的深处，当他骇然之时，却发现自己的拳头已击在铁头的胸膛之上，只是他只觉击中了一块铜板。

便在此时，铁头的拳头由小变大，拓跋金只觉天空一黑，胸口便传来了一阵无法言喻的剧痛，整个身子若腾云驾雾般飞了出去。恍惚间，他像是听到了一阵骨头的碎裂之声。

右贤王和左贤王同时惊起，铁头这一击，竟是以拳换拳，成了两败俱伤之势。

拓跋金在空中喷洒出一大口鲜血，而铁头却只是退了三大步。

“砰……”拓跋金硕大的躯体跌落在铁头的两丈之外，仰面朝天，面若金纸，气若游丝。

所有人都傻了，但是每个人都知道，拓跋金败了，而且还败得很惨，至于是死是活却没人知道。

但让许多人惊讶的是，铁头中了那疯狂的一拳，居然尚能傲立当场，面色虽有点阴沉，却无半丝痛苦之色，让人不知铁头是不是已经受了伤。

“请二位王爷原谅，铁头收手不住，在这种情况控制不了，以至于重伤了拓跋金，实是情非得已！”铁头忙向左右贤王道。

左贤王见铁头如此神勇，早已大喜，而拓跋金也是他欲除而不得的角色，若是此刻能死于铁头之手，他自然感到欣然，哪会相责，忙道：“比武损伤自是难免，刚才大家是有目共睹的，你收手不住也只因拓跋金出手太猛，何况你二人以拳换拳，自不能怪你！”

左贤王如此一说，右贤王顿时气得脸都青了，他自然不好再说什么，事实上他也确实不能怪铁头，这些事情都是摆在眼前的，若是他执意要怪铁头，只能说他心胸狭窄。

“谢王爷不怪之恩！”尽管铁头性情直爽，却绝不笨、不傻。

“哈哈……”耶律长空也不由得大笑而起，鼓掌赞道：“真是精彩！真是精彩！想不到萧公子手下竟有如此神勇之人，真是让本帅大开眼界！”

说着，耶律长空端起酒杯，向铁头道：“本帅很欣赏你，特敬你一杯，祝你连胜两场！”

铁头顿有点受宠之感，忙接过一旁勇士递来的酒，道：“谢大帅赏识！”说完一饮而尽。

“哈，很好！本帅就喜欢爽快之人，有空可到本帅府上做客，本帅定会欢迎！”耶律长空爽朗地笑道。

左右贤王和众人不由得皆愕然，倒没想到耶律长空会对铁头如此在意，尽管他们也觉得铁头的武功惊人，但是耶律长空是何等身份？

刘秀望了耶律长空一眼，微感讶异，他知道耶律长空看中的并不只是铁头的武功，而是铁头身上的战意，这种战意只有久经沙场的人才会具备，也只有真正身经百战者才会理解和尊敬这种超乎生理和思想的战意。

耶律长空身为北府兵之帅，自然是历尽百战，一个最成功的将军便是一个最优秀的战士，是以他第一眼看到铁头之时，就有种难以言喻的感觉，那是惺惺相惜的感觉！直到铁头以勇不可挡之势连败两敌，耶律长空这才真的为之色变。

铁头本就是枭城军中的无敌猛将，更来自江湖，什么世面皆见过，自不会在意这种校场比斗。

另外一个问题则是因为铁头知道刘秀想要对付大日法王，这也便必须先激大日法王身边的人出手，是以他并不在乎重创拓跋金。

事实上，刚才拓跋金击在他身上的那一拳根本就没有力道，拓跋金的力量全被铁头的左手引开，但铁头为了不让右贤王有话可说，故意制造了这个以拳换拳的假象。

当然，这种假象只有少数像大日法王、刘秀和归鸿迹才能看出其中的奥妙，是以，连大日法王都对铁头刮目相看。

大日法王自然知道铁头与刘秀的关系，当日在大船之上，铁头曾围攻过他，只不过，他知道今日的铁头比那次相见的铁头要强上不止一个档次，只怕即使让空尊者出手，也不一定有胜算。

由此看来，这些日子来，刘秀在这些人身上确实花了大力气，不过，只要刘秀没有亲来，大日法王便无所畏惧。

事实上，大日法王与刘秀从来都未曾真正交过手，第一次是他偷袭刘秀，将其重创；第二次却是刘秀偷袭他，让他几乎丢了老命，这使他知道刘秀绝对是一个极可怕的敌人，如果不是特别有必要，他并不想与刘秀正面交手，只是他完全低估了刘秀的易容之术。

尽管刘秀的易容之术无法追及秦复，但以他之聪慧，此技也达到了炉火纯青之境，加之他刻意收敛气机，大日法王自然无法觉察到刘秀的存在。

此刻的刘秀，其修为完全可以与邪宗之主王翰相比，功力已在大日法王之上！此刻他身兼魔道两门武学，天下间能成为其敌者几乎是无法寻到，若非这是在匈奴，只怕他早就要去杀了大日法王。

铁头连胜两场，却并没有下场，目光之中依然略带一丝傲然。

右贤王是又气又急，左贤王身边出来这样一个光头，立刻让他风头大失，连拓跋金都败得那么惨，他再望望身后的人，竟然没有人敢上前向铁头挑战，皆因铁头那几乎无可比拟的气势，几乎压得他们喘不过气来。

“王爷，让我来吧！”花刺模已站了起来。

右贤王尚有些忧色，他知道，花刺模的武功并不比拓跋金高明多少，能够胜铁头吗？如果不能胜，那他身边已无可派之人了。

“你……？”右贤王有点犹豫地问道。

“他只怕也受了伤，便让我去试试！”花刺模声音压得极低，仅只有右贤王能听到，外人只能见其嘴唇轻动，却并不知其说了些什么。

右贤王眼睛一亮，顿悟，忖道：“刚才铁头与拓跋金以拳换拳，让拓跋金身受重创，要说铁头一点都没受伤那是不可能的，此刻花刺模再出手，自然是拣了便宜。”

“铁头，你已经连胜了两场，相信已经疲劳了，不若先下场休息一会儿吧!”左贤王见花刺模欲上场，不由得有些担心，提醒道，他也怕铁头受了伤。

“是啊，你已经连胜了两场，尽管神勇，本王还是劝你先下去休息吧!”右贤王见左贤王如此一说，立刻出言相激道。

“多谢二位王爷挂心，铁头虽然不才，但这第三场应该勉强还能撑下去，不知是哪位出来与我一战呢?”铁头朗声笑道。

“你说过第三场要与我相斗，我自然不能让你失望!”花刺模大步行出。

铁头不由得哈哈大笑道：“我等的就是你这句话!”

花刺模神情微变，冷冷道：“那你就试试吧!”

“请了!”铁头一侧身，伸手一摸光光的头顶，神色坦然道。

花刺模在与铁头相对之时，才发现来自对方的气势和他想象的并不一样，那是一股发自心底的压力。

压力并不沉重，却像是一块石头般堵在胸口，呼吸不畅。

铁头的目光冷厉，如利刃，无孔不入地投在花刺模的身上。

恍然间，花刺模竟感觉不到铁头的虚实，也不知其是否真的受伤。当然，当两人相对之时，他就已经没有退路，如果要怪，也只能怪自己不该在这种时候走入校场。

花刺模未动，在上两场之中，他发现铁头都是以逸待劳，这使得拓跋金和呼奴儿都得以惨败，是以这次花刺模一上场就采取了以不变应万变的策略。

铁头低啸一声，大步向花刺模逼去。每踏出一步极缓极沉，地上必陷落一个脚印，仿佛是在挪动两块千斤巨石，并发出沉闷而破碎的声音，如巨锤击鼓一般敲在花刺模的心头。

花刺模的神色略显紧张，铁头所表现出来的力量不再是来自身体上的，而更多的则是来自心底！他本不想先出手，但却明白铁头在不断地蓄积气势和力量，而在其迈出最后一步之时，绝对是气势和力量的巅峰，再爆发之下必是雷霆万钧的狂击！是以，如果他以不变应万变则必须考虑承受铁头那疯狂而难以抗拒的攻击。

花刺模无法再保持最初的冷静，进攻是他唯一的选择！是以，他出手了，以最快的速度出手！

铁头的嘴角牵出了一丝笑意，淡淡的，但他没有停步，反而是加快速度，以比花刺模更快的速度狂撞向花刺模。

“鬼影劫！”苦尊者脱口低呼了一声，他识得铁头的身法！

铁头的身法确实快绝，像是一道幻影，快得让人难以想象，也让人吃惊。

一开始，铁头所表现出来的都是最直接、最笨拙的攻击方式，从未真正地显露过身法。

许多人都知道铁头的身子灵活，动作敏捷，都认为铁头必以最为强悍的方式对敌，包括花刺模。

但他们却错了，铁头真正的杀招不再是其无坚不摧的力量，而是惊世骇俗的速度和身法。

这样一个大块头却拥有这般无可挑剔的身法，确实让人意外，这是事实！

当右贤王惊觉不妙之时，铁头与花刺模已经相互撞在了一起。

双方以最直接、最简单、最快捷的速度若两颗在天际相遇的陨星，轰然相撞！

花刺模没有回避的机会，他避不过铁头的身法和速度，更避不过铁头的拳头。

在虚空之中仿佛有一阵剧烈的涛声滚过，清晰而猛烈，而这一切，随着铁头的拳头静止而静止。

花刺模没能用上他精妙绝伦的摔跤术，更没能来得及用上他最为花巧和最具攻击力的杀招，便被铁头逼得以拳换拳。

以拳换拳，这是花刺模的悲哀，在铁头的身体周围似乎有一层巨烈的浪涛，这使得他击在铁头身上的力量极为有限，但是铁头的拳头却以最为直接的形式击在他的胸膛之上。

无论铁头的身法和速度如何变，都是以最为直接简单而原始的方式解决战斗，这是一个战士的战斗方式，而不是一个武林人物的决斗方式。

毕竟，铁头已经习惯了做一个征战沙场的将军，一个纵横于千军万马之中的战士，所以在这里，他依然选择了这种方式——一招之间决出胜负！

花刺模的结果与拓跋金一样，飞跌而出，仰面而倒，狂喷鲜血，而铁头依然只是倒退了几步，稳若泰山。

场上没有呼声，也没有掌声，一切都只是发生在一刹那之间，快得让许多人都没弄清楚是怎么回事，而当他们回过神来时，却发现一切都已经变成了结果。

最让人震撼的并不是漫长的精彩，而是刹那的经典。

铁头无法给人带来精彩，却可以给人带来最为震撼的经典。

花刺模在呕血，神志已经陷入昏迷，他与铁头都是以最快的速度相撞，而铁头根本就没有留手。以铁头那庞大的身躯，几乎可以想到，那股力量何止千钧？他的整个内腑都几乎被撞碎，铁头的巨拳也几乎陷入了他的胸膛。

铁头傲立未倒，他的身子铜皮铁骨，连刀剑都难伤，其抗击能力之强世所罕见。而且他的武功在经过刘秀的细心指点调教后，竟让他从昔日在黄河边的生活中悟出一套极玄的武学，有若浪涛拍岸一般，可以更好地化解对方击来的力量。因此，他虽连战拓跋金和花刺模，却根本就没有受伤。

“精彩！精彩！真是精彩绝伦！简单、直接、利落，真想不到萧公子的手下竟有如此超绝的武功，实在让本相大开眼界！”耶律济阳朗声赞道。

“多谢丞相夸奖，铁头之所以胜，只是一时侥幸而已。”小刀六故作谦虚道。

“哈，萧公子何用过谦？我看公子手下确实是藏龙卧虎，也难怪这一年多来，公子能在大漠博得如此声誉！”耶律济阳道。

“这还不是因为单于和各部落兄弟的关爱才有今日？”小刀六笑应道。

右贤王的目光却几乎吐出火来，铁头连连重创他两员爱将，只有呼奴儿幸运一些，仅摔得七荤八素，并未受重伤，但拓跋金和花刺模却伤至不知还能否存活。

左贤王对铁头这个光头更是越看越爱，他也没想到铁头居然如此勇猛，如此霸烈，这使他大大地出了口气。

左贤王的部将也都对铁头大为敬服，能够为他们出口气，挽回面子，更杀杀右贤王的威风，这使他们有种扬眉吐气的感觉。

右贤王再也待不住了，目光不由得投向大日法王，似是想向大日法王求助。

这一切并没有逃过刘秀的眼睛，他心中暗暗冷笑，忖道：“终于轮到你们了！”

大日法王也明白，此刻若是不让自己的徒儿出手是不行了，如不能给右贤王挽回一些颜面，那右贤王必会小看他！不由得向空尊者打了眼色。

空尊者早就等得有些不耐烦了，看着铁头居然与他一样凶猛勇悍，他几乎感到手痒。他一向以铜皮铁骨著称，而且以力道刚猛无俦见长，如今竟发现铁头这么好的对手，他怎舍得放过？是以立刻飞身掠上校场。

当然，空尊者上场尚有另一个原因，那就是他与铁头之间的宿怨。

空尊者恨极刘秀，因此，对刘秀身边的人也是恨之入骨——他绝不愿错失对付铁头的机会！

“是你呀，上次丢了兵刃，不知有没有配好？”铁头不无揶揄地问道。

空尊者大怒，铁头此话正戳中他的疤痕，当下冷笑道：“本尊者不用兵刃也可以打败你！”

铁头也笑了，正欲说话，却听刘秀淡淡地道：“何必要他动手？我来陪你玩玩好了！”

铁头见刘秀说这话，立刻会意，笑道：“秃驼，我已经连战了三场，有点累了，让我的这位兄弟先陪陪你，打赢了再来找我吧！”说完竟不理会空尊者，转身便向席间走去。

“你……”空尊者大怒，但是在众目睽睽之下却不能硬逼铁头出手。

事实上铁头连战三场，此刻退下绝对合情合理，他也无话可说，若强逼铁头出手，只怕会惹恼在座的所有人，是以只好恨恨地瞪了刘秀一眼。

左贤王此刻对铁头确实另眼相看，亲自为铁头倒上一杯，欣然道：“祝贺你连胜三场，本王先敬你一杯！”

铁头也不客气，接杯一饮而尽，道：“有王爷打气，铁头不敢不尽力！”说话间目光扫向右贤王身后的诸席，却见那些人都怒形于色。

右贤王的人恨铁头出手太重，不过却没有办法，这光头确实让他们心惊，现在唯有指望空尊者为他们出头了。

鲁青诸人的神色极为平静，这一切在他眼里都很正常，也很明白铁头此刻的武功！这些年来，他一直追随刘秀，整个人都如同脱胎换骨一般，武功更是一日千里，在江湖之中绝对可以成为顶级高手，此刻便是独对空尊者这样的人物，也不是没有胜算。不过，他此刻的目光却投向了刘秀，他不知道刘秀为何要在此时出场，难道就不怕让大日法王看出什么破绽吗？

小刀六也不知刘秀想弄什么名堂，不过，他却明白，刘秀从不会做傻事，若要对付空尊者，就像是捻死一只蚂蚁一般容易，但刘秀的目标却不是空尊者，而是大日法王！

刘秀施施然地走上校场，一副漫不经心的模样只让空尊者怒火中烧。

“你叫什么名字？”空尊者不无杀意地冷冷问道。

刘秀淡淡一笑道：“林光武！”

“林光武?!”空尊者一愣，他倒没有听说过这个名字，再看对方，虽然体型极匀称健美，却并不具备一个高手的气势，不由冷哼道：“出手吧！”

刘秀并不理会空尊者，仅将目光投向大日法王，道：“久闻法王乃西域第一高手，在大漠之中也是无人能敌，我林光武极是向往，今日想与法王一战，不知法王可否赐教？”

刘秀此语一出，顿时四下寂然。他一上场就向大日法王邀战，这确实很出人意料。

左贤王的眼睛却亮了起来，他知道“林光武”在萧六这群手下之中身份是最高的，一个铁头便有那么厉害，那么这个“林光武”自然更是不会逊色，而且其直接约战，定是有几分把握，而大日法王正是他的眼中之钉，如果能借“林光武”之手除掉此人，则他的单于之位就可稳保了。

当然，左贤王却知道，在这种情况并不适合与大日法王决战。毕竟，此刻呼邪单于不在，最好便是在呼邪单于面前让“林光武”打败大日法王。

“你想挑战本法王？”大日法王也有些讶异，反问道。

“不错，法王乃西域第一高手，我林光武若能胜法王，定可名扬天下！”刘秀煞有介事地道。

“哈哈哈……”大日法王大笑，是笑刘秀的想法。这么多年来，想借名人出名的人太多了，他年轻的时候也是这般一路挑战过来的，这才拥有了西域第一高手之称，只是近十年来已经没有人敢向他挑战，或是连他的弟子都打不过，因此，他根本就不会真的接受挑战，若非是与他同一级别的高手，哪轮到他出手？

此次他来到龙城，就没有人有资格真正挑战他！是以，尽管每个人都知道他武功几乎无人能敌，却没有多少人真的见识过，也许许多人想向他挑战，但都不能胜过空尊者和苦尊者。

“年轻人好豪气，只是想挑战本法王却要先过我两个徒儿这一关!”大日法王淡漠地指了指空尊者和苦尊者道。

右贤王一副好整以暇的态势，他根本就没想过大日法王会败，甚至对刘秀这有点不自量力的挑战大为不屑。

“想战我师尊，就先胜了我再说!”空尊者也极为恼火地道。

刘秀依然没有理会空尊者，反而向大日法王问道：“如果能胜法王的两名弟子，我是不是就可以向法王挑战了?”

大日法王微感惊讶，刘秀的坚持使他有点惑然。但是到了这个时候，他自不能说不行，依然极有风范地笑了笑道：“不错，只要你能胜我两个徒儿，本法王便接受你的挑战!”

刘秀自信地笑了笑，转身又向左右贤王及上首的耶律济阳与耶律长空道：“请王爷、丞相和元帅给在下作证，如果我胜了法王的两位徒儿，就可以向法王挑战!”

“哈，既然此事有法王首肯，我等自然支持，本相也想见识见识法王超卓的武学!”耶律济阳笑道。

左贤王却略微沉吟，要知道大日法王纵横西域数十载皆无敌手，刘秀年纪如此之轻，能是其敌吗?

右贤王却不是这么想，他的想法中，刘秀必败，若想借大日法王灭其兄长的锐气，此时正好是最佳时机，忙应道：“好！本王给你做证，如果你真能胜两位尊者，就准你与法王决战!”

事已至此，左贤王也只好同意，耶律长空虽然中立，但是却对刘秀这般豪气所激，倒真想看看这两位高手对决会是一番怎样的情景，眼前这年轻人究竟有什么能耐，于是也表示一定支持。

“那好，不过在下还有个不情之请。”刘秀又道。

“哦，你还有何事要说?”左贤王道。

“我想如果我胜了二位尊者，那么与法王的决战就只能定在明天，还请二位王爷为我安排和见证，只不知法王认为如何?”刘秀目光投向大日法王。

“那是当然，如果你连胜二位尊者，必已疲惫，自不能接着战法王，明日再战合情合理。”左贤王忙道。

“不知法王意下如何?”右贤王先不答刘秀之话，反将目光投向大日法王。

大日法王不由得朗声笑道：“这有何不可？我又岂会与你车轮大战?一切凭王爷安排就是!”

“如此就好!”右贤王脸上绽出一丝笑意，随即又道：“好！若你胜了二位尊者，本王愿与王兄一起为你安排明日的决战!”

“谢谢二位王爷!”刘秀心中暗喜。

“你先别谢得太早了，还不知你有没有资格呢!”空尊者冷冷地道。

“一定有!”刘秀自信地笑了笑道。

在场的众匈奴勇士也被刘秀这种豪情所感染，大声喝彩起来。

耶律长空看刘秀的目光顿变，在突然之间，刘秀仿佛剥开包装的明珠，散发出一股有若烈焰般的气势，本来平庸的面容却平添了无尽霸气。

大日法王也微感惊讶，却明白，刘秀也是一个深藏不露的可怕高手，难怪敢向他挑战!

空尊者一怔，在刘秀转身正面面对他之时，他竟没来由地一阵心虚。

刘秀静如巨渊，并没有抢先出手，因为他必须隐藏实力，至少不能让大日法王看出他的根底，因此，尽管他要败两大尊者很容易，但也不能做得太过火。

第九十六章　冒牌邪神

长安城，静谧，城内外仿佛是两个完全不同的世界。

赤眉大军压境，而长安城内剑拔弩张，双方战况尚处于僵持之中。

赤眉军围而不攻，移械而不用，这确实让人有些意外。

刘玄也感到很是意外，心中更多了一丝阴影，暗忖：“他们在等什么？有何意图？难道是在等待城内出现什么机会？”

李松与李况兄弟二人也觉得大为蹊跷，李况大步赶到刘玄身前肃然道：“皇上，我看赤眉军推着楼车却不攻，其中必有诈，不如让末将先去试探一下虚实吧？”

刘玄望了望城下高高竖起的无数楼车，吸了口气道：“此刻乃是晚上，不宜轻举妄动，这或许正是赤眉的诱敌之计！”

李况也看了看，心中却不以为然，他征战沙场时日绝不算短，尽管只是长安城尉，却对自己的武功极为自负。至少，他不觉得自己比李轶、胡殷、张卯等人逊色，但是刘玄一直都只让他死守城池，不能开城接战，这使他心中极不舒服。

“如果长安城内有何异常，你们须谨记不可擅离职守！任何事情都不会比你守住外城更重要！即使是皇宫或是粮仓起火也不例外！”刘玄望着城外赤眉军的阵型，突地语重心长道。

李况一怔，隐隐感觉到了点什么，而刘玄这般沉重的语气也使他感到了压力，感受到自己肩上所负担子之沉重。

“臣明白！必誓死守住此城！”李况答得很坚决，在刘玄的这句话中，他觉得自己与这位更始天子竟是如此贴近，且对他竟是那般信任。恍然间，只感到一种沉重的责任感使他心中生起了无尽的豪情。

仿佛，他才是主宰整个长安命运的人物——李况无法不为刘玄的话所感染。

“很好，有你这句话，朕便可放心回内宫了。”刘玄欣然一笑，随即又问道：“有没有看到镇国公？”

“邪神他老人家没有上过城头！”李况应了声。

刘玄神色微变，拍了拍李况的肩头，语气极为平静地道：“朕把长安城的安危交给你了！”

空尊者望着眼前的挑战者冷冷地问道：“你用什么兵器？”

“什么都可以！”刘秀以一种极为自信的口吻淡漠地道。

空尊者不以为然，对刘秀的自大和傲漫极为恼怒，但他却知道，自己不可以怒，因为对手绝对是个可怕的人物。

怒，只会给对方以可趁之机，高手对决绝不能有半点松懈，是以空尊者让自己的心极力平静。

刘秀没理空尊者，只是向一名匈奴勇士借了一柄弯刀。

弯刀乃是西域和大漠中最常用的武器，刘秀昔日与汗莫沁尔数度交手，尽管汗莫沁尔不过是贵霜国的六段武士，但其圆月弯刀的刀法却是源自贵霜国神话般的人物大宗锁哈达。

刘秀很欣赏汗莫沁尔的奔狼十三斩，而每一个与他交手之人的武功，他都能够将其化为己用。

最开始击败汗莫沁尔之时便是这样！

刘秀拿起圆月弯刀，以一个极怪的起手式让空尊者吃了一惊。

“你是贵霜国武士?”耶律长空讶异地问道。

刘秀不由得笑了，很淡然，却对这耶律长空不由得另眼相看，居然一眼就识破了他刀法的来历。

空尊者和大日法王自然不会对这起手式陌生，因为他们也同样来自西域，对于贵霜国用圆月弯刀的武士自然熟悉。

空尊者也恍然，贵霜国的武士一向都是极为傲慢的，而且总会以挑战更高的武者为荣，如果此人来自贵霜国，那么其狂傲也是可以理解的，而且只自此人的气势便可以看出，至少已是七段以上的高手。

七段以上的高手，在贵霜国屈指可数，因此刘秀如此骄傲倒也有其骄傲的本钱，只是刘秀此刻的样子也并不太像贵霜国的人。

“好了，你可以出手了!”刘秀缓缓踏上一步，手中的圆月弯刀竟发出一阵嗡鸣之声，有若大漠风沙吹过谷口一般的异啸。

场中诸人全都讶然，便连大日法王也为之动容。

刀风炽热，校场之上的篝火如被巨大的风箱鼓动一般，伸缩跳跃，以一种奇怪的姿态让整个校场忽明忽暗，映得空尊者与刘秀的面容极为诡异。

空尊者的手心竟感到一丝冷意，他找不到刘秀丝毫的破绽所在，但刘秀的气势仿佛随那跳动的火焰不断疯涨，炽烈之刀气竟在虚空中形成一股热风，紧罩着他身体周围的每一寸虚空，使其如置身一个逐渐升温的火炉之中。

空尊者无法不攻，如果一直处于这种形势之下，那么他唯有败亡一途！是以，他出手了——若金刚一般的躯体飞旋而出，快绝！惊起风雷般的爆响，引得校场中间那七堆篝火若被风暴吸扯般，形成一个巨大的内陷，如毒龙口中吐出的巨舌。

刘秀旋步、扭身，弯刀呈一个极为奇妙的弧迹无间地配合着旋转的躯体射出，若一道光弧，竟拖起长长的曳尾迎向空尊者。

弯刀的曳尾乃是一束火焰，刀锋之间仿佛有股奇妙的粘力，那七堆篝火在刀锋的牵引下也跟着射出千万缕弧形火刀，顺着刘秀刀锋所出的方向射向空尊者。

一时之间，校场之上光刀四射，以千万不同的角度织成一道诡异的火网，而空尊者则成为了网中一只困兽。

“轰……”火网爆碎，空尊者若巨灵一般破网而出，手中一对巨型金钺撞向刘秀，而在他的身上竟闪起几道火光，其衣袍被火网引燃。

刘秀的身子再旋，并不与空尊者正面相对，而是反升入空中，若大鹰一般再疾扑而下，圆月弯刀旋成一个巨大的光盘，那四散的火网在刹那之间凝聚，化成一柄火焰巨刀，以无坚不摧的气势斩下。

虚空一片炽热，地面篝火在刀风之下压得几乎全部熄灭，唯有虚空之中一团璀璨而诡异的火刀。

空尊者大惊，错步疾退，但连换数十种身法都未能摆脱这一刀的笼罩。

“呀……”空尊者一声暴喝，旋身不再回避，聚全力双钺向火刀猛砸而去。

“叮叮叮……”一阵清脆至极的爆响之中，那火刀极速膨胀，如一个巨球，迅速吞噬了空尊者，包括刘秀自己也被吞噬在火球之中，而金铁交鸣声便传自那巨大的火球之中。

没有人知道火球之内究竟发生了什么，除了身在火球中的两人，包括大日法王在内也无法让自己的目光破开这层层火焰，看清一切，何况，这火焰尚在向外膨胀。

“轰……”火团一分为二，化为两个火球，向两个不同的方向掠去。

所有人都傻傻地看着场中的一切，便像是做了场离奇的梦一般。

火球同时着地，火焰一暗，却听得空尊者一阵惨呼，跌于地上的火团在地面狂滚，当火焰稍减之时，众人这才看清此乃空尊者。

另一团火焰落于地上，稳如磐石，在所有人目光所趋之下，火焰一暗再暗，竟如同流水般自刘秀的全身向握刀的手臂收缩、流淌。

那柄圆月弯刀若有着奇异的魔力，将刘秀身上的火焰全部吸走，并凝于刀锋之上化成一个小火球。

包括大日法王在内的所有人都有种莫名的震撼，这是来自心灵的震撼。

刘秀仿佛没事人一般，毫发未伤，脸上的表情依然淡漠而自信，在黑暗中犹如自地狱窜出的神魔。

“呼……”圆月弯刀之上的火球突地被刘秀抖向那几堆已经熄灭的篝火。

“轰……”几堆篝火竟奇迹般又再爆起巨大的光亮，使得校场再一次变得亮如白昼。

“好！好……”那群匈奴战士们哪见过如此诡异的决斗？刘秀所做的一切就像是在玩魔法一般，他们又怎能不为之叫好？

空尊者好不容易滚灭身上的火焰，但整个人已烧得一团黑，衣服皆化为飞灰，身上更起了一个个吓人的水泡。

“师弟！”苦尊者大惊，掠入场中以衣服掩住空尊者的躯体，心神大惊！

大日法王的眸子里也闪过一丝难以察觉的杀机，因为刘秀出手似乎太狠了些，让他的徒儿受此大辱尚且不说，更将其烧成这样，只是不知除此之外，空尊者是不是还受了其他的伤。

让所有人意外的却是，刚才刘秀也同样置身火团之中，但为何刘秀连衣服都没有受损呢？

刘秀的刀法又是何种刀法？又怎会如此诡异、如此古怪？

这种与贵霜国刀法相比似是而非的刀法，确实没有人能看出其中是何路数。

当然，最让人无法忘怀的却是刘秀竟能将烈火如此驱策，化为己用的同时，却不伤己身，即使是大日法王也无法忘却刘秀身上的火焰向刀锋流淌的过程。

空尊者没死，但在那有些焦黑的表皮之上多了两道渗血的伤口。

空尊者受了伤，不仅是火伤，更有刀伤，但这除了刘秀和空尊者自己之外，大概没人能知这伤是如何加上去的，只不过，这向所有人证明了一个事实——空尊者败了！

刘秀的神情极为淡漠，略显傲然地向大日法王道："这一场我胜了，只要再胜一场，就可向法王挑战了！"

大日法王阴阴一笑道："很好！阁下确实是值得本法王出手，这第二场不用再比了，本法王接受你明天的挑战！"

"师尊！"苦尊者大惊，大日法王居然取消了这一场他与刘秀的比试，便等于说是他败了，这怎不让他不满？

"二位王爷，丞相、元帅，为了明日的决战，大日先行告退了！"大日法王并不理会苦尊者的不满，立身便向左右贤王请求告辞。

左右贤王也大为愕然，他们也没想到大日法王居然对刘秀的挑战如此重视，在刘秀只胜了空尊者一场之后便同意接受挑战，这与一开始的傲然不可一世之状像是两个极端，而又何以会有如此大的转变呢？难道就只是因为刘秀刚才惊世骇俗且诡异莫名的刀法？

"既然这样，本王也该告退了！"右贤王也立身而起，尽管他感觉到了刘秀所带来的威胁，但是他对大日法王的武功有着绝对的信心。

在大日法王没有出手之前，他仍然是西域第一高手，这一点，右贤王尚很自信。

"不知阁下与锁哈达大宗是何关系？"大日法王经过刘秀身边之时，淡淡地问道。

"没有关系！"刘秀坦然。

大日法王悠然一笑，便大步而去。

“恕本王不送了！”左贤王淡淡地道。

刘秀望了被苦尊者带走的空尊者一眼，也略觉有些意外，大日法王表现出的果断及那般严阵以待的架势，似乎与其性格并不相合。

当然，刘秀知道今天他注定会成为左贤王及其部下眼中的英雄，不过，他也不能不为明日的挑战作准备。

并没有太多的人祝贺刘秀，因为每个人都很清楚明日才是最重要的，尽管此刻刘秀胜了，但却要面对更强大的敌人，他明日还能以这种胜利者的姿态出现吗？是以，左贤王与耶律济阳仍是很担心。

但无论如何，至少刘秀拥有挑战大日法王的资格，而其表现也让他们多了一丝鼓励。何况，今日大刹右贤王的威风，更让大日法王也大丢面子，这确实是件大快人心之事，至少对左贤王是这样。

小刀六自然也成了功臣，他的部下中竟有如此之多的高手，这使左贤王更对他青睐有加。

耶律长空也极有大将风度，在祝贺刘秀之时，不忘发出邀请，不过却是在与大日法王决战之后。

刘秀也没想到一切来得这么容易，不过今日的他已不是昔日的他，对与大日法王之战，他拥有足够的信心，只是这一刻他也不愿让人惊扰自己，因此，宴会未结束也早早地退下休息了。

邪神突然觉得自己忽略了某一件事，但是一时之间他竟想不起自己究竟忽略了什么，在心中总存在着那一丝挥之不去的阴影，这是一种极为莫名的感觉。

扭头望了望偌大的皇宫，在月影之下，宫墙异常阴森，在这种情形中，邪神居然想到了一个人——齐万寿！

宛城的大豪齐万寿，邪神似乎明白了点什么，他想起了那个与他远远地错过的影子正是昔日宛城的大亨齐万寿。

为什么齐万寿会在这里？这里是皇宫，绝不应该是齐万寿该出现的地方，但是齐万寿确实在宫中，邪神相信自己的感觉绝对不可能出错。

皇宫之中，确实藏着许多秘密，即使是邪神努力地想明白皇宫中究竟有些什么，但直觉告诉他，在这片冷森的天地里，却有着许多让他吃惊的高手。

在刘玄的身边潜藏着的高手比邪神想象中要多得多！

这些人绝不张扬，看上去可能会是个普通宫女，普通太监和侍卫，甚至是修剪草木的扫地之人，这也是他何以不敢在皇宫之内太过张扬的原因。

刘家虽然没有了武林皇帝刘正，但是瘦死的骆驼比马大。刘正活在世上之时，却为春陵刘家留下了许许多多足以让刘家不灭的可怕人物，而刘玄的真身是刘仲，他身边的人当中，自然有许许多多来自春陵刘家，这是极为正常的，但这也成了威慑邪神的一股强大力量。

邪神知道刘玄已经不在宫中，想了想，竟快速赶向刚才齐万寿拐过的圆门，他倒想看看，何以齐万寿会出现在此地！

御花园的大门居然没有守卫，这让邪神有些意外，但他依然大步跨入园中。直觉告诉他，齐万寿便是走进了这座御花园之中，不过，御花园占地数百亩，想找到一个人倒也不是一件容易的事。

为什么要追齐万寿，连邪神自己都有点不明白，或许只是其内心深处的一点不为外人所知的慨然。

邪神很小心地穿行于林间，但突然又有所觉，其思感仿佛触摸到一丝若有若无的气机，他迅速拐弯，走过挡住视线的假山，便看到了一道背影，熟悉而挺拔的背影！

正是他所要寻找的齐万寿！

“你终于还是来了！”邪神尚未开口，齐万寿的声音已经先传了过来，不由让邪神大吃一惊。

邪神的确吃了一惊，齐万寿好像知道他一定会来一般，他明白，齐万寿的话是对他说的，因为齐万寿已经悠悠转过身来。

这时，邪神才发现，齐万寿所立之亭子的一根柱子上挂着一面青铜镜，而他的影子正映于那面镜子之上，尽管夜色极昏暗，却仍能辨清影子。

“你是故意引本皇来此的？”邪神的眼神极冷，反问道。

“哼！”齐万寿不屑地笑了笑道：“你还真以为自己是武林皇帝吗？”

“你这是什么意思？又为何出现在宫中？”邪神冷厉地问道。

“我出现在宫中，便是为了揭穿你的阴谋！你很清楚我的意思，因为真的邪神早已死在了泰山！”齐万寿冷冷道。

邪神神色微变，冷冷地望着齐万寿阴恻恻地笑道：“真是笑话，那你以为本皇是谁？”

“世上根本就不可能有两个邪神，你是谁还得你说出来才行，但你一定不是邪神！”齐万寿神色冷厉，却毫无所惧。

“笑话，你凭什么说本皇不是？”

“因为我在泰山之上查探了两月，经确认，邪神、武皇和秦盟皆已身死，阴风乃当时在玉皇顶最直接的证人，也是玉皇顶唯一幸存者，而他已返回崆峒山接掌了掌门之位。何况，玉皇顶的尸体更可证明这三大绝世高手之死！”齐万寿淡淡地道。

“谁是阴风？”邪神神情一冷，反问道。

齐万寿不由大笑起来，半晌才冷冷地道：“亏你还扮邪神，连阴风道长的名字都没有听说过，我教你一课，他乃昔年崆峒派老掌门的师弟，松鹤道长的师叔，但后来却成了武皇刘正的五仆之首，你连阴风都不知道，足以证明你根本就不是邪神，甚至只是个无知的后辈而已！”

邪神的脸色不由变得极冷，“你究竟是什么身份？”语气冷漠得让人心头发寒。

“让我来告诉你他的身份吧！”一个尖细而阴冷的声音传了过来。

邪神不由得扭头一看，只见一个老太监在两个小太监的搀扶之下缓缓走来，说那句话时竟在不断地咳嗽，看上去倒像是痨病鬼一般，小太监手中的两盏宫灯也使黑暗稍去。

“他乃是圣上座前的御前枢密使，更是国丈茂陵侯！”老太监声音依然极为尖细，但却如针一般扎入邪神心底。

邪神大吃一惊，冷冷问道：“你是国丈？”

“不错！”齐万寿自豪地道。

“你让燕盈嫁给了他？”邪神语气之中竟带着浓浓的杀机。

“你是秦复！”齐万寿听到这句话，顿时神色大变，脱口低呼道。

邪神脸色再变，御花园之中顿时杀气更浓，若覆有一层沉沉的寒雾。

“你动了杀机，如此看来，茂陵侯所说没错，你便是天魔门的新一任宗主秦复了，想不到你的易容之术竟可与当年的天下第一巧手秦盟相提并论，真是长江后浪推前浪！”老太监一边咳着一边感叹道。

“公公，你先歇会儿，别太累了。”两名小太监似乎极为体贴。

“想不到在这里还能见到贤侄，真是意外，不过也不知是你的有幸还是不幸！”齐万寿的语气平静得连他自己也感意外，自邪神那一句没能刻意掩饰的话音之中，他识破了对方的身份，但这也使他心中生出了许多感慨。

“这是你逼我的，不要怪我不念旧情！”秦复吸了口冷气道。

齐万寿只觉一股阴冷的风拂面而来，竟悠然打了个寒战，秦复身上的杀机若开缸之陈年烈酒，散发出凛冽而森然的气息，弥漫于每一寸虚空。

“想不到你的武功居然精进如斯，完全可以不必装邪神！”齐万寿大讶，吸了口气道，却似乎并没有太过在乎秦复此刻的武功。

“你化装成邪神，必有所图，只可惜，百密一疏，你在宫中待的时间太长了，不该给我们这么多时间，本总管好多年都没能遇上值得出手的人，看来今日倒可以松松筋骨了！”老太监不紧不慢地道。

秦复突然觉得，这痨病太监在说完这些话时竟变得威猛无俦，病态一扫而去，他在惊讶之余，便知此人只怕是比齐万寿更为可怕的高手。而在宫中他从未见过这痨病老太监，但他突然想起了一个人，不由失声问道：“你便是禁宫大总管海长空?!”

老太监突然笑了，随即又咳了两声道：“是啊，只不过是个将死之身而已，居然能在快要死前，让我还有出手的机会，看来老天待我不薄呀！”

秦复的心中顿时咯噔一下，他在宫中住的日子并不短，自然知道海长空乃宫中最神秘的人物！他一直没见到过此人，但今日却连如此神秘之人都出现在这里，想必齐万寿早有准备，这御花园中还不知潜有多少高手，这使他心中多了一丝阴影。

如果今日只有齐万寿一人，他或可杀人灭口，但若是高手太多，一旦闹起来，只他一人身陷宫中，想杀出去绝不可能，因此他竟萌生退意。

秦复此刻的身份与昔日不同，自然不能因小失大，根本就犯不着以生命冒险。至少，在这一刻赤眉军已逼临城外时，他犯不着如此。

“那就让我见识一下大总管的武功吧！”说完，秦复的拳头已越过了十数丈空间，抵达海长空的面前。

其身形仿佛完全不受空间的制约，拳动无声，有如一颗自夜空中疾划而过的流星。

海长空眼中乍闪出一缕讶异，宽大的袍袖顿时充气鼓如皮球，毫不退避地直迎那只仿佛是自异空破出的劲拳。

“噗……噗……”拳未相触，旋动的气机竟使一旁的两盏宫灯自行爆裂，化为两团火球，一闪即灭。

火灭之时，两拳相触。

“轰……”巨响之中，地面竟在强大的气流相冲之下，炸开一个大坑，周围的树木有如摧枯拉朽一般折断。

海长空闷哼一声，身形倒射四丈才踉跄落地。

秦复并未追赶，反而侧身斜掠向御花园之外，但他却发现齐万寿的剑已如电芒一般自天际划落。

齐万寿的剑从不轻易出，但他一旦出剑，天下便没有人敢小视。

昔日江湖四圣七剑客，齐万寿仅排在儒圣林继之之后，被誉为剑圣，名列秦复的父亲侠圣秦鸣之前，只是后来四圣皆淡出江湖，反倒使人忽略了。

儒圣林继之昔年大破皇城之后便仙踪难觅，而侠圣秦鸣惨死于皇宫之中，赌圣更是神龙见首不见尾，淡泊江湖，根本无人能知其下落。倒是齐万寿居于宛城，成了天下闻名的大豪，也更成了一方武林泰斗！只是已经没有多少人再以剑圣之名称呼他，但许多人心中都很明白齐万寿仍是不折不扣的剑圣。

当然，齐万寿的剑法绝不是天下间最好的，至少，崆峒派剑道之尊的地位从未动摇过，即使是昔日武林皇帝都无法在剑道这一项上能高出崆峒，不过崆峒乃道家圣地，与世无争的心性使他们不会与齐万寿争夺虚名，而另外一种剑法便是来自春陵刘家。

春陵刘家的剑法是经由武皇刘正精心锤炼所得，其剑法自是让天下人所向往。

秦复是第一次见齐万寿以最凌厉的形式出剑！

天空中唯有剑，无人，无影，或只能说是一道闪电。

“好剑法！”秦复不能不叫一声，虚空中他的影子被切成碎片。

剑光微暗之时，秦复却出现在另一方，他看到了齐万寿的影子，一道淡而清幽的影子，像是夜风中的妖魅，一闪便再次消失于那道剑虹之中。

秦复确实有些惊讶，齐万寿的剑道修为之高，只怕不在昔日松鹤之下，也难怪其在南阳独尊一方，便是绿林军最强盛之时也不敢对宛城齐府怎样，足见此人确实是极为可怕的人物之一。

秦复可不想被这两大高手缠住，他很清楚，一个齐万寿加上一个海长空，尽管他根本不惧，但是以他的武功，此刻要胜二人之联手，只怕也要百招以上。

海长空被誉为宫内第一高手，刚才那一击竟被秦复占先，这确实让他极为惊讶，即使是邪神亲来，也不能一击将他逼退四丈，可见眼前这假邪神只怕比真邪神更为可怕。

“叮……”秦复出指，以准确无可挑剔的速度击在齐万寿的剑锋之上。

剑影顿散，齐万寿却发现秦复的脚已如出海青龙般踢至!

“轰……”剑芒一闪，齐万寿的手中竟再划出另一柄剑，但这柄剑与秦复的脚底一触，立刻化为碎片。

秦复的功力之高，完全超出齐万寿的想象，他不由得骇然飞退。

“山海裂——”秦复一声低啸，身形顿时消失在夜空中，但虚空之中却卷起一道无与伦比的风暴。

强大的气流将四面八方的物什全部牵扯一起，化成一个庞大椭圆的暗球，如巨大的陨星般直撞上飞退的齐万寿。

“《霸王诀》!”海长空吃了一惊，低呼道，但他的身形却没有丝毫退避之意，一振臂，也如一团燃烧的火焰般直撞向那陨石般冲撞而下的暗球。

齐万寿也为之骇然，秦复的攻势未至，那股气势已让他无法喘过气来。强大的压力自每一寸虚空挤压撕扯着他的每一寸肌肤，仿佛是要吸走他体内流动的血液。

“万剑并流——”齐万寿也低啸一声，身上乍起一道豪光，暗夜的虚空竟落下一道闪电，与豪光相接。

豪光之中，千万道剑影有如蝗雨般自齐万寿的身上射出，并结合，以极速射向那团当空压下的巨大暗影。

夜空倏然亮了起来，虚空之中一片诡异。

无数柄小剑聚然而合，竟在豪光之中凝成一柄巨大无匹的剑，那道接天闪电竟如巨剑的曳尾一般斩向那暗球。

巨剑的柄端正是齐万寿擎起的双手！

“轰……轰……”

巨剑在一撞之下，化为无数碎片，碎片又化为尘末，那陨石般的暗球去势稍阻之际，海长空的身子已与之相撞。

两团光球一触即散，暴露出的两条人影向两个不同的方向狂射而退。

地面上的齐万寿狂喷出一大口鲜血，双膝竟陷入了泥土之中，衣衫裂成条状。

“侯爷！”一名小太监急忙赶上前。

海长空的身子倒跌而出，连连撞断三棵大树，这才喷出一口鲜血坠地。

秦复也是气血翻涌，这两大高手联手一击，确实让他不好受。齐万寿的剑气竟可以透入他的经脉，尽管他伤了齐万寿和海长空，却不敢再多加停留，借与海长空一撞之力，身形如大鸟般向御花园外投去。

秦复心中明白，他若想很快击杀这两大高手是不可能的，如果是在这两人全力相拼之下，很可能他自己也要受点伤，而这里完全是属于刘玄的皇宫，他绝对占不到任何优势。

秦复退走的身形极快，旋身便已掠上御花园的宫墙，但就在他踏上宫墙的那一刹那，宫墙居然爆裂，一股强大无伦的气旋自中冲出，如同喷发的火山……

秦复大惊，身形惊起，那碎玻璃瓦片青砖碎末如云雾般遮住了他的视线，而在这种要命的时刻，他竟感觉有千万缕锐风自四面八方狂射而至。

事发突然，秦复确实没有想到在这御花园的宫墙之中，居然潜伏着这样一个可怕的高手！而且出手之及时，使得他一口真气未能提上来。由此可见，这潜伏的人不只是个高手，更是一个绝对精明的杀手！

秦复的身子一升再升，意欲以此摆脱那自混沌之中攻来的千万缕锐风，但是他似乎有点失望，他根本就无法摆脱这缕缕锐风的袭击。

“天地怒——”秦复在空中一声低吼，竟张开四肢，不再回避。

“霹……雳……”无数道电火自天空射落，整个夜空仿佛完全被撕裂，电火与虚空中的秦复相触，竟如一根巨大光绳将其牵引在虚空之中，但又在刹那间爆成耀眼的强光向四面八方辐射开来。

强光迅速吞噬虚空中的一切，那些破碎的玻璃砖瓦一触强光立刻化成尘粉，随即消失。

“铮……”强光之中一阵龙吟般的剑啸惊起，仿佛在皇宫之中的每一寸空间都激起了强烈的回音，使人精神为之大振。

“焚音血剑——”齐万寿神色变得有些古怪地低念了一声，竟怔在那里发呆。

“焚音血剑——武皇!”海长空也吃了一惊，他又怎会不记得这柄被天下人奉为第一神兵的兵器，乃是武皇刘正年轻之时仗剑天下的利器？无下无人能与之相匹！后来武皇刘正无敌于天下，不用剑也足以无敌，此后便再未出过剑，但谁都不会忘记这柄昔年陪武皇转战天下的神器！

齐万寿被誉为剑圣，自然知道此剑，更对此剑极度向往，只是他从来都未能有机会见到武皇出剑，甚至没有资格向武皇挑战！仅武皇的五大仆人之武功都绝不在他之下！

当然，齐万寿也绝对尊敬武皇，他可以算是武林中数百年来的神话。而此刻，武皇的焚音血剑居然出现在皇宫之内，而且来得这般突然，齐万寿自然愕然，因为他知道武皇已在泰山之巅仙逝，那么，此握剑者又是何人？为什么会出现在这里？

强光所过，物毁墙塌，强大至极的气旋带着诡异的电火，竟让未触强光的树木干枯，甚至燃烧起来。

整个御花园的花草仿佛顿时失去了生机！

“快退——”齐万寿拉起身边的小太监低吼，同时身形迅速向强光相反的方向掠退。

电火霹雳之外，虚空之中竟似有万千鬼魂在哭泣，而在强光之中渗出一抹血色。

仿佛是黄昏天边的晚霞，瑰丽而诡异。

刘玄突觉心跳加快，一种极不祥的感觉自心头升起，目光不由向皇宫的方向投去，却见天际无数道电火交缠在内宫的上空，使得整个长安城亮若白昼。

刘玄心中的不安感更甚，尽管他尚未近皇宫，但自宫中透出的杀意竟浓烈得让他心惊。

而所有的杀机都是来自那团升上天际的电火！

这诡异的现象不仅让刘玄惊动了，整个长安城，甚至是城外的赤眉军都惊动了。

刘玄突地心神大震，因为他看到了那千万道电火所凝的强光之中，竟有一道血色的光影游动于其中，如一条在巨浪中翻飞的血龙，其形怪异至极。

“大哥——”刘玄似乎突地明白了什么，低呼了一声，纵马向皇宫之中狂冲，他身边的亲卫们也都吓了一跳，慌忙紧追其后。

与此同时——

“传令全面攻城！”城外的樊崇望着长安城内天空的异象，眉头立刻紧锁，深深地吸了口气，高喝道。

樊崇也是一代绝世高手，他自然能够感受到那来自长安城上空异象之内的气机，以及那团毁灭性的死亡气息，他仿佛明白了什么，在这种时候他唯有下令强攻！

强光一扩再扩，蓦地以快过最开始扩张速度的百倍极速向四面八方轰然炸开。

“轰……轰……”

强光如同一阵剧烈的风暴般向四面冲散，所过之处，木折花枯，但迅速淡化，化为虚无。

天空中无数的电火如八爪鱼收回的爪子，迅速没入夜空、云层之中，天地在一片死寂之中陷入无边的黑暗。

一道血芒自天空中陨落，而另一道人影却如折翅的孤雁般斜斜落向黑暗的另一端。

当齐万寿和海长空睁开眼睛之时，眼前已是一片废墟，也正是那陨落的红芒坠落地上的那一刻。

“焚音血剑——”齐万寿心神大震，以极速掠向坠落地上的血剑，但是赶到近前，却呆住了！

地上不只是剑，还有一人，拄剑而跪的人影！

已看不清其面目，犹如一尊千疮百孔的假山！

海长空也呆住了，他知道眼前之人已死，但依然单膝而跪，拄剑立成了一座丰碑。

焚音血剑竟在哀鸣，仿佛是大漠之中羌笛的暗哑之音，轻微沉重，在剑身之上悠然滑落一滴血珠，并极速渗入焦黑的泥土之中。

死者不远的地方，有一片血渍及一截断指。

齐万寿知道，这截断指乃是秦复的，因为死者的十指完好，那摊血渍也是秦复的，但是这人却为此付出了生命的代价！

齐万寿和海长空都明白，此人重创了秦复，以一人之力能重创秦复，其武功至少已在他们二人之上，而且最让他们意外的，却是此人居然是焚音血剑的新主人。

那么此人又是谁？又怎会出现在这里？齐万寿正在沉思之时，禁卫军大队人马迅速赶了过来，但赶来的人也呆住了，并迅速将死者围住，一副严阵以待的架势。

“不许动他！快去追邪神，他才是奸细！任何可疑人物全给本总管抓起来，若敢反抗，格杀勿论！”海长空心中涌起了一阵莫名的感伤，更激起了内心无限的杀机。

那群禁卫们不由得一呆，但海长空的话便是命令，即使是要抓邪神，他们也不敢有违。毕竟禁军属海长空管，而邪神虽地位高，却与禁卫军不相干。

“你们听到没有？都随我来！”那禁卫头领呼喝道。

海长空竟向死者深深地作了一揖，他很清楚，能成为焚音血剑的主人者，必是刘家之人！而且与武皇刘正绝对有着极大的关系，何况以此人的武功，只怕比之真的邪神也不会逊色多少，很有可能乃是武皇刘正的传人。

齐万寿却对死者涌起一种似曾相识之感。

“皇上驾到——”一声清喝，刘玄已几乎是驱马直接飞奔向御花园之中，但当他看到眼前的一切之时，不由得呆住了。

“臣叩见皇上！”齐万寿忙跪叩。

“奴才海长空叩见皇上！”海长空也吃了一惊，他感觉刘玄来得太急，急得让他意外。

“是你们杀了他？”刘玄的语气之中透着一股无法掩饰的杀气，冰冷地问道。

“禀皇上，乃是邪神所为，此人协助臣等阻杀邪神之时不幸遇害！”齐万寿略显惭愧地道。

“是邪神？你们为什么要杀他？”刘玄的语气更冷。

“因为这个邪神是假的，乃天魔门新一任宗主秦复所扮，真正的邪神其实早死于泰山。因为皇上刚在外巡城，臣来不及向禀报，邪神便欲杀我与大总管灭口，这才……”

“是啊，奴才本是想等皇上回宫禀报之后细商对策，却不想秦复先下手为强，我二人不敌，无法将之拦住，在他要溜走之时，便是这位朋友以身体重创了秦复!”海长空忙解释道。

齐万寿心中暗暗松了口气，海长空确实不笨。事实上，如果不是他贪功心切，想与海长空两人对付这假邪神，要是先与刘玄商量，再细作安排，尽管秦复武功已经超越了邪神，天下难有敌手，也绝对难以逃脱，但是他们却太过低估了这个假邪神的武功，这才酿成了这次大错。

如果刘玄知道他们贪功心切，必不会饶恕，现在只能将罪名推到邪神身上，这样刘玄便无法怪罪了。

海长空又何尝不知道这些？是以，他只好给齐万寿圆谎，而且他已经感觉到眼前死者可能与刘玄关系非同一般，这才因为这神秘人物的死引起了刘玄对他们的杀机。

直觉告诉海长空，如果是他们杀了眼前这人，那么刘玄会立刻下令击杀他们!

刘玄自马背之上跃下，步履沉重至极地行至死者身前，竟脱下身上的龙袍，轻轻地裹住死者的躯体。

“皇上——”海长空和所有的臣子都骇然跪下，他们哪想到刘玄居然将龙袍脱给这个死人穿？这完全是有失君威的表现!

刘玄并没有理会这些跪于地上的臣子，只是目光紧紧地盯着死者那被电火烧得焦黑的面孔，眸子里竟滑出了两行清泪。

海长空和齐万寿诸人更惊，但却再也不敢多说什么，在他们心中，更对这死者的身份充满疑惑。

当然，刘玄不说，他们也不敢多问，因为他们知道此刻任何一句多余的话都有可能引来杀身之祸！不过，他们已经可以肯定，这死者一定是刘家之人，而且与刘玄的关系可能会极为密切。

良久，刘玄才缓缓抬起头来，以极为冷峻不可更改的语气道：“海长空，朕要以君王之礼厚葬此人，你去为朕安排!”

海长空一愣，其他的人也愣住了，但是没有人敢多问!

刘玄缓缓立起身来，深吸了口气，自语道：“秦复，我一定要将你碎尸万段!!!”

长安城内外交煎，赤眉军大举攻城，而城内则是四处搜捕邪神的踪迹。

所有只有九根手指的人都要被抓，刘玄更是赏金万两，并以列侯之位赏给能割下邪神头颅的人！即使是能准确知道邪神在城中下落者，也可以赏金万两，这确实是极为巨大的诱惑。

城内各街口皆已设哨，不管城头之战如何激烈，城内似乎都不会在意。

以长安城之坚，刘玄很自信可以守住，如果能杀了秦复，便等于是毁了天魔门一大半的力量，而对赤眉军也是个极为沉重的打击。

当然，刘玄明白秦复的易容之术天下无双，他昔日早就见识过。而当秦复易容成邪神之时，连他也未曾觉察到，因此，要找到这样一个人，绝对不易，而且秦复很可能会成为长安城中的任何一个人。

所幸，秦复身受重伤，且断去一指，这个比较容易分辨，而且如果此刻能找到他，将之击杀便不再是一件难事。

尽管赤眉军在城外拥有压倒性的气势，但是在长安城内，仍是更始军的天下。

皇宫之中的惊变，确实让长安城的百姓极度不安，不过，他们并不知道究竟发生了什么事，却总感到这绝不是什么好征兆。

昔日武皇刘正七破皇城之时，天降血雨，大旱三年，长安城几乎变成了死城。今天，赤眉军攻长安，城中的天空却又出现如此异象，确实让城中百姓心中忐忑不安。

所幸，刘玄知道如何安定民心，并宣扬这乃是天降吉兆，稍稍让百姓安心。不过，也没有多少人在乎这些，因为赤眉大军压境，正在疯狂攻城，谁也不知长安城会不会在下一刻被破。

此刻城头的李松、李况兄弟二人正身先士卒地浴血杀敌，以坚城相守。在弓箭守城诸类工具准备充足的情况下，赤眉军的进攻并未能占到便宜。

那些攻城的战车在投石机的狂攻之下，也所剩不到几架完整的。

城头的更始军因为有刘玄的巡视，都战意极为高昂，使得赤眉军损失极为惨重，不得不暂停攻城之举，而此时天色已经大亮。

有人要挑战大日法王，这确实是让龙城为之振奋的事情。

大日法王的威名并不只是扬威西域，在大漠也极有名气，试问又有谁不知西域王母门呢？

在匈奴人的眼中，大日法王确实是难以战胜的。但是今日的挑战不仅得到了大日法王的首肯，更有左右贤王致力安排，连久病稍愈的呼邪单于也前来观阵，这怎不让龙城人也大为兴奋？

事实上，昨夜左贤王府中那精彩至极的对决，已很让人津津乐道了，对于萧六这个名字，龙城之中也并不陌生，因为他为龙城带来了只有在中土才能买到的商品，更曾因飙风骑大显神威而成了呼邪单于的贵宾，自是家喻户晓。

而萧六的部下却有那么多厉害人物，这也并不太出人意料，只是没想到萧六的人居然敢挑战大日法王！

连萧六的部下都那么厉害，那么萧六本人呢？很多人都在猜想，萧六自己究竟是怎样的一个人？

龙城很少有这么盛大而隆重的场面，除上次耶律长空大败北匈奴时出现过外，但今日却截然不同。

决战之地，意外地被定在龙城之外的原野上，因此，龙城的城头便挤满了人。

呼邪单于下令，不许城中百姓出城，那是怕伤及无辜。

尽管在龙城之中，从未有这种顶级高手决战过，但并不是没有人知道这般高手决战的破坏力。因此，在刘秀提出决战场地定在城外之时，左右贤王欣然答应。

匈奴骑兵更封锁了方圆二十里地，不准闲杂之人进入。

当然，有许多人认为这也太过做作了一些，因为仅只两个人决战，哪会需要如此之大的场地？便是千军万马征战，有二十里地也便已足够。

不过，没有人反对，耶律长空亲自布置一切，尽管在龙城，他的北府兵不多，但在龙城之中的军方人物，他的威信最高，又是刘秀挑战的公证人之一，他自然要亲自安排。

呼邪单于的精神似乎好多了，也不知是因为逢此盛事，还是因为今天的天气极好，此刻呼邪单于已在嫔妃的相搀之下，坐上了城楼。

左右贤王也都在城楼之上落座，远远地眺望着那屹立于不远处小土丘顶的刘秀。

刘秀早就已经在山丘之上，但大日法王尚未到。不过，他不急，因为他知道这次大日法王一定会来。

如果大日法王不敢出现，那他永远都不可能再在南匈奴国中容身，更无法达成其心愿。

刘秀很清楚，大日法王之所以会来龙城，那便是为了能借匈奴之兵攻打中原，尤其是北方的枭城军。

刘秀恨大日法王，大日法王也绝不想放过刘秀！恨，是相互的，这并不意外。

刘秀恨大日法王，是因为已经死去的梁心仪。不可否认，梁心仪乃是刘秀一生中最钟爱的女人，但是却是一个悲剧，也因此，他立誓要杀尽曾污辱过梁心仪的所有人，包括大日法王！

大日法王对刘秀的恨，则是因为刘秀杀了王母门中的许多高手，而且还抢走了梁心仪，更险些让他丢了性命。这对他来说，确实是奇耻大辱！因此，对付刘秀，他绝不手软。

只可惜，西域王母门的力量虽不弱，但仅只是一个门派而已，而刘秀却拥有北方的半壁江山，更有大军百万，其部下猛将高手如云，若是他想找刘秀报仇，无异是以卵击石，这才让他想到来南匈奴借兵，只要他能成为南匈奴的国师，成为新单于的宠臣，就完全有机会引兵南侵关内。

只是，大日法王并没有想到居然会冒出这样一个挑战者，使他的计划险些落空，因此，今日之战他绝不可以逃避。

最要命的却是呼邪单于已经下令，今日谁胜了，谁将是南匈奴的国师！

当然，这个主意是右贤王提出的，因为他对大日法王有绝对的信心，反倒是左贤王有些坐立不安，出言反对却没有用。

左贤王心中苦涩，很明白他的命运与今日之战完全挂钩了，如果刘秀胜了则是大喜，否则他的一切都完了。

右贤王心中则是暗暗得意，尽管他也明白，今日一战将决定他与长兄的命运，但是他从未想过大日法王会败！这便使他多了几分底气，仿佛已看到了自己成为新一代单于的美好未来。

当然，左贤王知道，让刘秀出手，至少他还有一线希望，如果没有刘秀出手，大日法王同样可能成为匈奴国的国师，他只能在坏和可能坏之间选一个结果。

刘秀的心神很平静，刀，便插于他身前的地面之上，他则盘膝坐于小丘之顶。他知道，有千万双眼睛在看着自己，期待着自己，但他的思感之中，却只有一个人——

那便是大日法王！

大日法王正行向这座山丘，步子极小极缓，俨然散步，但更多的却是似乎在试探刘秀的耐心。

刘秀的耐心极好，这一切都是自生与死的教训之中磨练出来的，这也是让他成长为一个绝世高手的基础。是以，当大日法王的目光与他的目光在虚空中相触之时，他竟极为悠然地笑了。

刘秀笑得很淡，仿佛有种嘲讽和不屑的意味夹于其中，这让大日法王感到有些怪，因为他不明白刘秀的笑是什么意思。

当然，大日法王根本就不需要明白，在他与刘秀的目光相对的那一刻，便知道刘秀已经出手了。

战意和气机便是通过眼神以无可抵御的形式刺入大日法王的心中！

好深邃的一双眸子，像是包容了整个天地，一个无底的黑洞——这一切，只是来自精神上的思感。

突然间，大日法王觉得眼前的对手比想象中还要可怕，但他没有止步，这已经是一场无法避免的决战，即使是他想退，也已无法退却！因为刘秀那几乎可以洞穿一切的眼神传达了一个很明确的信息——距离已经不再是局限，只要他退后一步，迎来的将会是雷霆一击！

大日法王也不再回避刘秀的目光，两道目光在虚空之中交接的那一刹，草原的上空竟惊起一个巨大的霹雳，闪电如一条银蛇般自朗朗晴空洒落。

顿时，风起、云涌！

城头之上的呼邪单于和匈奴子弟也皆骇然，甚至有点不明所以，但却明白大日法王与刘秀已经正面相对。

“父王，要起风了，我看父王还是移驾回宫好了。”左贤王关心地道。

“不！本王戎马一生，什么阵仗没见过，还会怕这小小的一点风？难得有这么精彩的对决，本王又怎能错过?”呼邪单于肃然道。

“去给父王拿一件裘袍来!”左贤王向一边自己的妃子吩咐道。

呼邪单于不由得笑了，慈爱地望了左贤王一眼，感叹道：“看来，我是没有白疼吾儿，本王活于世上六十余载，已够了，能在将去之年睹得如此高手对决，此生又有何憾?”说话间，呼邪单于的目光又投向远处土丘之上的刘秀和大日法王。

“父王定可安享万年的，何用说如此不吉之话?”右贤王也忙道。

呼邪单于又笑了笑道：“说是这般说，谁又真能活过万岁？我不急你们也会急的!”

呼邪单于此话一出，右贤王脸顿时一红，但呼邪单于随即又指着城外的刘秀和大日法王悠然道：“这才是真正的不世高手，尚未交手便已生天人交感之象，本王已经很多年都未曾见到这般真正的高手决战，此等人物，我匈奴国得一足矣!”

众人更愕，呼邪单于看似久病初愈，但是其所言却无半丝病态，依然豪气干云，所说之话，足见其见识之广。

“大日法王乃西域第一高手，名震天下，若能得他之助，必会使我国早日一统大漠，牧马中原!”右贤王眸子里射出兴奋的光芒，充满希冀地道。

呼邪单于不由得笑了，淡淡地道：“王儿有如此理想，为父确实高兴，不过，与大日法王相对的那年轻人潜力无限，为父在此便已感受到了他身上散出的刀气，想必此人绝不会比大日法王逊色多少!”

“刀气?!”左右贤王不由得骇然，此地相距那山丘至少六里之遥，呼邪单于竟能感受到散自刘秀身上的刀气，这岂不是天方夜谭？而且他们根本就毫无所觉。

呼邪单于没有理会两个儿子，反将目光投向耶律长空，淡淡地道：“长空可有感应到?”

耶律长空神情肃然，点头道："他身上不仅有刀气，其战意更是无人可比！虽其尚未出手，但长空已感到百万大军屯兵沙场的压抑，若长空没有猜错，此人必曾是疆场之上无敌的悍将！"

呼邪单于这次倒是真的开心地笑了，赞许道："长空果不愧为我国第一勇将，本王征战一生，此人身上的战意是我见过所有人当中最为强烈的！如此人物居然在我龙城，真是我龙城之幸！"

右贤王不由得愕然，刘秀与大日法王尚未曾交手，呼邪单于便给其如此之高的评价，这确实让他心中不爽，因为呼邪单于好像根本就没有在乎他的大日法王一般。

左贤王心中却是大喜，他对刘秀本来毫无信心，此刻经呼邪单于和耶律长空这般一说，倒是多了几分信心，只是他有些惊讶，何以呼邪单于这久病初愈之躯能对战场之上的刀气和战意如此敏感？

"如果我国真有这两人相助，那统一大漠，牧马中原，确实只是举手之劳！"耶律长空感叹道。

呼邪单于又笑了笑道："长空又说错了，如果说统一大漠确实是举手之劳，但是要想牧马中原，只怕这两人还不够！"

"单于教训得是！"耶律长空忙道。

"父王这不是长他人志气，灭自己威风吗？此刻中原四分五裂，战火不断，他们自顾不暇，如果我军趁虚而入，中原还不是唾手可得？"右贤王不服气地道。

呼邪单于不置可否地道："在我们未能统一大漠之前，入侵中原只是自寻灭亡！待我们统一大漠，中原也差不多一统，若说凭这两人之力，或可天下少有敌手，但如果真有敌手的话，那这对手一定在中原！"

"孩儿不相信！"右贤王略有些固执。

"二十余年前，本王便已游历过中原，也和你一样孤傲，因为我是大漠第一高手，但是到了中原才知道，那里的高手是何其之多，而且他们的武功根本就不是你所想象的。当年我为大漠第一高手时，大日法王还只是个无名之辈，你以为大日法王的武功很好吗？我在二十余年前便已达到这种境界！”呼邪单于不无缅怀地道。

“二十多年前父王便达到了这种境界？”左右贤王大惊，几乎难以相信。

“可是……可是父王怎会……？”左贤王讶异地问道。

“那是因为本王不该太固执地去挑战一个人！”呼邪单于慨然道。

“一个人？他是中原的吗？”右贤王讶异地问道。

“不错！他便是中原的武林皇帝！本王居然未能在其手下撑住三十招便已一败涂地！以至于五脏受了不可逆转的伤势，永远都只能拥有五成功力，才会让北匈奴逞强！”呼邪单于无可奈何地道。

“以父王当年的武功，居然三十招就已落败，那这个人……”左右贤王都瞪大着眼睛，表示不敢相信，耶律长空也大为骇然。

“本王败得心服口服，事实上，中原除了武林皇帝之外，能胜本王的高手尚不在少数！因此，我不能不提醒你们，如果说有真正可怕的高手，那么这些人应该是来自中原！”呼邪单于语气沉重地道。

“不过，孩儿认为，武功并不是决定战争胜负的原因，毕竟战争不是某一个人的事，而是整个部队配合的问题，群体的力量和灵活的战术才是制胜的关键！”耶律长空插嘴道。

呼邪单于欣然一笑，道：“说得好！这才是本王最喜欢听的话！我国一日有长空在，就一日无忧矣！”

“谢父王嘉奖，只要孩儿尚有一口气在，必不会让外敌伤我子民，夺我牛羊！”耶律长空肃然道。

“很好，我相信你！这天变得真快！”说话间，呼邪单于目光投向天空，深深地吸了一口气。

众人不由得也都抬头仰望天空，但皆骇然，不知不觉间，原本晴朗万里无云的天空竟被一层极厚极密的暗云压着，天地暗得极为阴沉，更不时地自暗云的缝隙间射出几道狂舞的电芒，使得空阔的原野极为诡异。

“这是怎么回事?”右贤王不由惊讶地问道。

“这就是天人交感！他们两人的气机引动了天地之中的灵气，而使得天象大改，你立刻吩咐城头的所有战士小心戒备，以免发生意外!”呼邪单于提醒道。

“长空明白!”耶律长空应了声，立刻退去。

第九十七章　建武大帝

电火如银蛇乱舞，落在小土丘的周围，使沉暗的天地有如森罗绝狱。

大日法王的脚步终于挪上了小丘，与刘秀相距十丈而立。

刘秀依然脸挂淡笑，但眸子却显得更深邃、更空洞！而在深邃空洞之中又仿佛封存着无限的玄机。

大日法王努力地控制着自己的心神，不让自己陷入那深不可测的目光中。他不敢想象那双眸子中究竟拥有怎样一个世界，更不敢走入那双眸子所拥的世界。

“你心有惧意！”刘秀笑得很傲然，也很冷漠，那平静的语气却像是一柄利剑般刺入了大日法王的心间。

大日法王脸色竟微微变了变，刘秀居然看透了他内心的每一点情绪。

“本法王何惧之有？只不过，本法王倒是真的对你看走了眼！”大日法王也坦然道。

刘秀不由冷漠地笑了笑，道：“你确实看走了眼，所以你才会害怕！不过，今日既然你来了，那就唯有一个结果！”

“什么结果？”大日法王不置可否地问道。

“那便是从此这个世界再不会有你的存在！”刘秀语气坚决至极地道。

大日法王不由得笑了，道：“你以为你有这个能力吗？”

“很快你就会知道结果！”刘秀自信地道。

“你根本就不是林光武！”大日法王悠然道。

“你并不傻！”

“你究竟是什么人？”大日法王冷冷地问道。

刘秀缓缓地撕下了面具。

“林渺！不，刘秀！”大日法王失声低呼了一声，大感意外，旋又恢复平静，冷冷地道：“我早就应该猜到是你，没想到踏破铁鞋无觅处，得来全不费工夫！”

“哈，说得好！今日就让我们作个了断吧！”刘秀冷冷地笑道。

大日法王顿时明白，今日的一切只不过是刘秀早就想好的一场戏，到了这种时候，他哪会不明白两人之间唯有一死方休的结局！

“梁心仪那贱货值得你为她这样吗？这样的骚女人哪里都可以找到……”大日法王的语气一变，充满了讥讽和不屑，他知道最直接也最容易激怒刘秀的方式便是梁心仪。

刘秀只是目光变得更锋锐，却依然脸挂笑意。在这种时候，他的心和思想仿佛全都抽离到了另一个世界之中，是以对大日法王的言语之激，他并没有任何情绪。

“我真为你感到……”

大日法王尤待再说，却突然发现自己的声音居然被一缕无坚不摧的气劲割成了碎片，散在虚空中成了碎末。

刘秀终于出刀了！刀出，十丈长空立破为无间，刀锋已化为一道电火逼于大日法王的面门。

大日法王没有犹豫，也不敢犹豫，两人的气机紧紧相牵，刘秀一动，他便已知道，但是刘秀方动，刀便已至！倒像两人不是相隔十丈，而是近在咫尺。

“叮……”大日法王的法轮划出，准确无比地迎上了刘秀的刀锋。

在两件兵刃擦出一道电火之时，刘秀的刀竟暴长，与斜斜错落的闪电相接，顿燃起一道奇异的亮彩，身形也隐于亮彩之中，随爆闪的电火自天空斜斜划落，并再一次直射上大日法王。

大日法王微感惊讶，刘秀变招之快，确让他意外，但是最让他意外的仍是刘秀诡异的攻势！

他没能看到刘秀身在何处，却看到了那团自天际有若流星般划落的异彩！他感觉不到刘秀的存在，因为刘秀的心神和思感刹那间竟与天地自然相融，其生机便来自这浩瀚的天地，其杀机战意则融入这电火密云……

大日法王知道，今日的刘秀已经不再是昔日在沔水之上的刘秀，也不会只是在内丘偷袭他的刘秀，而是一个真正的超然于物外、夺天地之造化的绝世高手！

"轰……"大日法王一抖大红法袍，如一团燃起的烈焰般，直撞向那团异彩，两股气劲撞出无与伦比的风暴，以两人为中心，向四面旋去。

那压于丘顶的密云在强大的气流冲击之下，有如煮沸了一般，翻腾起来，更泄出无数道闪电，霹雳声远传百里。

一撞即开，两道人影在电火之中若巨鹰一般飞掠，瞬间又融入诡异的虚空，化为无形，但密云之中落下更多的电火，整个天空就像是一个巨大的锅底，锅口向上，而最底端则几乎与那低低的土丘相接，情形怪异得让人难以想象。

四面八方的暗云依然以极速向土丘的方向聚拢，拥挤不堪的底部如一个巨大无朋的肿瘤挂于虚空之中。

"轰……"那处于锅底的若肿瘤似的密云蓦然之间爆开，自中泄出万道光华，将整个锅底似的密云击得四分五裂。

而在光华之中，两道耀眼的光球在闪电的牵引下，以超速相撞，再次爆发出更耀眼的光芒。

巨大的鸣响之中，那光芒炸开成无数道闪亮的刀影，密密地织于暗云之下的每一寸虚空，而另一团光影迅速没入另一片暗云之中。

整个天空倒像是长满了刀锋的芦苇荡，那种瑰丽几乎无法以言语形容。

密云如同在乱刀之下分割的碎布，切成无数的小块……

面对这罕世难见的怪异奇景，龙城之上的所有人都看傻了，同时远处传来的强大风暴卷着沙石如浪潮般冲向龙城。

城头上的旗杆纷纷折断，那些观看的城中百姓、战士只得蹲在垛口抓紧墙面，以防被强风卷走，但是他们被风沙吹得几乎睁不开眼睛。

城楼之上，呼邪单于的护卫高手在其周围布下一道气场，以阻风沙的入袭，但每个人均为之骇然。

并不是每个人都曾有幸见到如此决战，这种诡异的场面只怕会深烙在每个人的脑海之中，永远都无法磨灭。

那些嫔妃们见到那自山丘之顶随风暴狂射而来的刀形光影之时，都吓得纷纷尖叫。

散落的刀气化为有形的光幕，所过之处，树折花摧，若是落到牛羊身上，也足以让其身首异处。

那种云分云合的怪状，许多人连做梦都未曾有过。

“好强的刀气，这个世上真是无奇不有，如此年轻便拥有这般惊世骇俗的成就，只怕他日与武林皇帝有一较高下的资本!”呼邪单于不由得赞道。

“父王，依你看，他们二人谁的胜算要多一些呢?”右贤王此刻居然比左贤王更急了，不由出声问道。

左贤王本来心神极为紧张，但是在看到刘秀的刀法竟有毁天灭地之威时，竟稍微松了口气。尽管他知道大日法王的厉害，但是在听过呼邪单于的那番话后，反而对刘秀更充满信心。

“怎么回事?”耶律长空突见城墙之上的守军一个个抱头鼠窜，不由得向一名千夫长急问道。

“报元帅，外面落下了好大的冰雹，有几名兄弟被砸晕，还有……”

“让他们先避一避！”呼邪单于道。

左右贤王不由得都傻了眼，天空中果然下起了巨大冰雹，在那茫茫原野之上迅速铺满了一层亮晶晶的冰雹，大的有碗口大，小也有鸡子般大小。

整个天地陷入一片迷茫之中，而那漫山遍野亮晶晶的东西煞是瑰丽，便连城楼中的许多人都看傻了。

“快看——”一名嫔妃突然把手指向那像锅底密云的空中道。

众人循声望去，骇然发现那里又结下了一块巨大肿瘤状的云团，但这次云团不是炸开，而是自下而上迅速变得如同原野之上那些冰雹一般亮晶晶透明的色泽。

“那团云竟在空中凝成了冰块！”耶律长空张大嘴喘着粗气，说出了这句惊世骇俗的话。

一团巨云竟在虚空之中快速凝成巨大的冰块，这让谁都难以置信！即使是呼邪单于这昔日与武林皇帝刘正正面交过手的人物，也愕然无语。

这一切确实离奇得让人难以想象，事实上，今日所发生的一切本就完全超出了这些人的想象，这已经不像是现实，而是一个神话，一个传说。

“轰……”那巨大的瘤云在以最快的速度化成巨冰之后，如同是密云所生的一个巨型冰弹，自虚空中斜斜撞落地面。

强烈无比的震荡，使整座龙城似在摇晃，那小土丘在顷刻之间被撞毁，在原地却多了一座巨大的冰山。

冰山晶莹、透明、巨大、诡异，在电火的辉映之下仿佛是一座水晶的魔宫。

“他们不是人！”左贤王突然冒出了这样一句话，手心竟渗出了密密的汗珠。

“不是人！”右贤王居然也重复着这三个字，且在突然之间，他觉得巨大的寒意自远处袭来，那股惊起的尘土风暴中卷起了无数冰雹的颗粒，也带来了一股刺骨的寒意。

寒冷如潮水般袭来，一旁的侍卫们忙给呼邪单于加上厚厚的皮裘。

呼邪单于竟似完全失去了知觉，只是脸上绽出了一种莫名兴奋的光泽，眼神中竟仿佛蕴藏着火焰！在突然之间，他仿佛又回到了昔日横行大漠的年代。

没有太多的人注意到呼邪单于这异样的表情，因为所有人的目光都几乎被六里之外的异象所吸引。

此刻耶律长空才似乎有点明白，为何二十里之内不能有闲人进入，这并不是夸张，而是必要的。

天空中的云如同煮沸了的水一般，无休止地翻腾，冰雹也如同雨点一般洒落而下，弥漫了整个天空，但是没有人看到刘秀和大日法王的踪迹。不过，在所有人都醉心那块巨大如朋的冰山之时，天空突地射下百千道闪电，所有的电火只凝向一个方向——那块巨大的冰山！

这一切并不只是偶然，不是！

百千道电火自各个方位如从天顶探下的巨大触角接通那巨大的冰块，刹那之间，巨冰放射出亿万道豪光，使整个天地泛起一片刺眼的光芒，其更像一个透明的巨型宫殿，折射后的光芒更幻出五彩异芒。

整个天地仿佛在刹那间陷入一个魔幻般的世界，没有人能形容那一刹间的震撼和瑰丽，因为每一个观看者的心神都不由自主地陷入了这奇异的异景之中，仿佛忘却了自身尚存在于这个现实的世界。

“轰……”便在那剧烈的强光冲击得所有人都不敢直视之时，山丘的方向传出一声惊天动地的巨响。

天与地似乎在刹那间幻灭，所有人都只感受到自己若置身于一个奇异的虚空，没有实体的存在，甚至不知道自己是生是死。

天地在一片乍闪的光芒中消亡，而在乍闪的巨烈强光之后又是一片无尽的黑暗。

并不是真的黑暗，只是因那一闪的强光让所有的眼睛顿时难以示物，但随那一闪强光之后出现的却是无数飞射的冰块。

在无数道电火之下，那块巨冰居然炸成了尘末，毁天灭地的能量自巨冰之内爆发，形成一股向四面八方辐射的巨大风暴。

在风暴之中又夹着数以亿记的碎冰。

“快退——”一个声音在城楼之中响起。

呼邪单于一看，却是萧六身边的归鸿迹！他对这个沉默的老头并不陌生，但没想到在此时老头却冲进了城楼。

“快退——”耶律长空只觉天地在一阵昏暗之后，眼前竟爆出一片横射的冰粒风暴。

冰粒风暴铺天盖地般自远方漫向龙城，如一层诡异的巨浪，欲吞噬一切。

冰粒风暴未至，那毁天灭地的气势却已经让人几近窒息。

左右贤王哪里还敢犹豫，急忙扶着呼邪单于纵身跃出城楼，那些嫔妃也惊呼着向城楼之下冲去。

归鸿迹袖袍急涨，如一只巨大的蝙蝠，张翅迎向那喷射而至的冰粒风暴。

“轰……”响起一阵剧烈的震荡，龙城城头的城楼竟轰然塌下，在那巨大的冰粒风暴之下，竟像是不堪一击的垃圾。

归鸿迹夹在尘埃之中飞投向城下，因他这一阻，而使呼邪单于等人安然下城。

当这些人看着那塌陷的城楼之时，不由得都傻了。

没有人敢想象，这要不是在六里之外的龙城，而是在刘秀与大日法王交战的土丘，那又会是怎样的结果呢？

尘埃依旧在飞扬，天空中无数的碎冰力竭而落，砸在地上发出一阵阵清脆而悦耳的鸣响，和着远处天空中断断续续的霹雳声，便像是做了一场噩梦一般。

但这并不是梦，而是不可更改的现实，看着这纷纷落下的冰雨，所有人都不由得傻眼了，似乎忘记了自己的存在。

城中的匈奴人也傻傻地，那冰粒砸在头上都忘了叫痛，地面上到处都是碎冰，晶莹剔透，倒也极为诡异。

冰雨稀稀落落地下了一阵，逐渐停止，但天空依然极暗。

浓浓的密云不再如煮沸的水一般涌动，而是逐渐延展，在冰雨之后又淅淅沥沥地下起了雨。

天空中雷声隐隐，但只是断续而至，不再如先前那般狂野、激烈。

在小雨之中，众人也逐渐回过神来，这时，他们又想起了城外那惊天动地的决战，想起了那两人惊世骇俗的对决。

塌下的城楼并没有影响众人观战的心情，是以，包括呼邪单于在内的所有人又再一次登上了城头。

放眼眺望，在茫茫的原野之上，处处闪烁着亮晶晶的冰雹，或是大大小小的碎冰，如同漫山遍野的白骨。

远处的土丘已经完全消失，竟只剩下一个极大的坑，如被陨石撞击后一般。那块自天而落的巨冰也化为无形，在雷电的冲击下化为碎末，而那一阵冰雨便是来自那块巨大的冰山。

虚空中依然泛着极重的寒意，似已成隆冬的天气，阵阵寒气自龙城外的原野如浪潮般袭来。

大日法王在哪里？刘秀又在哪里？所有人的目光都在寻找，但在雨雾之中，天地只是一片迷茫，根本就无法看到远处的东西，但是每个人心中都涌出了一个念头——决战已经结束！

决战已结束，是以天地才逐渐转为安静，才会让那场酝酿了很久的风雨悠然洒下，但是——孰胜？孰败？

所有人都在期待答案，因为这已经不再只是刘秀与大日法王之间的私怨，更牵涉到匈奴国内部的权力之争。

千万道目光只能远远地投向那决战之地，尽管目光无法穿透雨雾，却希翼出现奇迹。

无论奇迹的结果是什么，总会有人期待，总会有人祈祷。

呼邪单于的眼中闪烁着奇异的光彩，他已经感受不到来自原野上的战意，或是无与伦比的气机，但他却能感应到有人正向龙城行来，他几乎可以捕捉到那若有若无的思感！

"开城欢迎我们的英雄，我们的国师！"呼邪单于悠悠地吸了口气，肃然道。

"父王，他是谁？"左右贤王同时急问道，他们都很担心可能发生的一切。

"不管是谁，胜利者都有资格成为我们的英雄，成为我们的国师！"呼邪单于冷静地道。

众人愕然，知道连呼邪单于也不知是谁胜谁败，左右贤王不免都有些失望，神情更显得紧张异常，当目光再一次投向远野之时，竟发现一道模糊的身影正由远而近，向龙城大步行来。

每个人的手心都渗出了汗水，他们尚无法看清对方的面目，但却知道一定是胜利者，而这个人又是谁呢？

"主公——"最先呼出口的是归鸿迹。

归鸿迹的功力除刘秀与大日法王之外最为深厚，是以最先看清回归者面目的人也便是他。

呼邪单于微感惊讶，惊讶的是归鸿迹居然是第一个看清那归来之人，更惊讶的是归鸿迹称那人为主公！

"主公——主公——"铁头和鲁青也都大喜，同时呼了出来。

左贤王大喜，此刻他哪还会不明白是谁胜谁负？心头长长地松了口气。

这时，所有人都看清了回城者的面目，同时更发现刘秀的腋下挟着另一具躯体，悠然而回。

呼邪单于竟笑了，笑得极为开心，仿佛刘秀的胜利才是他最大的快乐。

“怎么会？怎么会……”右贤王的心沉入了海底，脸色铁青，刘秀胜出的结果太让他意外了，他几乎不敢相信这是事实。

小刀六也欢呼起来，兴奋得像个孩子，他恨大日法王，因为他也爱梁心仪！在最开始，他一直对刘秀充满了信心，但是在看到天象大变，一切都显得极为诡异之时，他竟替刘秀担心起来。

如果刘秀死了，那么梁心仪的仇便永远都没有机会报了，而他也唯有以一死谢枭城军诸将，毕竟，以刘秀此刻的身份，根本就容不得一点损伤。

但刘秀毕竟还是胜了，而且在他腋下所挟的正是大日法王的尸体。

天上的暗云逐渐淡薄，向四面飞散而去，刘秀自雨雾中走来，水气将其裹在一层淡薄的雾中，若隐若现，仿佛是自异空行出的巨神。

“开城门——”左贤王高声呼道。

龙城大门轰然而开，城中百姓蜂拥而出。

鲁青更是直接，自城头如鹰般扑下，在空中以极为优雅的动作落于城外，抢先欢迎刘秀的归来。

苦尊者也飞扑出城，那是因为他看到了大日法王的尸体。

“师尊！”苦尊者惨呼，如一头疯虎般拦住刘秀的去路。

“你把我师尊怎么了？”

刘秀的神情极为冷漠，有些怜悯地望了苦尊者一眼，淡漠地道：“他死了！”

“是你！你这个凶手！我和你拼了！”苦尊者向刘秀狂扑而至。

“轰……”苦尊者没能靠近刘秀，挡住他的乃是归鸿迹。

归鸿迹没有动，苦尊者却暴退五步才驻足。

“如果你想自寻死路，我可以送你一程！”归鸿迹的声音很冷，但却坚定得让苦尊者心寒。

“这是你师父的尸体！”刘秀一抛，大日法王的躯体便飞撞向苦尊者。

苦尊者忙伸手接过，只觉师尊大日法王的尸体奇寒彻骨，但面目却烧成焦黑一片，不禁骇然。

“带着他的尸体，滚回西域，能去多远便去多远，我不想再在大漠或是中原见到你！”刘秀的语气极冷。

苦尊者还想说什么，右贤王身边的一名亲随却拉住了他。

苦尊者不由得望了望刘秀，再望了望归鸿迹，他知道，他连一个归鸿迹都打不过，更不用说对付刘秀了。何况刘秀身边尚有那么多高手的存在，如果他想现在报仇，那便唯有死路一条！但想到以师尊大日法王之武功，也难免死于对方之手，即使是他将来能有师尊的成就，也仍然无法报仇，一时无免心生绝望，竟落下几行泪水，再也不说一句话，抱着大日法王的尸体便向茫茫原野行去。

“尊者！”右贤王赶出还想挽留，但苦尊者头也未回，孤独的背影很快便消失在风雨之中。

刘秀抬头仰望龙城那坍塌的城楼，长长地吸了口气，悠然闭上眸子，叨念道：“心仪，你安息吧，我亲手为你报了仇！若你在天有灵，就保佑万宝能顺利救出藏宫，找到孩儿，我一定不会再让我们的孩儿受苦！”

长安城太大，想在城中找到一个能容颜千变的不世高手，确实不易。

但刘玄并没有放弃，他很明白，秦复很可能会成为这次攻城战成败的关键，尽管他尚不知秦复在赤眉军中的身份和地位，但想来也是极为重要的人物，而另一个原因则是因为秦复是真正杀死刘寅的凶手！

昔日，为了成为九五之尊，刘玄也曾想过要除掉兄长刘寅，但是刘寅那无我的牺牲却让刘玄心中无限愧疚。为了春陵刘家，为了大汉江山，刘寅付出了太多，但刘寅竟根本就未曾为自身的利益着想过。

刘寅毕竟是他亲生的大哥，即使是他已替代了刘玄的身份，但体内却流着春陵刘家的血液！刘寅更为他做出了如此之多的事，今日好不容易得知其尚活于世上，转瞬间却又死于秦复之手，这怎不让刘玄心中大恨?!

另外，秦复的武功如此可怕，连刘寅、齐万寿和海长空三人联手都未能将之留下，可见其武功是如何可怕，如果让其伤好反助赤眉军，那长安城则危矣。是以，此人不除，实会成为刘玄的心腹大患。

偌大的长安城，想寻找一个人的确如大海捞针，不过，此刻长安城内外交煎，城内处处设卡，挨户搜查也不怕麻烦，反正仅在长安城中活动。在这片天地之中，刘玄并不怕让城守更紧张一些，这样无论是对城外混入城中的奸细也好，还是对于潜于城中的秦复也好，都是一个严重的威胁。

当然，如果秦复的伤势好了，只怕这长安城根本就困不住他。只要他想走，且是以悄然的方式进行，掠过长安城内的高墙并不困难，而只要他一出长安城，便是刘玄有十万大军也是无济于事。

刘秀杀了大日法王，却并没有人责怪他，因为根本就没有人能想象到在那种情况下仍能留下活口。

当然，即使不是因为这些，也绝不会有人敢怪刘秀，匈奴人对于一个失败者根本就不会在意，他们只会真正在乎胜利者，在乎英雄！而刘秀则是他们的英雄。

刘秀或许不只是英雄，简直是一个神话，一个无所不能的神！

小刀六的身价也倍增，因为此刻刘秀尚是他部下的身份，刘秀拥有如此神威，小刀六自也是水涨船高！

龙城中的长老将领及各部落的族长都不断地向刘秀祝贺，因为战胜者将可能成为南匈奴的国师。

国师之职虽无太大实权，但也是与丞相并列的重臣，更多的时候比丞相更与单于亲近一些，因此自是成了各部巴结的对象。

呼邪单于亲自设宴，宴请小刀六诸人，以表示对他们的欢迎。尽管呼邪单于的身体极不好，但这一刻却强撑着应付一切，皆因今日刘秀与大日法王的大战，确实激起了他的豪兴。

“本王从今日起便任你为我匈奴国的国师!”呼邪单于干咳了一声道。

“请单于收回成命，其实我此次前来龙城乃是另有要事与单于商讨!”刘秀肃然道。

“哦?”呼邪单于大惊，不知何以刘秀居然拒绝成为国师。

“不知林公子有何事?”左丞相耶律济阳也有些意外地问道。

“我此次前来龙城，乃是想代大汉与贵国永结和好，促进两国的通商，使之共同繁荣安定!”刘秀肃然道。

“你是代表大汉前来我国的?”呼邪单于讶异地问，脸色变得有些难看。

“不错，其实我的真实身份并不是林光武!”刘秀坦然道。

“那你究竟是谁?”呼邪单于脸色再变，眼前这年轻人居然欺瞒了他!

“禀单于，事实上，他便是我大汉建武皇帝刘秀!”小刀六此刻也不再隐瞒，出列恭敬地道。

“建武皇帝刘秀……?!”

小刀六此言一出，整个殿中立刻如掀开了锅一般，包括呼邪单于在内的所有人神色大变。

他们自然不会没有听说过刘秀之名，更不会不知道刘秀百万大军的厉害，整个河北和山西此刻都已经是建武军的地盘，其部下之将更是昔日威震天下的人物。

无论是关内，还是关外，刘秀绝对是最为红火的风云人物。

呼邪单于早有耳闻，更知道昔日塞内外通商，大多数都是这个人在支持。

"你就是大汉建武皇帝刘秀?"呼邪单于从座位上立身而起，惊疑地问道。

刘秀悠然撕下脸上的面具，露出本来的面目，肯定地道："不错，我就是刘秀!"

"将他拿下!"右贤王眼见事起突然，顿时心中大喜，因为这正是他翻身的转机。

那群护殿的匈奴高手立刻拔刀欲飞扑而上。

"住手!"呼邪单于大喝。

那群护卫顿时愕然停手，刘秀依然脸挂淡淡的笑容，似乎根本就没有在乎眼前发生的这一切。

"你们想干什么？还不给本王退下！建武皇帝乃是我匈奴国的上宾，你们谁乱动?"呼邪单于厉声道。

"父王，他此来定是包藏祸心，而且此时不杀他，就再也没有机会了!"右贤王急了，忙出声道。

"混账！你知道什么，咱们南匈奴虽往昔与大汉屡屡争战，但那却是因王莽暴政！建武皇帝乃是仁义之辈，且武功盖世，此来我龙城结盟，已是给我南匈奴天大的面子，乃我匈奴之大幸也！何来祸心?"呼邪单于训叱道，同时在两名嫔妃的搀扶之下走下大殿，向刘秀深施一礼道："不知是建武皇帝亲至，实有怠慢，请上座!"

刘秀心中顿对呼邪单于另眼相看，此人虽然有病缠身，却如此识得大义，倒确实是个人物，而且这种气度也让人心折。

"宾主有别，单于还是不用客气!"刘秀也推辞道。

"既然如此，那就在本王座旁再摆一椅!"呼邪单于吩咐道。

殿中的众人确实为这突发的意外震住了，他们怎也没想到这名动天下的建武皇帝竟是如此年轻，而且拥有惊天地、泣鬼神的武功。

不过，许多人也释然，如果不是其拥有如此绝世的武功，又怎么可能如此年轻，便拥有如此之多的猛将强兵的拥护呢？其在河北屯军百万之众，而在山西的大将邓禹此时兵力也有数十万之众，其兵力之盛，在中土无人能及，即使是赤眉和绿林军也无出其左。

事实上，当右贤王欲让人出手的时候，殿中的许多人都心中大为不安，他们并不是没有见过刘秀的武功，其实不必刘秀出手，仅其身边的这么多高手，就不是殿中这些匈奴勇士们所能敌的，万一伤了单于，谁敢负这个责任？

另外，若得罪了刘秀，这龙城中根本就不可能有可以与刘秀抗衡的人，想击杀这样一个高手，是绝对不可能的，而且惹恼刘秀，那就要与北国的百万大军为敌，这会使他们背腹受敌，陷入绝境。

即使是一向支持右贤王的右丞相也为之捏了一把冷汗。

刘秀的绝世武学本身就是一个极大的威胁，任何想要对付刘秀的人都不能不考虑其严重的后果，所需之代价也是没有人可以估算到的。

“请了！”呼邪单于极客气地道。

刘秀也欣然就座，与呼邪单于并排坐于大殿的上首，以示呼邪单于对他的尊敬。

“我此来龙城便是想与单于永结和好！”刘秀说着向小刀六打了个手势。

小刀六立刻捧上一份小册，双手递给呼邪单于道：“这是我们皇上为单于备的一份礼单，此礼已由我飙风骑战士护送在城外，立刻便可送入城中！”

“哦。”呼邪单于微感惊讶，接过礼单，却见上面写着：天机神弩五百张，珊瑚树两棵，丝帛一百匹，宝玉五十块，明珠百颗，茶叶百斤……

礼单上所列品种达数十种之多，除了一些极贵重的物品外，许多都是中原特产，而在大漠却极为稀有的东西。

呼邪单于看后，又将其交给身边的礼祭。

礼祭忙念了一遍，殿中众臣也都开始议论起来，这份礼单之中没有黄金白银之物，却绝对丰厚。

往昔都是匈奴向中原进贡，今日却是刘秀送来厚礼，此刻刘秀的诚意自是很明显。

“我尚有一疑问！”右贤王踏上一步，语气冷峻地道。

“王儿有何疑问？”呼邪单于反问。

“既然建武皇帝是来与我南匈奴和好的，那为什么要选择与大日法王决战？若非如此，他就会成为我国未来的国师！试问，你在表明身份之前先杀我国师，这是什么和好？难道是想展示一下你的威风，抑或以此表示我国人才凋零呢？”右贤王逼视着刘秀，冷冷地质问道。

“是啊……”殿中顿时有许多人跟着议论起来。

“单于，右贤王所言极是，如果建武皇帝是有意前来和好的，又何必杀我国师？”右丞相附和道。

“右丞相别忘了，大日法王并没有成为我国的国师！最多也只能算是弟府中的一个上宾而已，而且高手过招，死伤在所难免，何况是面对大日法王那般高手？谁又敢不全力以赴？难道我们还要为一个在比武中战死的人追究胜利者的过失？”左贤王也挺身而出道。

刘秀满意地望了左贤王一眼，知道对方仍把自己当成同一阵线上的，怎么说自己杀死大日法王也正是左贤王的意思，是以笑了笑道：“多谢左贤王的理解，其实这件事我本身也有错，我身为一国之君却尚减不去那好争斗狠的江湖习气。我早闻大日法王乃西域第一高手，一直盼望与之切磋一下技艺，今知大日法王在龙城，但按捺不住一试之心，谁知大日法王的武功竟那么高，我想收手也是不能，要不是我尚存争强好胜之心，那大日法王就不会死在冰火天雷之下了。”

“那你为什么一开始便隐瞒身份，直到杀了大日法王之后才说出你的身份？”右贤王不弃不舍地问道。

刘秀淡淡一笑道：“如果我不掩饰身份，单于怎会安心让我去冒险呢？那我就无法完成心中的愿望，所以我只好隐瞒身份，以求与大日法王一战。如果单于实在要怪的话，我也没办法！”

呼邪单于的神色微变了变，心中虽有点惋惜和不快，但是事已至此，也不好再说什么，而且刘秀这种年轻气盛的作风与他当年只身闯中原极相似，因此也不会真的怪刘秀，只是洒脱地笑道：“好一个冰火天雷，建武皇帝的心情我能理解，不过只要你没事就好了，江湖胜败生死本乃常事，何况未战之前，结果谁能预料？因此，这也不能怪谁，皇儿先退下吧！”

“是，父王！”右贤王极怨毒地望了刘秀一眼，忿然应了声。

“真想不到建武皇帝竟然拥有如此绝世武功，看来中原天下的一统也是指日可待了！”呼邪单于一改话题道。

“我也希望是如此，那样天下的百姓将会减少战争之苦，安心休生养息，过上安定的生活了。”刘秀感叹地道。

“汉人与匈奴向来征战不断，在我们的想法之中，汉人从来都是不可靠的，这次建武皇帝撇下政事却亲来我龙城，我实在想不明白，难道仅只是为了彼此修好一事？”

“是啊，如果你真的一统了中土，还会记得与我们修好吗？”右丞相有点咄咄逼人地问道。

“昔有昭君出塞，成为一段佳话，这也成为匈奴与汉人的美事。虽大汉与匈奴征战难免，但自古皆有，即使是中土各郡也在征战！战争有罪，百姓无罪，我们为什么不能效仿古人，共安国邦，以安百姓呢？”

顿了顿，刘秀又道：“如果说汉人不可信，并不是所有人都如此，相信匈奴人也有好有坏，否则又怎有南北之分？我之所以亲至龙城，仅带这数十随从，便是要展示我对贵国的诚意，也表示对贵国的尊重。如果你认为我还有其他的目的，又何必亲身犯险？何必冒天下之大韪？”

刘秀之言义正词严，殿中诸人倒还真难反驳，事实上，刘秀身为九五之尊，却只带了这点人亲来龙城，确实展现了其过人的勇气和决心，这是无可置疑的。

“如果说和好只是缓兵之计，那右丞相更错了！要知道，我中土虽战乱未定，天下归谁所属尚难预料，但贵国也同样有北方之忧，如果只是为了拖延时间让我统一中土，那我大可不必前来龙城，也不必提出和好，而只需向北匈奴提供他们所需要的兵器之类的东西便足够了，那时贵国与北方的战争，谁胜谁负，就要看天意了，我又何必多此一举，抛开政事亲来龙城?”刘秀又反问道。

“这——”右丞相立刻哑然无语，因为刘秀所言确乃实话，只要刘秀将天机神弩也提供给北匈奴，那么南北匈奴之战就难以预料了，而他们也根本就不会有南征中土的机会，且刘秀这一招借刀杀人之计，确实是够狠、够毒辣。

“哈哈……”呼邪单于不由得笑道：“陛下何必与他一般见识？陛下之诚意可昭日月，乃是为天下万民请命，造福于百姓，此举确实让人钦佩!”

刘秀一怔，呼邪单于竟改了称呼，显得更尊重。不过，他倒也无所谓，毕竟他已身为一国之主，自不能有损身份，仅仅只是做了一下客气的表示。

这两天来，李松心神有些不宁，赤眉军在这期间并没有再大举攻城，而且屯兵于城外，攻城器械便堆于投石机无法攻击到的地方，似乎根本就不怕城内出兵攻击一般。

这种虚实难料的形式，李松居然不敢出城强攻，连他自己也觉得窝囊。这一段时间，刘玄下令只许守不许攻，确实是让城内的守军憋得难受，李松向来都觉得自己也是一代名将，却做这般窝囊之事，他也感到无奈。

“二弟，你看看张卯的阵形，根本就没有任何有效的防守……”

“大哥是想开城破敌？”李况听到李松如此说，立刻明白兄长的意思，有点吃惊地道。

“难道你不觉得整天死守，与这些无聊的人对骂根本就不是我等所该做的吗？”李松吸了口气道，沉声道。

“可是圣上禁止我们出城交战呀！”李况无可奈何地道。

“我们身为武将，即使是战死沙场也无怨无悔，可是天天让我们做缩头乌龟，这对我们是一种污辱！”李松忿然道。

“你还是忍一下吧，总有痛痛快快大杀一通的时候，只要我们守住了长安城，又何必计较这些？”李况安慰道。

“圣上也太小心了，也太高估了赤眉军，我看赤眉军也不过如此而已！”李松虽然忿然，却知道有些事情必须以大局为重，不能意气用事。

当然，这些憋住的怨气总要借机发泄一下。

李况很明白长兄的话意，也仅是笑笑，以示附和李松的话，半晌又道：“我先去巡一下城，大哥先在此休息一会儿吧！”

李松点了点头，望着李况渐行渐远的背影，心中竟涌起一股莫名的怅然，连他也奇怪何以会有如此感觉。

“李将军——”李松正转过身来，却听一声轻呼传至，扭头一看，却是谢躬。

“尚书令怎会来此？”李松微感惊讶问道。

“近日闷战，知众将情绪不好，圣上让我来看一下，同时也让将军见机行事，一切当以稳妥为上！圣上说，他相信将军的才智韬略，自然知道该何时适时出手！”谢躬悠然道。

李松闻言大喜，刘玄这番让谢躬来传的话确如一颗定心丸，也让他大为感恩，至少这是对他的一种肯定。

作为人臣，能得主公肯定，这确实是一件极让人欣然的事，而刘玄的话意更让李松读懂了另一层意思——能战即战，前提是稳妥。这说明刘玄给了他足够的权力，只凭这些，李松已经心满意足了，也愿为刘玄卖掉这条老命。

“尚书令觉得此刻敌军如此布置有何所图呢?”李松指了指城外几乎闲散而置的赤眉军问道。

谢躬看了看，微笑指着不远处道：“将军请看!”

李松凑过身子，顺着谢躬所指的方向望去，却什么也没见到，不由惑然扭头，但便在此时，突觉腰际一麻，全身力道顿失。

“尚书令，你这是干什么?”李松大惊，讶异地问道。

“哈!”谢躬抬起左手，笑了起来。

李松顿时神色大变，因为他发现谢躬的左手只有四根手指。

“你不是谢躬?!”李松的语气有些发冷地问道。

“哈哈，自然不是，我正是你们四下欲寻的武林皇帝!”谢躬得意地笑了起来。

“你……你逃不了的!”李松突地变得很平静，他知道自己尚疏忽了许多问题。

抑或只是因为一开始谢躬便拿刘玄的话吸引了他的注意力，这使他在欣喜之下，失去了警觉。其实他早就应该想到，秦复可以扮成邪神两月余而无人能发现其可疑之处，便可以扮成其他的任何人，只可惜此刻后悔已经没有了任何用处。

“你多虑了，这城墙虽高，却还阻不住我的脚步!”秦复冷冷一笑道。

“抓秦……”李松突地开口大喊，但一句话尤未能喊出，便已被秦复封住了哑穴。

“抓奸细!”一旁的几名守军却知道发生了意外，赶忙疾呼出声，同时向“谢躬”扑到。

“不知死活!”秦复大手一挥，一股沛然气劲扫出，这几名战士立时若稻草人一般飞跌向城外。

“我们也该走了!”秦复一笑，挟住李松的躯体如巨鹰一般纵向城外。

城头的守军见此情况，顿时大惊，迅速赶来，但是他们也不敢放箭，担心错伤了李松的性命。

秦复的身子在那跌出城外的战士躯体上一点，借力横掠十丈，以无比优雅的姿态落在城外。

“不好了……李将军被抓了……”几名守军立刻呼了起来。

“回去告诉李況，想要李松的命，就开城相迎，我必保其高官厚禄，否则就等着为他哥哥收尸吧!”秦复扬声向城头呼道。

城头之上立刻乱了一团，李松差点气得欲吐血，但是他却无法出声，连动一根手指都不行。他没料到秦复居然这般阴险，不仅逃出了城外，更顺手擒住了自己。

“快出城救李将军!”一名偏将大急，急切地呼道，便要上马打开城门冲出去。

“将军，城门不能开!”几名战士忙拉住这冲动的人呼道。

李況很快便被惊动了，知道兄长居然被秦复擒出了城外，顿时心神大乱，匆匆赶至之时，秦复已经施施然向赤眉军的营地行去。

“秦复，你给我站住——”李況怒吼。

秦复听到呼喊，悠然转身，向城头的李況投以洒脱一笑，高声道:“李大将军有何指教?”

“你不要走，我要与你决一死战!”李況怒吼道。

秦复不由得大笑了起来，道:“你想与我决一死战?来呀!我乐意奉陪!”

李況差点气疯了，秦复那嚣张、狂妄的模样，如一把利剑般刺伤了他的心，而此刻，赤眉军的一队人马迅速向秦复靠近，这使得李況更急。

“开城门!”李況向守城的将士喝道，同时纵身跃下城头，提刀便领着人欲杀出城外。

“将军，千万不能中了他们的诡计!”一名参军急忙阻拦道。

“让开！难道你要我看着兄长被他们所害?”李况眼中布满血丝，满是杀意地反问道。

那参军被李况的样子吓了一大跳，他似乎也没想到李况会这般激动，不过，他却能够理解李况的心情。

“我们可以从长计……”

“让开！开城门！谁挡我，我杀谁!”李况怒叱。

那参军顿时一脸无奈，他知道李况心意已决，再劝也是无用，只好让开。

那守城门的战士却犹豫着不敢开城门，因为没有刘玄的手谕，任何人都不能开城门，即使是守城的主将也不例外，是以李况虽然想出城，但这些人却不敢擅开城门。

“听到没有？本将军要出城，快快开城门!”李况吼道。

“将军，没有圣上手谕，谁也不敢擅开城门!”那守城的偏将并不买账，拒绝道。

“李新，你连本将军的话都不听吗?”李况吼道。

“对不起，请将军原谅，李新只听圣上的，没有圣上的手谕，谁也不许开城门!”守门偏将李新坚持道。

李况大怒，他当然知道这是刘玄的圣旨，因为秦复在城中一闹，刘玄这才下令任何人都不能擅开城门，在没有手谕的情况下，王公侯爵也不例外。

“我来不及等皇上手谕，给我将他拿下!”李况大怒之下，叱道。

李况身边的亲兵立刻出手，而守城将士却只听李新的，在李况一声令下之时，双方立刻大打出手。

李况冷哼了一声，他此刻已经管不了这许多了，为了救长兄，他什么都顾不了，哪怕是真的让刘玄发怒，他也只好先干了再说。因此，这一刻李新守住城门不开，他已经决定与之强行对干，任何结果他都愿意承担。

“你想造反?”李新大怒，叱道。

“情非得已，只好先得罪了!”李况身边的战士自然着占倒性的优势，只几下便将守门将士给制住了，李新虽狠，奈何他与李况相比，武功又何止差一筹?

“开城门——”李况喝道。

刘秀在龙城之中住了一日，便即离开龙城，尽管呼邪单于盛情难却，但刘秀依然坚决要离开。

刘秀很清楚，呼邪单于虽然盛情，但绝不是没有对他包藏祸心，只不过呼邪单于很明白，以刘秀的武功，龙城之内的力量根本就不可能留得住他，若是他在龙城中久待的话，难保不出意外。

此刻龙城大局已定，左贤王必定继位，刘秀并不担心其不与汉室建交。而他却另有其他的事情要办，自不能留在漠外太久，而最让他记挂的尚是长安的战事。

怡雪居然说刘寅还活着，并且在宫中，这对刘秀确实是一个极大的诱惑。另外，他还知道刘嘉在外苦战，至于长安城中的刘玄，刘秀并不在意，但他却希望刘嘉能为己所用，因此他要赶在刘嘉兵败之前赶到关中。

呼邪单于也不敢太过挽留，至少，慑于刘秀的武功，他只好让刘秀走。当然，他也并不想得罪刘秀那百万大军，这对匈奴绝对没有好处。

既然无法对付刘秀，那就只好交这个朋友，这绝对是没有坏处的结合，呼邪单于又何乐而不为?只是右贤王对刘秀等人恨之入骨，他绝不会就此罢休，这也是刘秀不想在龙城多留的原因之一。

在龙城之外，有飙风骑接应，这支在大漠纵横无敌的劲旅虽人数不多，却拥有着无与伦比的战斗力，即使是右贤王想打刘秀的主意，也不能不考虑到要付出的代价及可能产生的影响。

而此刻刘秀离开河北已是两月有余，尽管朝中有许多良臣大将主持，但刘秀依然是极为挂怀。

“报皇上，大事不妙！”一名宫侍几乎是跌跌撞撞地冲进禁宫呼道。

“何事大呼小叫？皇上正在歇息！”柳公公挡住冲进来的宫侍责问道。

“公公，大事不好，李松将军被邪神擒出城外，李况……李况他反了！”宫侍气喘吁吁地道，脸色却有些苍白。

“什么？”柳公公也顿时神色大变，这事发生得太过突然，意外得让他也一时反应不过来。

“公公，快告诉皇上，护驾离开长安吧！”宫侍神色有些慌乱，但却想起了什么似的。

柳公公再不言语，转身便直冲向刘玄的行宫，也不管刘玄此刻在做什么。

刘玄对柳公公不识时机地闯进行宫确实极为恼怒，但是在听到柳公公的禀报之后，他整个不由得傻了。

刘玄确实傻眼了，如果说李松被擒、李况反了，那城门岂不是已经陷落赤眉军之手？那长安城何以为凭？何以再守？

“皇上，我们快自西门走吧，再迟只怕来不及了！”柳公公急了，催道。

“皇上，该怎么办呀？”那群本来还兴致高昂、不可一世的嫔妃们也都花容失色。

刘玄的神情略带死灰色，这个消息对他的打击实在太大了，他其实早就想到，秦复很可能会是成败的关键，这个人之可怕不只是武功，更是其千变万化的易容之术，这才是最大的威胁。

刘玄很清楚秦复的易容术是怎样的可怕，只是他没想到一切来得这么快。他在城中的大搜捕不仅没找出秦复，更给了秦复养好伤的时间，这确实是一种讥讽。

不过，刘玄此刻很清楚，以秦复的武功，在宫中只怕没有任何人能与其匹敌，在受刘寅重创失去一指后，尚能如此快恢复，可见此人的武功实已比邪神更为可怕。

刘玄对自己的武功向来自信，但时却知道，自己较之刘寅尚要逊上一筹，如果是春陵刘家的另一高手刘智在，或许可与秦复一战。但是赤眉军的数十万大军一入城中，便会如洪水般势不可挡，长安城的兵力凭城死守那是没有问题的，但是如果失去了长安坚城的优势，与其正面抗衡的话，力量仍然相去甚多，更糟糕的却是因为其部下最有名的勇将叛己而去，反投入了赤眉军中。

“报——”又一声急报传入，一名中军浑身浴血地直接闯入行宫。

刘玄更惊！

“报皇上，大事不好，赤眉军已经攻入了城中，我们的战士快要抵挡不住了！”那中军声音有些颤抖地道。

“皇上，快走吧，我们赶去洛阳，或是宛城，去找汉中王也行！”柳公公急道。

刘玄长叹了口气，起身抓起御床头的剑，一拉披风道：“走吧！”

“快保护皇上！”柳公公向外面的侍卫呼道。

禁军高手立刻护着刘玄向北门逃去，皇城外四处喊杀声震天，显然，尚有大批战士在与赤眉军相抗。

刘玄望了望皇城之外四处升起的火头，他知道一切都完了，但他并不想步上王莽的后尘。至少，他尚有汉中，尚有南阳的郑王王常，至少洛阳他也知道可能是凶多吉少了，而那一切都要归于功他的弟弟刘秀。

这确实是一个极具讽刺的教训，自己的江山，却被自己的弟弟与别人瓜分。

权力本身就是没有情义的，为夺天下而兄弟反目这在古往今来并不少见。不过，这个天下落入刘秀的手中至少比落在赤眉军手中要强。

禁军依然紧守着皇城，尽管外城已破，但是皇城尚乃一座可以坚守的坚城，不过这并不能守上多久，昔日王莽也仅守了几天，最后仍不免落个城破人亡之局。

禁军紧守皇城，这是义务！皇上尚在宫中，便不能擅离职守，不管外面发生了什么事。

大批刘玄的亲卫禁军高手相护刘玄向皇城之外杀去！

刘玄此刻已经脱下龙袍，在这种时候，他绝不能太暴露自己的身份，那样只会引来赤眉军疯狂的追杀。

“报皇上，皇宫已经被赤眉军团团包围！”一名禁军头领见到刘玄，神色有些慌张地道。

“什么？”刘玄带住马缰，望了望那近在咫尺的皇宫紧闭的大门，心中升起一种从未有过的沮丧。这一刻，他似乎体会到昔日王莽穷途末路的心境。

“怎会这么快?!”刘玄抓住那禁军头领的肩，摇晃着厉声问道。

那头领也吓傻了，半晌才无奈地道：“是……是城中的许多将军投降了赤眉军，这才使赤眉军来得这么快！”

刘玄傻怔了一会儿，听着宫城外鼎沸的人声，他有些失魂落魄地登上城头，果见城外全都是赤眉军，但赤眉军并没有立刻攻城的意思，而是屯兵城外，似乎是要等长安城中全部平定之后再大举攻占皇城。

“皇上，我们杀出去！”柳公公一见对方这架式，顿时心中凉了半截，但却明白，如果不冲出皇城，那只会被赤眉军瓮中捉鳖，唯有死路一条。

刘玄神色间绽出一丝苦笑，无奈地道：“只怕已经来不及了！”

柳公公循着刘玄目光所望的方向望去，却见大批赤眉军战士簇拥着两人急速赶来。

“杨音！”柳公公失声道。

“必胜，必胜——”赤眉军战士见杨音策马而至，立刻振臂高呼，显出无与伦比的斗志。

皇城之中的禁军脸色都变了，在气势上，赤眉军完全压倒了更始军，这一刻，刘玄知道自己彻底地失败了，赤眉军那几乎不可战胜的气势，连他的心都在开始发冷。

“皇上！”几名亲卫呼了声。

刘玄面色阴沉得可怕，对着碧空，长长地叹了一口气，仿佛是大病一场，无力地挥挥手道：“回宫吧！”

邓禹大惊，他确实没想到刘秀居然会进入河东，等他接到消息时，刘秀已到了河内城外。

邓禹自复县赶到之时，刘秀已经坐于河内府衙上。

刘秀亲至河东，确实让人很是意外，同时也让河东大军军心振奋。

此刻邓禹大军刚大败更始左辅都尉公乘歙所率的十万大军，使得邓禹的威名更盛。

再见邓禹，刘秀心中确实极喜，这一别数月，邓禹从内到外的气势似乎也全变了，整个人都散发着一股凛烈之气，战争的磨砺，使得邓禹不断成熟，更拥有昔日所没有的战意，尽管其尚只二十四岁，却有股不怒而威、让人心折的霸气。

“臣邓禹叩见吾皇！”邓禹一见刘秀，立刻叩首，其余众将也都迅速跪下，大呼万岁。

“快起来！”刘秀欣然扶起邓禹，赞赏道：“大司徒所作所为确为我军之表率，破王匡，又败公乘歙，有良将如此，天下何愁不定?”

“皇上过奖了，为皇上而战，乃是我们莫大的荣幸！这一切都托皇上的洪福！”邓禹谦虚道。

“哈，大司徒何时也学会了拍马奉迎？不过，数月不见，大司徒却是焕然一新，这些日子让你操劳了。”刘秀不由笑道。

邓禹不由得也笑了笑道：“不知皇上此来河东有何要事？”

“朕这次前来河东，确有一些事。”刘秀说话时，挥手向其余众将道：“你们先出去吧，没有命令，不许进来！”

那群人立刻明白，刘秀只是有事与邓禹一个人说。

邓禹微感意外，见铁头和鲁青诸人也都退出帐外，更感愕然，却不知刘秀有何事如此神秘，但他却明白，刘秀对他的信任是绝对的，而且这样做也不会是多余的。

尽管邓禹与刘秀之间的独处时间不是太长，但他却明白刘秀行事向来是绝对稳妥的，这也是刘秀能成就大事的原因之一。

“长安情况如何？”刘秀见众将都退了出去，吸了口气悠然问道。

“长安好像准备稳守坚城，刘玄将关中的粮草、兵力大部分转移入长安，可见他已作好了拖垮赤眉军的打算！”

刘秀神色微变，吸了口气道：“这确实是一个很好的策略，如果他真的要在长安城中存积粮草，必是想拖赤眉军至隆冬，让其兵无御寒之衣，无可供之粮草，在赤眉军饥疲之时再全力反击！”

“嗯，我看刘玄也是看准了我们与赤眉军同样希望得到长安，想让我们与赤眉先斗个两败俱伤！”邓禹道。

“赤眉军自然也担心这个，而事实也可能会是这样，如果赤眉军久攻不下长安，或可能会掉头来与我们相争！”刘秀分析道。

“这一点请皇上放心，臣已下令大量储备粮草，我们根本就不必有赤眉军的那种担忧。如果赤眉军调兵攻我，我们则以逸待劳，同样以稳守的战术磨消其锐气，一举歼敌！”邓禹自信地道。

刘秀不由得笑了笑道：“很好，大司徒确实是朕的知心人！这场战争，就要看谁更有耐心了，除非是三方鼎立之势被打破，否则我们唯有坚持，更要施行落井下石的战略，谁势弱，便借机吞噬谁！”

邓禹不由得笑了，刘秀的话正说到了他心坎里，只有善战者才能够真正把握形势，而刘秀带兵一向以诡奇著称，更多是以少胜多，作战根本就不依常规，难以常理去衡量，这种坦言落井下石的策略，也正像刘秀的行事作风。

对待敌人，绝对不可以有丝毫的仁慈，痛打落水狗才是最好的战略。

“朕此来，实为另一件事而来！”顿了顿，刘秀又道。

“不知皇上所为何事？”邓禹知道刘秀绝不只是因为长安城之事而来。

“我想亲自见汉中王！”刘秀深深地吸了口气道。

“啊……”邓禹吃了一惊，他倒没想到刘秀所为之事，居然是想亲见汉中王，这种深入敌营之事乃是极为危险的，而刘秀此刻乃九五至尊，如何能冒这个险？

“这……这值得吗？”邓禹立刻明白刘秀的意思，不由出言反问道。

刘秀目光投向殿顶，半晌才道：“这个世上没有什么值不值得的事情，只有该不该做的事情。”

“依臣之见，皇上乃九五之尊，大可不必亲自冒这个险！”邓禹劝阻道。

刘秀又扭头望向邓禹，语破天惊地道：“我得到消息称长兄刘寅尚活在世上，而且就在长安城中！”

“啊……”邓禹更是大愕，这确实是一个极大的意外，他怎么也没想到刘寅会仍活在世上，这下他真的明白刘秀找汉中王的意图了。

邓禹并不知道汉中王乃是刘嘉的身份，更不知刘玄便是他昔日结义的大哥刘仲。是以，他以为刘秀找汉中王便是因为汉中王刘仲与刘寅乃亲兄弟。

“他不是被刘玄害死了吗？”邓禹有些疑惑地问道。

“他没死，有人见到他杀了王凤！”刘秀肯定地道。

“王凤是他杀的？不是汉中王？”邓禹反问道。

“不错，消息是怡雪给我的，她绝对不会骗我！”刘秀肯定地道。

邓禹立刻相信，他自然知道怡雪乃无忧林的得意弟子，而且与刘秀之间的关系极为特别，其交情更非一般，因此他相信如果消息源于怡雪，那便绝不会有错。

当然，如果真能找回刘寅和刘仲相助，又有汉中的十万大军，天下何愁不定？以刘秀此刻的势力，比赤眉军都要强大，尽管天下四分五裂，群雄割据，但那些人都不过是各自为政，若予以各个击破并非难事，但是如果能有刘寅和刘仲的支持，则很可能减少许多征战之苦，而作为另一个原因，刘寅和刘仲乃是刘秀的兄长，若能将之召回自己的身边，自然是最好不过。

“可是，此去敌营很危险，汉中王与徐宣决战，已成胶滞之态，战场上更是千变万化，若是皇上有个闪失，那臣等如何向天下交代？我看不若由我去吧！”邓禹肃然道。

刘秀自然明白邓禹的意思，淡淡地道：“这倒不必，我要亲自前去，不过你须领大军接应我，对于这里的情况你比我更熟，便于指挥大军，也有利于防守！”

“但是……”

“不必再说什么！”刘秀打断邓禹的话又道：“我必须尽快解决此事返回枭城，你在调动兵力之上必须对我的行动绝对保密！”

“臣明白！”邓禹知道多劝无益，刘秀行事总不依常理，不过，他也明白刘秀绝不是个鲁莽之辈。

“你可以立刻去准备了，我决定明日动身！”刘秀吩咐了一声，便起身向殿外行去。

邓禹也不再说什么，跟在刘秀之后行出殿外。

“禀皇上，刚收到长安的消息，长安城有变！”宗歆见刘秀行出殿外，忙迎上道。

“长安城有变?”刘秀和邓禹皆讶。

“李松与李况兄弟开城投降，赤眉军已经攻入长安，此刻的长安只怕已经完全沦陷了!”宗歆吸了口气道。

刘秀和邓禹不由得呆了，这确实是个极大的意外，而且这一切也来得很突然，几乎一下子打乱了他们的计划。

“再探，再报!”刘秀沉声道。

第九十八章　更始末路

皇宫虽墙高数丈，但比普通的城池更为坚固，甚至比普通城池更大。

在皇宫之中尚有近万禁军把守，是以如果赤眉军想强攻的话，也要付出一些代价，这也是赤眉军没有攻城的原因之一。

刘玄仿佛在数天之间苍老了十年，整个人完全憔悴了，他明白，汉中王的兵力根本无法抽身前来长安相救，而眼下能救长安之人或许只有郑王王常，但王常远在南阳，等其救兵赶来，或许皇宫早已被攻破。

最让刘玄心痛的却是此刻洛阳各路封王都拥兵自立，根本就没想着要来解救长安，在他们心中，恨不得长安早点陷落，然后他们便可名正言顺地成为一方之重，一地之主了。

是以，刘玄根本就没有指望能有勤王之师，在长安城中，他唯有孤军作战。

与昔日王莽相比，刘玄并不是无可战之兵，而是兵居各地，但有一点却相同，那便是众叛亲离！

长安城早已成了赤眉军的天下，城中的将领逃的逃，死的死，降的降，只剩下皇宫之中这近两万的禁军战士，不过，也不能算是一无所有。

当然，这是刘玄早就预作的安排，万一情况不妙到不可收拾，他便只能让那些禁军退回皇宫之中。

宫中的储粮却只够这么多人吃一个月而已，因此，即使赤眉军只围不攻，皇城也只能支撑一月时间，过了一个月情况便会糟得不能再糟。

而且，赤眉军以绝对优势的兵力，要想破皇宫也不会是一件很难的事，有三日时间便可填平护城河，再有几日时间的强攻，皇宫必难稳守。不过，刘秀要想将皇宫稳守十日应该不会有什么问题，但是十日之后呢？

没有人知道十日之后是怎样，是死？是活？抑或……没有人敢想，哪怕只是想一想便已觉得很是心寒。

刘玄不能不想，有些事情并不是不想就可以不发生的，该面对的，便无法回避。

“皇上，一切都准备好了！”齐万寿深深地吸了口气道。

刘玄望了齐万寿一眼，涩然一笑道：“如果逃亡，便如丧家之犬，我大汉河山就要败于这些贼子流寇之手了！”

齐万寿无可奈何地笑了笑，安慰道：“留得青山在，不怕没柴烧，只要皇上能保平安，就有东山再起之时！”

“东山再起？”刘玄不无揶揄地自嘲道：“想我拥百万之师尚不能阻赤眉之祸，而今只剩孤家寡人，何以东山再起？”

“至少皇上还有臣等在，而在商州尚有汉中王，我们可以先避于汉中，召汉中王回去，再整兵以号令天下诸侯发兵破赤眉！”齐万寿肯定地道。

刘玄长长地叹了口气，感激地望了望齐万寿，无可奈何地道：“也只能这样了！”

“走吧，齐威和海总管还在外面等着呢！”齐万寿催道。

刘玄怅然起身，环望了一下这曾让他豪气冲霄的天地，这片熟悉华丽的宫殿，便要就此告别了，也不知他日是否还有机会重回此地。

刘玄拍了拍手掌，背后的黄罗帐悠然而分。

齐万寿吃了一惊，却见罗帐后行出之人竟与刘玄一模一样，尽管他早有心理准备，却仍不免吃了一惊。

“臣叩见主公！”那自帐后行出的刘玄立刻跪下叩首道。

“起来！从现在起，你便是当今天子刘玄，这里所有的一切都属于你，直到最后一刻！你怕不怕？”刘玄以极为悲壮的语气询问道。

“臣之命本就是主公的，身为刘家的死士，随时都准备为主公献身！何况主公平时对臣恩重如山，臣已享尽了天下的荣华富贵，死又有何憾之有？只要主公能够平安，他日能为臣等报仇，臣便心满意足了！”那自罗帐后行出的人肃然道，语气之中自有一股凛然决断之意。

“好，朕知道你对刘家忠心耿耿，朕一定会好好善待你的家人，让他们永生衣食无忧，若我能东山再起，也必让你子子孙孙世袭公爵！”刘玄恳切道。

“臣谢主隆恩，定当以死为报！”那假刘玄极为感动，他知道刘玄此言乃是出自肺腑，绝无虚情假意，是以他极为感动，当然，他也很明白，自己可能唯有死路一条。

死亡，对于刘家的死士来说，任何一刻都在准备着。

齐万寿微讶，他这一刻才明白，刘玄早已准备了替身，而这替身更是刘家的死士，一个随时都在准备为主人死亡的人。

当然，也许替身并不是真的不怕死，但却因家小全都在刘玄的控制之下，如果行为不当，那么只会让他的家人先一步死亡。

齐万寿自然不能怪刘玄，这本就是一种驭人用人的手段，而这替身能够享受到九五之尊的荣耀，虽死又有何憾？正所谓养兵千日，用兵一时，这个替身应该是刘玄早就准备好的，所以平时日必定是享尽了荣华富贵。

“那朕就把这里交给你了，只要你能将此地再坚守三日，然后一切便都由你做主，如果你尚能活着见朕，朕也绝不会亏待你！”刘玄吸了口气，沉声道。

“臣明白！”

“我们走吧。”刘玄向齐万寿望了一眼，淡淡地道。

“王爷，我看我们还是回汉中吧，此刻军心不稳，长安已破，我们再守于此地也不是办法!”宗佻语气之中透着一丝无奈地道。

刘嘉似乎心也有些乱，摆弄着桌上的砚台，深深吸了口气，反问道：“这是你的想法，还是别人的想法?”

“军中许多将士都这么想，赤眉既已攻下长安，以其强势兵力，又有坚城相守，若我们坚持苦战，粮草各方面也难以筹备，不如我们先回到汉中，凭地利而守，屯积粮草，再以王爷之名望，南联巴蜀，西通马援，联合各地的封王组勤王之师，必可卷土重来，剿灭赤眉!”宗佻充满希望地道。

刘嘉不由得暗暗叹了口气，宗佻所言确实是极为诱人的想法，他本想回兵救长安，却没想到长安竟如此轻易被破。李松、李况兄弟二人居然开门降敌，这使得长安连最后一点希望都没有了，真是有些悲哀。

“是啊王爷，宗大将军所言极是，我们与其在此处于被动，倒不如返回汉中找回主动，只要我们能说动蜀中的公孙述，劝其联兵，再夺回长安也不迟啊!”宋义也附和道。

“可是皇上尚在宫内，难道我们就望着赤眉军任意屠杀皇上吗?”刘嘉语气中透着些许的无奈，反问道。

“如果天意如此，我们又岂能回天?”孔大也劝道。

“这并非天意，而是事实，如果想更改一个事实，那是不现实的!赤眉屯于长安城之外的大军便有三十万，而我们所面对的徐宣大军八万，单是想冲破徐宣的封锁就要付出沉重的代价，如果我们绕过徐宣直取长安，只会陷入背腹受敌的境地。而且，敌方以绝对优势的兵力攻击我们，想救皇上的可能性是微乎其微!”宗佻直言道。

刘嘉眉头一掀，却并没有发作，因为他知道宗佻向以直言不讳著称，这也是为何难以像张卬之辈一般封侯拜王的原因之一，但宗佻所言确实是事实，这是毋庸置疑的。

宋义瞪了宗佻一眼，宗佻立刻不再说话。宗佻对宋义倒是极为敬服，因为宋义极有头脑，确实是智计过人，有其为汉中丞相，确使百姓安居乐业。他与宋义之间的关系极好，或许，内心深处更将宋义当成叔、伯长辈一样看待，因此，他明白宋义向他瞪眼，必是他刚才说话太直了。

“于匡将军呢？”刘嘉突地转口问道。

“于将军尚在巡营！”宋义忙道。

“那刘村呢？”刘嘉又问。

“先锋正在监督造箭之事，并安抚伤病兄弟。”孔大也道。

刘嘉欣然一笑，在这种时候，部下的将领尚能如此自觉做事，确实让他极为欣慰。

“他们都是什么意见？”刘嘉淡然问道。

“他们与末将的想法差不多。”宗佻又道。

“此回汉中也要绕过赤眉，路途遥远，想撤回汉中，只怕也并不是一件易事！”刘嘉突地道。

“我们可以安排断后之兵，若是赤眉军胆敢强追，必让其有来无回！”宗佻很自信地道。

“如若他们先堵我们回归汉中的路呢？”刘嘉反问。

“这……”宗佻一时不禁无语，事实上，若是赤眉军这么快便夺下长安，必会改变兵力部署，也极有可能猜到刘嘉之军会退回汉中。因此，如果其真在回汉中的路上设下伏兵，只怕此回汉中，难逃损兵折将之危了。

“那我们便先派人探明路线，再作行军决定！”宋义道。

“其实，我们根本就回不了汉中！”刘嘉突地长叹了一声，神情不无沮丧地道。

“为什么？”刘嘉此语一出，确实让众人大惊。

“因为汉中延岑造反，已经趁我军退出汉中之时自立为王，即使我们能避过赤眉军的阻击，却要面对延岑的叛军！”刘嘉忿然道。

“什么?”宗佻神色大变，殿中诸将的脸色也都变得极为难看，刘嘉之话是一石惊起千层浪，这消息来得太过突然，突然得让他们难以接受。

“怎会这样?怎么从未听王爷说起过?”宋义一向老成持重，但在这时也禁不住为之色变，急问道。

宗佻更是盯着刘嘉，似乎想自刘嘉的表情之中找出这只是一个玩笑的迹象，但是他失望了，在刘嘉的表情上，他知道刘嘉并没有说谎，是以他的心也一直往下沉，沉得没有底!

“本王早就收到了消息，但是为了不影响军心，本王才将这条消息隐而没说，以免军心不稳，为赤眉所趁。今日我说出此消息，你们也必须严守口风，绝不可外传，若有外传，乱军心者，必以军法处置!”刘嘉吁了口气，厉声道。

宗佻与殿内的几名昔日春陵军的亲信心情极为纷乱，他们知道刘嘉的意思，也理解刘嘉如此做的苦衷，只是若真如此，形式对己将极为不利。

“那王爷决定如何做呢?”孔大吸了口气，试探着问道。

“我也想征询你们的意见。”刘嘉道。

宋义吁了口气，沉吟半晌道：“为今之计，要么我们能以迅雷不及掩耳之势夺回汉中，以其为基地，休兵养民以图往后；要么就只能苦守三辅之地，以商州为据地，号令天下诸侯回兵勤王!”

“想以迅雷不及掩耳之势夺回汉中，那绝对难以行通!”宗佻对汉中的地形极为熟悉，更知想攻打汉中绝不容易，是以直言道。

“也便是，第一种可能行不通!”刘嘉应声道。

“那我们只有第二个办法了：稳守三辅之地，与赤眉对抗!”宋义无可奈何地道。

“三辅之地无险可凭，若只是短时间或可行，但如果赤眉结集大军自长安直攻三辅之地，以其优势强大的兵力及长安城内充足的粮草和装备，只怕我们想稳守三辅之地也绝不是一件容易之事!”宗佻又道。

“那以宗大将军的想法，我们应该如何做呢？”宋义也有点生气地反问道。

“我尚想不出什么好的办法。”宗佻无可奈何地道。

“其实，宗将军所言也对，以三辅之地，若是阻击自东部攻来的敌军或可有用，但若敌军是自长安方向而来，则确实无险可凭，我们也便完全暴露在赤眉军的攻击之下了！”孔大附和道。

“如今，河内有邓禹大军，连左辅都尉公乘歙都已大败，否则，若我们能联公乘歙或可相呼应，以稳住形势，但眼下，我们只能孤军而战，不若我们撤离三辅，返回南阳与郑王王常会合，再与郑王从长计议，不知王爷意下如何？”孔大突地语气一转道。

“嗯，这倒是一个好主意，如果我们能与郑王合兵，便可重整军威了！”宋义也赞同道。

“若我们再一次返回南阳，则只怕永远也再无回攻长安之力了。”刘嘉突地道。

“王爷何以如此说？”孔大不解。

“若是我们再返回南阳，则西有赤眉，北有渡河南征的建武大军，仅凭我们与郑王之军，根本就无力征伐天下，只能隅于初生之地等待他们的征伐！”刘嘉不由得叹了口气，又道：“为今之计，唯有降于建武大军！刘秀必将念在我们同属春陵刘家的份上，绝不会为难我们，我们也借其力量为皇上报仇，诛尽赤眉，夺回长安！”

“降服建武军？”宋义眼睛一亮，问道。

“建武皇帝乃是王爷的三弟，若是能投奔他，自然是最理想的，而且建武军的实力有目共睹，只怕连赤眉的兵力都无法与之相提并论，末将早闻建武皇帝治军有方，爱民如子，确实是最好的人选！”宗佻也赞道。

刘嘉涩然一笑，内心却为之欣然，由此看来，刘秀确实是深得人心，这也是春陵刘家的骄傲，而让他部下这些人才去相助刘秀，也正是他最初留下的最后打算。他自不想这个天下为外人所得，在刘玄无望之后，他所有的希望便寄予在了刘秀身上。

刘秀近来的表现确实是天下最抢眼的，定河北，夺河东，围洛阳，进中原，称帝！这一切无不显示着其无人可比的实力，部下战将如云，更多是一时无两的猛将，兵力达百余万之众，其实力之强盛，天下罕有匹敌！因此建武军无法不被人看好。

刘秀能成为当今天下最具统治地位的霸主，一切看来像是个突然崛起的奇迹，但这之中却没有半点侥幸。

河北义军一个个为其吞并，不仅是因其用兵如神，更因其武功盖世，其在邯郸城外与王翰一战早已被天下传为经典，被传得无比神化。另外，刘秀爱民如子，对所辖百姓极为爱护，治军法纪如山，这也是其能在各路崛起的霸主中赢得极好声誉的原因之一。

而另一个原因则是他为刘室正统，象征着汉室光复的势力，自然也为天下百姓所推崇。

当然，对于天下的百姓来说，最重要的还是能让他们安居乐业，不再流离失所，尽管战争使得刘秀也不能兼顾所有百姓的利益，但是，至少其口碑和行动远胜于其他诸路义军。

眼下被寄予希望的，也便只有赤眉军和刘秀的建武军。

“那我们是不是立刻召集诸将领来升帐呢?”孔大望了刘嘉一眼，问道。

刘嘉叹了口气，沉重地点了点头。

“皇上，这条地道可以直接通到城外，昨天夜里连续赶工才挖好!”烈虎齐威解释道。

“幸亏皇上有先见之明，否则如何能在这几天中挖出如此长的地道?”海长空叹服道。

“这叫未雨绸缪，居安思危，朕从来都没想过会用到这条地道，是以朕也从未准备将最后一段地道也挖通，可惜我还是要用上它！”刘玄感叹道。

齐万寿心中也一阵黯然，刘玄的话确实不能不让人心酸，若不是真的到了走投无路，谁愿挖开这条通外逃命的地道呢？

“皇上，只要活着，就会有希望，总有一天我们会回到长安城，再夺回我们的这片宫殿！”齐燕盈安慰道。

刘玄涩然一笑道：“朕知道爱妃的心意，只要朕还活着，就一定会回来索要属于我的一切，也一定会让他们血债血偿！”

“臣等甘为皇上粉身碎骨！”齐万寿极为恳然地道。

“小臣先去为皇上探道，这地道之中通风口尚未完全好，走进去可能会有些闷，皇上和娘娘小心了！”烈虎齐威有些异样地望了齐燕盈一眼，出言道。

“威儿先行吧，为师也随你之后！”齐万寿道。

“是，师父！”齐威恭敬地应了声。

刘玄目光投向身后的数十名刘家死士和身边的齐燕盈，他确实没有料到自己真的会有这么一天的到来，尽管一年前决定挖掘这条地道本就是想备以逃生之用，但他从不会认为这一天会到来，只是见王莽在渐台被杀之后，他突然心头一动，才命人暗自挖此地道，而这地道只有海长空等有数的几个绝对亲信才知道，也是由海长空亲自指挥的。

在这个属于刘玄的地方，要挖这么一条地道确实很容易，挖出的泥土顺便在宫中造出假山，根本就没有人会怀疑，也没人敢怀疑。

邪神入住宫中之时，这条地道已经停工未挖了，因为刘玄并不想它立刻成为通向城外的地道，更担心赤眉军借这地道之便入城。是以，他留下了只需短短一天时间就可竣工的半截地道不挖，这也是一种未雨绸缪，因此，连邪神也不知道皇宫之内居然会有这样一条长达数里、通向城外的地道的存在。

在赤眉军封锁了皇城、包围了皇宫之后，刘玄知道，硬闯出城根本就不可能，因此他只好退回宫内，命人开通这条急救的地道，以逃出生天。

“爱妃，牵着朕的手。”刘玄向齐燕盈道，他此次逃生却只带了齐燕盈一人，一是因为齐燕盈自身也是一个好手，自保不成问题，更重要的却是他以后必须借重齐家之人，要让齐万寿死心为自己卖命。

如果这次他能够逃出生天，他日再夺回皇位，那么齐燕盈必是皇后，如此一来，齐万寿和整个齐家也会水涨船高成为新朝的新贵，就凭这些，齐万寿便不会不保他刘玄。

尽管齐万寿此刻在长安，但齐家的产业和生意遍及天下，拥有着极为丰盈的财富，虽比不上湖阳世家的百年基业，却也相去不远，这才是刘玄看中的最大本钱。

地道的入口乃是建在一座假山之中，因此极为隐秘，而且靠近渐台，这乃是皇宫之中的禁地，平日里根本就没人敢轻易来此，此刻刘玄也下令没有命令谁也不可擅入，因此偌大的后宫，根本就不会有外人。

此刻刘玄只想安静地逃生，并不想太引人注目，这才只带了最亲信的数十名高手。作为亲卫，人少目标更小，不会太引赤眉军注意，也便多了几分逃脱的可能性。

事实上，刘玄也怕赤眉军的追兵，秦复的武功之强足以给他造成极大的震慑，而赤眉军中更是高手众多，若是被追杀起来，确实是极为麻烦。

地道内极黑，不过有人手执火把在前引路，倒也不会担心找不着路。

刘玄一走入地道，扑面而来的便是一股潮湿的泥土气息，让他心中一阵酸楚。

……

地道的出口在长安城外的一片灌木林中，天色极暗，并不怕被人发现。

刘玄牵着齐燕盈自地道中爬出来，不禁长长地叹了口气。这条长长的地道确实很闷，差点让齐燕盈有点受不了。

自地道中出来，一个个灰头土脸的，但每个人都长长地松了口气，因为他们总算出了长安，脱离了层层包围，尽管尚未能脱离虎口，但只要出了城，一切都好说。

“威儿，你准备的马匹呢?”齐万寿扭头向齐威问道。

“马儿在那边!”齐威说着向不远处一个黑黑的小山坡指去。

“好，我们快离开这里，此地尚不安全!”齐万寿道。

刘玄点了点头，恳然道：“如果朕能东山再起，诸位之名必永记庙堂，荣华富贵永世相袭!”

“谢皇上，臣等誓死追随皇上!”齐万寿与一干亲卫高手跪下谢恩道。

“快快请起，离开长安，我已不是什么皇上，我们还是先离开此地再说!”刘玄忙伸手相扶道。

“那好，我们先离开这里!”海长空道。

刘玄却不由得扭头望了长安城一眼，心中涌起一股莫名的怅惘和无奈。

齐燕盈望着刘玄的表情，自然明白此刻刘玄心中的感触，却也是爱莫能助，想想荣华富贵，只不过像是一场梦一般，心中也升起了一阵酸楚。

“皇上!”齐燕盈如小鸟依人一般挽住刘玄的手臂，轻唤了一声。

刘玄回过神来，眸子里竟闪着泪花，强作欢言道：“走吧爱妃!”

齐燕盈也立即收拾情绪，在刘玄牵陪之下，迅速向那山坡的另一面赶去。她也明白，此刻并不是感情用事的时候。

“马呢?”齐万寿向山坡之后一片稀落的黑暗空林子望去，却并没有见到什么马匹，不由得愕然问道。

齐威的脸色顿时变得有些难看，怔怔地道：“我明明将马匹系在这片林子呀，怎会不见了呢?”

“我们进去看看，天色太暗，可能在林子里吧。”海长空道。

“不对呀，我明明就系在这林子边的，这么黑的天，应该不会有人发现！”齐威肯定地道。

刘玄抬头望望深邃的夜空，几点繁星缀于其上，没有月色，却有点诡异，秋风萧瑟，倒有几丝凉意。

“你肯定马儿是系在这片林子边？”刘玄突然对齐威问道。

“不错！”齐威又一次肯定道。

“我们赶快离开这里，只怕这里有敌人的埋伏！”刘玄低声吩咐道。

“啊……”齐燕盈不由得吃了一惊，立时紧张地望了望四周。

齐万寿的面容变得极冷！

齐威却在此时点亮火把，但火光一闪即灭，是齐万寿的剑斩断了火把。

“你在干什么？”齐万寿冷声问道。

“徒儿想点亮火把看清楚一些。”齐威也吃了一惊道。

“不许点火，最好不要发出任何声音，快离开这里！”刘玄沉声道。

“是，皇上！”齐威也有点心惊地道。

那群亲卫高手立刻紧张地护在刘玄的周围，显然他们也感受到了异常，极小心地戒备着。

而便在众人欲走之时，突地火光一闪，黑暗之中亮起了无数火把。

“欢迎你们成为我的猎物！”一个冷冷的声音自黑暗之中悠然传来。

刘玄与齐万寿的心顿时若沉入了深渊，这一切证明刘玄的猜测并没有错，他们已经陷入了敌人的包围，而那说话之人正是赤眉军的御史大夫樊祟！

“秦复！”刘玄的目光却落到了另一个人的身上，那便是与樊祟并骑的年轻人。

秦复不由得悠然一笑，却并不是回答刘玄的话，冷声道：“见到朕，还不下跪叩首?!”

“朕?”刘玄诸人不由得大怔。

“你是刘盆子!?”刘玄不敢置信地问道。

“见了我们皇上，还在犹豫，如果立刻跪地求饶，或可免你们一死!”樊祟也厉声喝道。

齐万寿不由得仰天哈哈大笑起来，这一切确实是太让他感到好笑了，这个赤眉军的皇帝刘盆子居然便是秦复，这确实是滑天下之大稽!

齐万寿自然不会不认识秦复，昔日自齐府盗走了帝王印，还被自己追杀至云梦泽，但没想到今日却成了赤眉天子，这一切就像是做了一场离奇的梦一般。

“老东西，你笑什么?朕念在上天有好生之德的份上，只要你跪下求饶，朕便可不计前嫌，赐你荣华富贵!”秦复极为愠怒，但并未发作，沉声道。

“大丈夫不侍二君，你不过是一个窃汉的逆贼，有何德何能让我齐万寿跪地求饶?”齐万寿凛然不屑道。

“齐万寿，你别敬酒不吃吃罚酒，皇上如此说，乃是敬你是一方豪杰，良禽择木而栖，你何必如此固执?”樊祟也怒叱道，他身为一代枭雄，自然知道像齐万寿这种有财有势的高手是如何难得，因此，他倒不想真的击杀齐万寿，若是能将其收归己用，那自是最好不过。

“樊帅的好意在下心领了，只可惜，我齐万寿没有这个福气!”齐万寿说话间向刘玄递了个眼色，低声道:“皇上先走，这里让我断后!”

刘玄知道此刻不是说多余之话的时候，如果此时不走，那便只好大家死在一起了。

“走!”刘玄一声低喝，身形暴闪，在火把的光亮之中绽出一簇凄艳的豪光，向秦复所在的另一面赤眉军撞去。

“嗖嗖……”箭矢顿如雨点般飞洒而过，直撞向刘玄。

刘玄身边的亲卫高手顿知主人心思，哪会犹豫，护在刘玄身边向外狂杀而去。

“好个困兽之斗！”秦复冷哼一声，樊祟却已如大鹰一般自马首飞扑而下。

“让我来领教一下樊帅的绝学吧！”海长空低啸一声，身形暴涨，在如雨的箭矢之中疾撞向樊祟。箭矢一触其身，立刻被激得四散倒射而回，反伤了那些持火把的赤眉战士。

齐万寿一声长啸，他也不再犹豫，振臂之下，顿身化万剑，在萤光闪烁之中，那飞射而至的箭雨又如风暴般倒卷而出。

“呀……呀……”那些赤眉军一阵惨叫，无数的火把仿佛仅在顷刻间熄灭，在齐万寿的剑气之中惨叫连成一片。

“好个剑圣齐万寿！”秦复冷哼着赞了一声。

齐万寿也冷哼了一声，却闻一声尖啸，一道暗风已自侧方袭来。

“叮……哧……”齐万寿回剑，却发现剑似粘住了一个沉重的物体。

“轰……”齐万寿出拳，并未击中那物，但那物已飞旋而出，在空中划过一道诡异的弧线，随即又扑向齐万寿。

“逢安！”齐万寿顿时明白这物是谁，正是赤眉军的一代大将、左大司马逢安。

逢安发出一阵诡异的厉笑，只让人毛骨悚然。

齐万寿知道，秦复此刻确实是有备而来，不仅让樊祟亲自出手，更带来了逢安这般高手。

当然，齐万寿并不惧逢安，尽管逢安乃是赤眉军中八大高手之一，但无论在功力还是名气之上，尚逊于齐万寿。

齐万寿手臂再振，剑芒有若暗夜里的彗星，乍闪之间，已切入了逢安的气场。

逢安并不回避，反而直撞向齐万寿的剑锋。

齐万寿眼中闪过一丝冷酷的笑意，没有人敢如此小看他的剑，便是秦复也不例外！当逢安鬼爪探出之时，齐万寿手中之剑乍分，化成万道异芒向四面八方绽开，但便在此时，齐万寿突觉腰际一凉，真气顿泄。

“轰……”逢安的掌劲猛然击下，在一声爆响之中，齐万寿喷出一口鲜血飞跌出去。

“爹！”齐燕盈一声悲呼，她看清了一切，看清了那自侧面偷袭齐万寿的人竟是她的大师兄烈虎齐威！

“走！”刘玄一带齐燕盈，身形再展，整个身体在黑暗之中乍出一片氤氲的华光，在冲天而起的剑气之中，一抹血光乍现出一只巨大的浴火凤凰，自空中洒落。

剑鸣之声如龙吟凤鸣，翔于九天之外再悠然而落。

秦复的神色极为难看，不由自主地抬起那缺了一指的左手，低语道：“焚音血剑——”

黑暗之中惨叫声一片，在凛烈无伦的剑气之下，那些赤眉战士根本就无力相阻，几乎被剑气绞碎。

刘玄知道，如果他不能一击破开包围，那等待他的便唯有死亡！

刘玄当然不想死，当他决定逃出长安之时，便立志活下去！只是他没想到，逃出长安城却落入了秦复的包围，而出卖他的人竟是齐威！

齐威乃是齐万寿的大弟子，更是禁卫军统领之一，昔日乃是王莽宫中的亲卫，后叛王莽，割下了王莽的一肢，更因齐燕盈的关系而得到了刘玄重用，但却没料到在这种时刻，齐威不仅出卖了刘玄，还偷袭了齐万寿。

齐万寿没死，跌落之时，心中充满了无尽的悲愤，这个被他从小养大的弟子，竟然在这种时候欺师灭祖，出卖求荣，这怎不让他怒？

“爹——”齐燕盈被刘玄带着，在一干高手相护之下杀开了一条血路，但她却欲杀回包围之中营救其父。

“走——”齐万寿一声悲啸，怒吼之中，双臂一振，在逢安再次扑来之时，他竟双掌击在自己的天灵盖上。

这一记确实让所有人大感意外！

“快退——”秦复却神色大变，惊呼一声。

齐威一怔，听得秦复居然如此紧张，忙滚身向包围之外翻去。

逄安却并不为所动，那群赤眉军战士也蜂拥杀至，根本就收不住脚。

齐万寿受自己狂击，身子倏地弹起三丈，厉吼：“身剑俱灭——”

逄安一击落空，却见齐万寿身子顿时一片血红，透出诡异莫名的光芒，仿佛全身毛孔里都渗出了无与伦比的肃杀之气。

“退——”秦复吼声中，一带马儿倒掠数丈。

“轰……”黑暗的天地之中顿时爆起一层血芒，如暴风雨般的血气挟带凛烈的剑气，无孔不入地向四面八方辐射。

天地仿佛在刹那间陷入了一个奇异扭曲的空间，所有的生命在这个空间里全被扭曲、绞碎，被那无处不在、无孔不入的血芒剑气冲击得千疮百孔，碾碎末。

所有人都似乎在刹那间迷失在这诡异离奇的虚空之中，而惨叫声、惊呼声也被冲击成碎片，随那降下的血雨泯灭。

刘玄诸人也被那强烈无比的冲击波掀得跌了出去，但是他很快便清醒过来，阻击他的赤眉军战士大部分竟因功力浅薄而被气浪震得昏死过去，靠近齐万寿者，早已被那无坚不摧的剑气射得千疮百孔。

齐万寿方圆近二十丈内一片狼藉，赤眉军战士几无活命者。

逄安也绝对没想到齐万寿最后一击竟有如此可怕的威力，在齐万寿化成血雨之时，他立时意识到不妙，但想退已来不及，那无坚不摧向四面八方冲击的血雨剑气所带来的压力有如泰山般禁锢了他的每一寸空间，使他根本就无法退却。是以，他唯有全力以赴地对抗，以玄功护体。

虽然如此，逄安依然低估了这蕴含齐万寿生命精华、万千悲愤和杀机的血雨剑气的破坏力和摧毁力，当他的护体真气被击得完全溃散之时，方感受到什么是绝望，什么是惊惧，更感受到在这层向四面冲击的血雨剑气之中包含着一种无上的精神。

这种精神仿佛是死亡烙印一般摧毁了他内心的意志，摧毁了他所有的思想，在意志与思想被摧毁的那一刹，他竟感觉到自己的躯体在分解。

没有任何痛苦，仿佛是被风吹散的沙尘，没有知觉，但他却知道这并不是梦，而是一个残酷的现实。

当然，逄安知道自己尚没死，因为一个死人是不可能感觉到身外的一切的，也不可能分析周围的环境。

刘玄庆幸与自己的一群亲卫们杀至了包围的边缘，这便使得他们并未真的受伤。

海长空与樊祟两人也被那股血潮冲击得掠向两个方向，但海长空身形即在空中拐了一个弯，随即扑向那有如鬼魅般截向刘玄的秦复。

秦复绝不想让刘玄逃脱，在他看到齐万寿双掌猛击自己的天灵盖之时，便知不妙！

齐万寿与秦复之父秦鸣乃是至交，因此也便知道了齐万寿有这么一式最为霸烈与敌皆亡的杀招，后来他见了伯父秦盟之后，秦盟在谈到天下武学时，也同时对齐万寿这一招极为推崇，尽管齐万寿从未使过此招，但秦盟却坦言对于这样一记杀招，他也不敢轻撄其锋，更不知其威力如何。

当然，齐万寿从未使出这一招，因为当这一招使出之后，他自己也会神魂俱灭，化为飞尘。因此，若非迫不得已，他绝不会使出这最后的杀招。

秦复知道，但逄安和其他人并不知道，因此注定会死伤惨重。不过，秦复也知道，这是刘玄最好的逃命机会，只是他绝不愿让刘玄逃出自己的包围。

如果今日不能诛杀刘玄，他日再想诛杀此人，那便很难了，而且玉玺和符令尚在刘玄的身上。真正的得到天下，就必须夺下玉玺和符令，这是绝不可以马虎的。

是以，秦复一退，便即绕行截向刘玄，却被海长空及时发现了。

海长空见齐万寿舍身救主，也早已将生死置之度外，是以在与樊祟一分开之后，立刻便截向秦复。

樊祟也极为讶异，这个老太监的功力之高，竟似乎尚胜他一筹。武功之诡异，若单打独斗，只怕两人处于伯仲之间，这确让他有点惊讶，也深叹天下间高手之多，实是人外有人，天外有天。

樊祟一向纵横沙场，少有对手，而在武林之中也难以找到真正能与之相匹的高手，除有数人之外。他向来自尊自大，却不想今日遇上这等高手，倒使他斗志大盛。另外齐万寿的武功也让他为之吃惊，也难怪齐万寿能够在昔日武林四圣之中名列第二，实是因其确实拥有极为超卓的武功。

“轰……”海长空的攻击确实很及时，秦复对这老太监的全力一击也不敢大意，他并不是第一次与这老太监正面交手，自然知道此人功力之深实不比他逊色多少，若不是秦盟将全部的功力转给了他，只怕即使他习成了《霸王诀》的武功，此刻也难以百招之内胜敌。不过，他庆幸得到了秦盟身上的六成功力，再加上他自身的修为，也使他在天下间难寻敌手。

海长空的身子倒跌而回，秦复并不想因为海长空而放走刘玄，是以他这一击并未尽全力，而是以余力旋身飘向刘玄。

海长空落地，那群赤眉军战士立刻又围了上来。不过，他并不在意，拂袖间，这群人顿时如纸鸢般飞跌而出，待他再欲阻截秦复之时，樊祟已经狂攻而上，没办法，海长空只得又全力迎战樊祟。

“快护着皇上退走，这里交给我们!”那群刘玄的亲卫高手见秦复来势凌厉无比，立刻便有八人联手飞扑而上。

这些人无一不是千里挑一的，皆是高手中的高手，虽不及齐万寿之辈，但每一个人绝对可以在江湖上名动一方，八人联手，其气势若江海怒潮，便是秦复也为之讶然，海长空没能让他停下来，但是这八人的联手一击却使他不得不停下来。

秦复向来对刘家的死士有所耳闻，更知道这些人都是由刘家武功仅次于武皇刘正的一个神秘人物亲手训练出来的，这也是何以春陵刘家在历经大变之后仍能傲立于天下，更是能人辈出的原因。

“走!”刘玄再不回头，他身边尚有十几名亲卫高手，见人就杀，护着刘玄与齐燕盈居然杀出了重围。

这些亲卫高手人虽少，却无不是悍不畏死、万人莫敌的勇将，这些人确实曾花费了刘智许多心血。

王莽篡位之后，刘智便立志要为恢复汉室江山而努力。是以，以他那绝世武功，甘然隐于幕后，为春陵刘家训练超级人才。因此，刘智便成了江湖之中的另一个传说，而这些只有刘家正系或是最亲信的人才知道其中的环节。

刘智一生未出江湖，但他却训练出了春陵刘家最超卓的新一辈，如刘寅、刘仲、刘嘉、刘村，这些人无不是受刘智的教诲而有今日之成就。

刘智的武功之高，早已不在邪神之流之下，比刘寅只强不弱。因此，他亲自训练出来的人物，也绝对是足以名动江湖的高手，而且这些死士的训练更为特殊而艰苦，磨砺出的这些人有着魔鬼一般的意志，对刘家更是忠心不二。

只是刘智没想到他所训练出的人物今日却派上了用场，只不过，情况有些惨烈。

刘玄杀出重围，几乎是有点慌不择路便直接冲入那片稀疏的林子之中。

秦复也是低估了刘玄身边之人的力量，尽管他率领了两千兵马在这里设下埋伏，却只有他与樊祟和逄安才是真正可以与刘玄身边之人抗衡的高手。

秦复一向对自己极为自负，在他杀了寿通海后，又力杀刘寅，自皇宫中逃了出来，他对自己的武功极度自信，而此刻又有樊崇这不世高手相助，以他二人之力便足以天下无敌！再加上一个逄安，更是如此。但是他却没想到刘玄身边的高手不仅是单打独斗的高手，更是联手攻击的高手。

这八名高手联合出击，力量立涨数倍，其攻势之凌厉让秦复也为之骇然。赤眉军中尽管也有一些好手，却无法与这些人抗衡，是以秦复只好眼望着刘玄杀出重围而惊怒不已。

赤眉军一见刘玄逃出了重围，也都紧跟其后狂追。这些人也明白，若是让刘玄逃了，其后果会怎样，至少他们无法向秦复和樊崇交代，因此他们唯有拼命狂追。

“不行！王爷一定是独去长安了！”孔大突然想起了什么似地脱口道。

孔大此言一出，立刻将身边几位神情微有些沮丧的将领吓了一跳。

“对，王爷一定是亲自去了长安，否则为什么只让宗佻将军和宋义丞相领人去河北见建武皇帝？”崔次立身而起，肯定地道。

“那可怎么办？刘村将军也不见踪影，难道他也和王爷一起去了长安？”铁二急道。

“肯定是这样，王爷的亲卫军都不见了，他没有必要离开军营呀，定是怕我们同去，这才独自行动！”孔大有些气恼地道。

“我们快去找丞相和宗大将军吧！”崔武提议道。

“好，我们都去！我们岂能丢下王爷独去河北？”铁二肯定地道。

“你们都在争执什么？”宋义的声音自外面悠然传入，却有一丝淡淡的苍凉。

“丞相，你来得正好，我们正要去找你呢！”崔次大喜道。

“找我何事？”宋义与两名亲卫高手一起踏入屋内，问道。

“王爷是不是和先锋去了长安？”孔大直接问道。

“为什么你要这么认为？”宋义反问。

“要不王爷为什么不先和我们一起去河北，只他与先锋去河东见邓禹？”崔武惑然道。

“王爷先去见邓禹自有他的打算，我们听令行事就是，难道你们对王爷的话也敢怀疑？”宋义有些不悦地叱道。

“末将不敢！末将只是在想，万一王爷不是去河东，而是去了长安，那王爷就危险了！”崔武又道。

“丞相，末将思来想去，也觉得这其中有些不对劲，还请丞相坦诚相告，如果王爷真的有什么危险，我们这些人活着又有何意思？”孔大坦然无惧地道。

宋义自然知道孔大对汉中王的忠心，因为这些人都是当年一起自宛城起兵，相互之间本就交情极为深厚，知根知底，是以孔大这才敢如此直接地问。

“王爷有令，让我们去河北，我们便得去河北！不管发生了什么事，王爷既有此安排，必有其用意，若我们在此胡乱猜测，又擅自议论，乱了军心，谁能担起这个责任？”宋义神情一肃，凛然道。

众将不由得皆怔住了，宋义的话也确实有理，但是他们心中尚存在着一丝疑惑，更对刘嘉的安危极为担心，因此尚不能静下心来。

“不必想太多，吉人自有天相，军中是忌讳议论主帅决议的！你们身为将军，却知法犯法！不过，念在你们是一片忠心的份上，本相就不惩罚了，但下不为例！既然王爷将权力交给我与宗大将军，我们便得不遗余力地完成王爷的期望，同时我也希望你们能支持本相行事，不要胡思乱想，如果你们当中有人违反了军纪，我也必以军法处置，绝不轻饶！”宋义凛然道。

“末将明白！”崔氏兄弟有点无奈地道，其他几人有点心不在焉地应了一声。

“好了，已经很晚了，你们也该回营休息，明日便要拔营起寨了，我不希望你们有任何情绪和挂碍。”宋义语气平和了一些道。

“谢丞相提醒，我们知道该怎么做了！”孔大应了一声。

铁二诸人也只好收拾心情各自回营了。

黑夜里狼狈地奔逃，刘玄可以肯定，这是他今生最为狼狈的一夜，但是这却像是命运跟他开的一个玩笑，在这种情况下，他已经没有退路可以选择。不过，值得庆幸的是，他毕竟逃出了重围，尽管损失了身边的大部分高手。

此时的刘玄确实是管不了那么多了，海长空与那八名拦截秦复的亲卫高手，不用多想便已知必定是凶多吉少，这是没有办法改变的事实。

在这种时候，恨谁都没有用，齐威居然出卖了他们，还害死了齐万寿，这或许只是天意，本来可以做得很顺利的事情，却拥有一个极意外的结果，而这一切只是因为一个叛徒的出卖。

也不知奔跑了多久，走了多少路程，只记得已穿过了那片稀疏的林子，又翻过了几个山坡，刘玄他们并不敢走官道，在天快亮之时，终于甩开了追兵，但他们没有马儿代步，确实也累得够呛。

齐燕盈则是从未受过这种苦难，但在今日，不仅目睹了师兄的叛变，更目睹了父亲的惨死，尽管齐万寿死得惨烈，但是那种感觉却让齐燕盈的心灵遭受了无法磨灭的创伤，以至于稍缓了一口气后，这位娇滴滴的皇妃却轻轻饮泣起来。

刘玄的心情并不好，但在这种时候却并不想责难齐燕盈，毕竟是同过患难，而他心中对齐万寿之死多了些许的歉意和无奈。对于齐万寿英烈为主的忠心，却是极为感动，是以在这种时候，他却显得极为温和地安慰道：“爱妃，人死不能复生，若能逃过此劫，他日必为国丈报仇血恨！我们现在最要紧的是先离开此地，这里尚不安全！”

“皇上，你一定要为臣妾做主！”齐燕盈悲从心来。

“你还能跑得动吗?”刘玄吸了口气，关切地问道。

齐燕盈虽有娇小姐的脾气，但在这一刻却仍很明理，知道刘玄如此对她已是难得，而且形势极为紧迫，因此她唯有咬咬牙点头道：“臣妾还能跑得动，我们先离开这里吧!”

那群刘玄的亲卫高手心中也极为感动，这一夜的狂奔厮杀，就是他们也已是极为疲倦，但是齐燕盈却咬牙苦撑，善解人意顾全大局，确实让他们心生感慨，也对这位娇弱的皇妃更多了几分敬重。

刘玄也爱恋地望了望齐燕盈，尽管此刻他心中多了许多怜惜，却也是无能为力，所幸齐燕盈自幼随父习武，体质远胜常人，否则这一夜的狂奔早已不能迈步了，只是此刻也好不了多少，刘玄也只能咬咬牙，狠心再拉起齐燕盈向背离长安的方向狂奔而去。

所幸有刘玄牵着，刘玄体内的真气使两人联成一体，倒让齐燕盈省力不少，尚能撑下去。不过，她也知道，这样下去绝对不行，人力毕竟有穷竭的时候，若是奔行太久，只怕以刘玄的功力也撑不了多久，到时万一追兵赶到，只怕连战斗力都没有了。

刘玄当然也想到了这个问题，但是他已经没有选择!他们没有马儿代步，就唯有竭力奔跑，然后找个隐身之所休息，恢复元气再作逃离的打算。

长安城外的地形刘玄并不是不熟悉，昨夜狂奔没有方向，现在静下心来，则选定好方向，确认位置之后，才继续奔行。

“臣敢保证，他们绝对逃不远!”齐威肯定地道。

“哦，你为何这般肯定?”樊祟有些意外地问道。

“因为在出地道的时候，我在黑暗之中布下了一种特殊的香料，这种香料沾身会七日不去。因此，我们只要跟着这种气味追踪下去，就一定可以找到他们!”齐威解释道。

“看来齐爱卿还真是有心之人。”秦复淡漠地道。

“为皇上办事，小臣自当全力以赴!”齐威阿谀道。

“很好，朕是不会亏待功臣的，若真能擒杀刘玄，必重重有赏!”

“谢皇上，如果小臣所猜未错，刘玄他们必是向骊山而行了，他们没有马匹必不能走远!”齐威肯定地道。

秦复望了有些狼狈的齐威一眼，表情之中露出了一丝高深莫测的冷笑。他有点庆幸齐威没有在齐万寿那一式人剑俱灭中死去，也没有像逢安那般重伤若死，否则的话，今日想追刘玄确实不是一件易事。

他知道自己低估了刘玄的力量，尽管刘玄的武功确实极为超卓，却并不放在秦复的眼中，反倒是刘玄身边的那群死士亲卫确实可怕，昨夜秦复虽然杀了那八人，但所付出的代价也不少，更花费了极大的精力，以至于让海长空都有机会从樊祟的手中逃走。

樊祟没能留住海长空，是因为海长空的武功确实不下于他，除了樊祟，余者并不能对海长空构成威胁，是以其借机而逃。

当然，这是黑夜赋予海长空的便利，若是白天，海长空必难逃一死。不过，海长空之所以能逃，其代价是负伤不小。

事实上想自樊祟这等高手及那些包围的伏兵手下逃走绝不容易，但海长空还是逃了，在秦复杀死那八名死士高手后，海长空已经没了踪影，这自然让他极为恼怒，也使他不得不重新定位刘玄这个人。

当然，不管如何，刘玄都必须死!这是不可以改变的现实，也是不改变的宿命，为夺下长安，秦复付出了惨重的代价。而那突然杀出的神秘人物便是他一直想找到的属于刘玄影子的人物，但是秦复一直都未曾找到，只是他没想到这个人终于还是出现了，而且还让他失去一指，身受重伤。

秦复并没有低估这个影子般的人物，只是其出现的并不是时候，不过对方总算是死了。而让他更值得庆幸的却是——终于如愿夺下了长安城。

夺下长安，便表示他与帝王之梦更近了一步。以眼下赤眉军的力量，又拥有长安城，确实拥有一争天下的实力，只要他夺得了传国玉玺和符令，也便成了汉室之正统，也就可以名正言顺地征伐天下不愿臣服之人！因此，他绝不会让刘玄逃出生天。

骊山并不高，其地势也并不广，却极为奇秀，是长安附近除终南山之外最高的山，因其距长安城极近，因此也为汉室所重视，在山上修建了行宫别院，供狩猎和玩乐之用。而且骊山之上更建有历代天子的陵墓，不过，赤眉军西征之后，骊山陵墓便被挖掘，里面的财宝也便被赤眉军抢夺一空，此时的骊山成为一座秋意瑟瑟的孤山。

刘玄在无处可逃的情况下，唯骊山才是其最好的去处。那里尚有极多的茂林，山高数丈，能躲避大军的追袭，至少可避得一时。

不过，刘玄想得虽好，但他却忽略了齐威的存在，这人的鼻子却成了他此生的终结。

刘玄确实身在骊山，并不只是因为骊山之上有许多林木，更有许多被挖空的陵墓，这便给他们提供了足够的容身之所。而且，骊山虽不大，但也方圆数十里，想找遍每一个角落也绝不是一件易事。

刘玄来到骊山已经是极为疲惫，饥饿和疲惫几乎让他有种脱力的感觉，齐燕盈则更是不堪。不过，所幸尚有十几名亲卫高手相随，至于食物之事倒不用他发愁。

对于骊山的地形，刘玄极熟，因为他来此山扫过几次墓，而且昔日他在长安求学之时，也常来骊山行猎，因此对骊山每个角落都极熟悉。对于空置的陵墓，刘玄也极为熟悉，但他所选择的却只是一个隐于山谷之内的山洞，这确实是一个极为隐避之所。

在这一刻，刘玄并不愿有任何的惊扰，只想安静地休息，快速恢复体力，在最短的时间抵达最好的状态，以应不测。

没有人敢肯定，秦复下一刻不会追来。刘玄知道，秦复绝对不会放过他，至于能不能够逃过此劫，也只能看天意了。只是，此刻刘玄已经顾不了那么多，该来的也终会来，不该来的，急也来不了。

齐燕盈却偎在一旁睡着了，这一晚上的奔逃、惊吓和饥饿竟使她昏昏睡去，对于她这从小便妖生惯养的千金大小姐来说，这一切确实够她承受的。

刘玄才松了口气之时，便有人将打来烤熟的猎物送了过来。

“请皇上和娘娘先吃点东西!”

刘玄这才睁开眼，伸手接过烤好的食物，道：“不要让烟升上天空!”

“臣明白，我们是在山洞内烧烤，烟气已用沙土掩灭，不会外泄。”那名亲卫道。

刘玄赞许地点了点头，他对眼下这几人行事之谨慎倒极感满意。

“皇上请放心，老五和老六已经在监视各方的动静，我们会轮流看守，如果有追兵追来，我们一定会抢先发现的!”那护卫自信地道。

“做得很好！你们都是我刘室最忠实的子弟，如果朕他日能再有所成，必封尔等世袭侯爵!”刘玄恳然道。

“谢皇上！臣等只愿皇上能平安万岁，并永远侍候在皇上身边便足矣，不敢奢望太多!”

“你们的忠心朕明白，你们也记得休息，我们在天黑时还要继续赶路，到时再弄一些马来，前往南阳!”刘玄吸了口气道。

“皇上不去找汉中王吗?”那护卫讶异地问道。

“直接找郑王更好，汉中的延岑谋反，若见汉中王，则让其与郑王合兵共诛贼寇!”刘玄无可奈何地叹了口气道。

“汉中延岑造反?”那护卫吃了一惊，但随即立刻噤声，吸了口气道：“皇上先休息，臣等不打扰了!”

刘玄笑了笑，这侍卫确实是极为知趣，不该问的问题绝不多问半句，不由得点头道：“很好，你们先退下吧！另外，最好给娘娘准备一张软椅轿!”

“臣明白，立刻去办!”那护卫很知机，更很明白事理。

第九十九章　忠义汉王

“你认为他们会在这山上的哪一块呢?”秦复道。

“臣也不知道，只能根据气息寻找。不过，只要他们在，便一定逃不了。”齐威肯定地道。

“杨将军，你命人封锁每一条下山的路口，任何人不得下山，任何可疑人物皆将之拿下，若有抵抗者，杀无赦!”秦复扭头向杨音吩咐道。

“臣明白，请皇上放心，绝不会逃掉任何可疑人物!”杨音沉声道。

“樊爱卿，我们上山吧，我不希望这次仍让他逃掉!而且，我想他们一定能在山上看到我们的到来，我们便分两路上山，来个瓮中捉鳖吧!”秦复向樊祟道。

樊祟一笑，道:“好，这次如果再让他跑了，那樊祟也无脸再见皇上了。”

“樊爱卿不必如此说，刘玄不是一般的人物，他身边的那群死士高手也都不是易与之辈，我们可能都低估了他们的实力，这并不像是行军打仗，而是捉迷藏，说不准谁会是游戏的最终赢家。”秦复淡然笑道。

“皇上教训的是!”樊祟不由得也笑了。

“我们倒不必带太多的人上去，以免打草惊蛇，碍手碍脚。”秦复又道。

“那我们也便只带一部分人上山好了!”樊祟道。

“那就看看我们谁先逮到这只大猎物吧！”秦复一笑，打马便向山上奔去。

樊祟也不甘落后，打马却向另一条道上冲去，身后则是近百名百里挑一的好手。这一次，他绝不会再低估刘玄的力量，也绝不想让刘玄有第二次逃走的机会。

这一切，或许都是宿命的安排，一切都只是天意。

“皇上，樊祟追来了！”一名侍卫急促地奔入山洞，神色微变地道。

“这么快？”刘玄大惊，樊祟找来的速度确实让他有些意外。

“皇上，我们要不要立刻离开？”那侍卫犹豫了一下，试探着问道。

“以臣妾之见，他们不一定就知道我们藏在哪儿，如果我们要立刻离开反而是自暴行踪了。”齐燕盈语气之中尚透出一丝疲惫之意。

刘玄的神色却有些沉郁，他心中并不这么想，尽管齐燕盈的话很有道理，但他总觉得有些不对劲，至于究竟何处不对劲他也说不明白，那或许只是一种直觉。

“娘娘所言极是，可是属下见他们所来的方向正是朝着我们这边，还请皇上定夺！”那侍卫尚有些疑惑地道。

“走，立刻离开这里！”刘玄突地肃然道，神色也变得极为难看。

“皇上，可是这样一来不更是让他们能够轻易发现我们吗？”齐燕盈吃了一惊道。

“他们能这么快便追到这里，而且如此劳师动众，那便说明他们可以肯定我们已经到了骊山，而他们一上山便直奔向我们，显而易见定是他们之中有追踪高手，或许问题就出在你师兄齐威的身上！”刘玄心头一动道。

“啊……”齐燕盈也吃了一惊。

“让臣去引开他们！”那名侍卫听到这里，不由得一咬牙道。

刘玄眼中闪过一丝亮色，道：“嗯，但你定要小心！”说话之时他已把衣服脱下递给那名侍卫。

那侍卫没有一丝犹豫，迅速将之穿上，随即转身便呼喝着另外几名亲卫极速向山谷外掠去。

刘玄心中一动感动，这些人确实是对他极为尽忠，似乎根本就没有想到过可能会降临的死亡，甚至是随时都准备为他去死。

“皇上，那我们该怎么办?”齐燕盈想了想问道。

“我们也该走了，当秦复发现他们是假的时，必定会回头找寻，我们不可以在此坐以待毙!”刘玄肯定地道。

“刘恒!”刘玄向洞外呼了一声。

“臣在!”一名中年汉子大步行入，其衣衫之上尚沾有斑斑血迹，但经过两个多时辰的休息，神气已经极为平和。

“你立刻清理好此地的残物，我们马上离开!”

“皇上请放心，臣等知樊祟上山，便已清理了残物，保证不留下任何痕迹!”

“那好，我们走吧!”刘玄伸手轻拉住齐燕盈，立身而起道。

出洞后，刘玄提剑放眼望去，却骇然发现山谷的顶上立着一人。

“刘玄啊，我们终于又见面了，真是可喜可贺!”

刘玄的神色变得极为难看，他最不想发生的事终于发生了，而最不想出现的人也出现了。

立于山谷之顶的人不是樊祟，而是秦复!

秦复来的确实好快，快得让刘玄根本就没有反应的机会。

“刘玄，你还是乖乖地束手就擒吧，你已经死路可逃了!”齐威也出现在秦复的身边，扬声高喝道。

“齐威，你这卖主求荣的逆贼!”刘玄大怒叱道。

“所谓良禽择木而栖，若是你肯束手就擒，或许皇上会饶你一条狗命!”齐威不以为然地笑道。

刘玄心中大恨，但再回头之时，却发现山谷的四面已经现出了百十张百孔，樊祟也正在其中，他的心不由得沉入了海底。

“刘玄，这次你是逃不了的，你应该知道，这些天机神弩的威力！”樊祟向山头之上那群正张弩对准谷下刘玄的部下指了指道。

刘玄不再言语，他知道，这一刻自己已经没有任何机会逃走。

“哈哈……”齐威大笑起来，道：“刘玄呀刘玄，你就认命吧，这一切都是天意的安排，你永远都逃不了！你知道为什么这么快便成瓮中之鳖吗？因为我已在你们身上留下了一种特殊的香味！”

刘玄这才恍然，齐燕盈却大怒，咬牙切齿地道：“你这欺师灭祖、卖主求荣的叛徒，我做鬼也不会放过你的！”

“小师妹别生气，皇上已经答应将你赏赐给我，以后我会好好地爱护和照顾你的！”齐威邪邪地笑道。

“你……你无耻！”齐燕盈几乎气昏了，一时之间竟找不到话骂。

“齐威，我以刘室之主的身份发誓，即使我今日必死，你也永生不得安宁，必定天诛地灭！”刘玄语气突然变得阴冷而平静地道。

齐威不由得机伶伶打了个寒战，他听出了刘玄语气之中的怨毒和杀机。

“哈哈哈……”秦复突地大笑起来，望着刘玄笑道：“你的誓言一定会实现，如果这便是你的遗言，那么，你就可以死而无憾了！”

“皇上！”齐威听到秦复如此一说，不由得大惊。

“燕盈，你想他是怎样一个死法？”秦复突然向齐燕盈柔声问道。

齐燕盈和刘玄也都一怔，似乎没想到秦复居然会作出如此决定，一时之间倒不知是真是假。

“皇上，小臣对你忠心耿耿，此次没有功劳也有苦劳，还请皇上饶命呀！”齐威大骇，立刻跪下叩首道。

“不错，你确实是没有功劳也有苦劳，只是你对每一位主子都是忠心耿耿，昔日杀主子王莽，今日又出卖主子刘玄，你对我自然是忠心耿耿！”秦复冷冷一笑道。

齐威如被冰水浇头，心寒彻底：“皇上饶命！皇上与他们不同，小人这次是真心实意地愿为皇上赴汤蹈火……”

“好啊，既然你愿为我赴汤蹈火，那就去为朕拿下刘玄！”秦复冷冷一笑道。

齐威不由得怔住了，秦复居然只让他一人去擒刘玄，别说他一个，只怕是两个三个也不是刘玄的对手。他乞怜地向秦复身边的高手望去，但见这些人的眸子里尽是鄙夷不屑之色，这一刻他真的明白，自己做错了，这些人根本就看不起他这一而再再而三卖主求荣的人。

“皇上，请你饶了小人这条狗命吧，小人还不想死！”齐威知道那些人是不可能为他求饶的，不由得心头发寒，转向秦复乞怜道。

秦复不由得仰天大笑，旋又逼视着齐威，冷冷地道：“你知道朕为什么要杀你吗?”

“小人愚钝，实是不知！”

“因为齐燕盈昔日曾是我指腹为婚的未婚妻，而你竟不知死活地想要夺我的女人！”秦复语气极冷地道。

齐威顿时魂飞魄散，他哪会想到这些?

刘玄也不由得将目光投向齐燕盈，齐燕盈的脸色极为苍白，她知道秦复的意思，也知道秦复所说确实不假。当日秦复只身来到宛城，但却遭拒婚，后来两人便再未相见，但齐燕盈却知道自己确与秦复有指腹为婚的事实。

“皇上，小人什么都不要了，还请皇上放小人一条生路，小人必感激不尽！”

刘玄不由得仰天长笑，向秦复高昂地道：“秦复，虽然你的手段有些卑劣，但成大事必不择手段，成王败寇，我刘玄今日之败实无话可说！如果你要我甘愿授首，就将齐威交由我处置！”

“皇上，万万不可！”齐威大惊，心想如果自己交给刘玄处置，又岂会有命在？

秦复并不管齐威的乞求，朗声笑道：“朕敬你是个人物，至少也是一代枭雄，就答应你这个要求，来人——”

“我跟你拼了！”齐威见事已无回转余地，不由得大怒而起，飞扑向秦复。

“哼，想死还不容易？”秦复冷哼一声，一抬手。

齐威手中之剑立刻化为碎片，而秦复的掌劲已印在其胸膛之上。

齐威狂喷出一口鲜血，身子竟向山谷之下的刘玄飞跌而出。

秦复身边的高手并没有动手，因为他们知道像齐威这种人根本就不必再花多余的人力。

樊祟在对面看着这一切，他并不感到有任何意外，齐威之死或许完全是在意料之中的，如果换作他是秦复，一样不会留这种卖主求荣的卑鄙小人在身边。

齐威没死，在跌落之时被刘玄的气劲托住，因此虽受重伤却未死去。

秦复并没有杀死齐威的想法，这种人不值得他杀，既然他答应送给刘玄，自然不会一掌震死齐威。

“他便交给你了！”秦复向刘玄扬声道。

刘玄心中倒有几分感激，但并未作答，只是将目光投向齐威，冷厉、肃杀有如寒刃一般透入齐威的心底。

“皇上饶命啊，小人知错了！”齐威见刘玄那种目光，不由机伶伶地打了个寒战，颤声道。

“你这个畜生，你不是人！”齐燕盈一见这杀父仇人，眼都红了。

“爱妃，你想让他怎样个死法？”刘玄柔声问道。

“师妹，我知错了，求你放我一条生路吧，我来世做牛做马也会报答你的！念在我们同门一场，一起长大的份上……”

“住口！我没你这样的师兄，我要将你这恶贼千刀万剐！”齐燕盈更怒。

“好！千刀万剐，不到最后一刀，不要他死！”刘玄将齐燕盈向怀中搂紧了一些，淡漠地道。

刘玄话音一落，无数道闪亮的寒芒在虚空中乍亮，他身后的那十名亲卫高手同时出剑。

“啊……”齐威顿时发出一阵凄惨无比的嚎叫，在光影之中，虚空中血肉横飞，无数血珠如雨水般溅落。

齐燕盈的脸色刷地惨白，她清楚地看到齐威身上飞溅而出的皮肉，更清楚地看到齐威一点点地瘦下去，顷刻之间竟化成一堆血肉模糊的影子，而这堆血肉尚在惨号扭动，却无法逃过这自四面八方削至的利剑。

齐燕盈紧闭上眼睛，她只是随口说出千刀万剐，却没想到刘玄真的将齐威千刀万剐，而在亲见这比凌迟处死还要残酷冷厉的场面时，却止不住地想呕吐，将腹中吃的一切都呕吐出来。

山谷之上的赤眉军高手眼中也都闪过一丝惊惧之色，他们也没想到刘玄身边的这群高手居然如此冷酷，齐威的惨号只让他们全身起了一层鸡皮疙瘩，汗毛也似乎全都竖了起来。

这些人从来都不会在乎杀人，但是刘玄这将人削割一千刀尚不死的杀人之法却让他们生出一种打心底的恐惧，也有些人开始呕吐，像齐燕盈一样，大口大口地呕吐，仿佛是想将内心的一切翻江倒海般全都呕吐出来。

还有些人竟不忍心看，闭上眼睛，尽力将内心的恐惧挥去。

齐威尚在惨号，但他的下身已经化成了一堆血淋淋的白骨，没有一丝皮肉，但头脸仍在，尚能发出微弱的惨号，其体内的内脏自骨头缝隙里全部横流了出来，而他居然奇迹般地没死。

“杀了他——杀了他……”齐燕盈哭号着道，她不敢看，也实在是不忍心看，这一切，实是太过恐怖。

刘玄深深地吸了口气，脚下用力，一颗石子飞入那尚在飞溅的血影之中，噗地一下没入齐威暴露在风中尚在胸膛跳动的心脏。

齐威哼了一声，立刻气绝，但在山谷之中留下了一具让人不堪入目的尸骨。

齐威的头面依然清晰，但脖子以下全部是骨头，内脏流了一地，也有的挂在肋骨之上，使得地面不堪入目。

秦复居然也有想呕吐的感觉，即使是他，也心头发毛。他从未想过，一个人的死居然有如此恐怖之法，而为刘玄杀人的十名刘家死士高手神色极为平静，仿佛一切都不曾发生过，只是很小心地拭去剑锋上的血迹，随即又立在安静的山谷之中。其冷酷之处，只让秦复和樊崇都暗自心惊。

“真是精彩，精彩！想不到刘玄手中居然有这么多如此之好的剑道高手，现在也该到解决我们之间的问题的时候了！”

刘玄望向秦复，悠然一笑，却扭头向齐燕盈道：“爱妃，今日必亡，看来我们只有来世再做夫妻了！”

“皇上！”齐燕盈顿时明白刘玄的意思，不由得惨然一笑道：“臣妾愿意陪皇上去任何地方，即使是阴曹地府！如果有来世，臣妾也会跟随皇上！”

刘玄苦涩地笑了笑，一摊手，却露出一颗黑色的药丸，深吸了口气道：“这是销魂丸，吞服之后，便不会再有任何痛苦，我也一定会在黄泉路上陪你的！”

“皇上——”那十数名刘家死士大惊，一起跪下悲呼。

齐燕盈凄然一笑，道：“臣妾生是刘家人，死是刘家鬼，绝不会让人羞辱！”说着抓起药丸猛一昂首便吞了进去。

“燕盈！”秦复也大惊，但是他根本就来不及阻止。

刘玄仰大悲啸，将齐燕盈的躯体紧搂于怀中，左手焚音血剑直指天空，半晌才昂然道：“我刘玄生为人君，死亦当成鬼王，大汉江山，必为我刘家延续！秦复，你永远都不可能主宰我大汉江山！我活着身为人君，没有人能杀死我，除我自己之外！”

说完，刘玄扭头在齐燕盈的面颊上亲吻了一下，惨然道：“爱妃，你稍等，朕来陪你了！”

“皇上——”那群亲卫高手来不及阻止，刘玄血剑一挥，便已割喉气绝。

谷顶赤眉军战士皆大为震撼，刘玄那指剑对天的豪言深深烙入他们的心中，更被其豪情所感。

刘恒悲呼一声，在刘玄与齐燕盈缓缓倒下之时，也毫不犹豫地横剑自刎。

那十数名死士同时出剑，同时气绝，但躯体却跪于刘玄的周围如朽木般风吹不倒。

秦复和樊祟也心神大震，他们没想到刘玄会选择自杀，而其亲卫也如此忠义，随主自刎，这使他们对刘家死士更多了许多顾忌。

“二哥——”一声悲呼自另一个山头传来。

秦复不禁讶异扭头，而便在此时，他身边的高手和赤眉战士发出一阵惨哼，无数的弩矢自后方袭来。

猝不及防之下，他身边的战士竟有一半人中箭，落空的怒矢或没入树身之中，或钉于石头之上。

秦复也吃了一惊，如此强劲的杀伤力天下间便唯有天机神弩才能做到。

“保护皇上！”在矢雨之中，秦复身边的亲卫急呼。

“汉中王刘仲！”秦复扭头之时，立刻看清了那座山头之上的悲呼者，不禁大吃一惊，他并不知道这位汉中王正是刘嘉的真实身份，但是他对刘仲的面容是极度熟悉的，怎也没料到“刘仲”居然会出现在骊山，而且还有这许多伏兵。

“杀……”樊崇也吃了一惊，等他回过神来时，刘嘉的伏兵已射出了几轮弩矢掩杀而上。

樊崇只看了一眼，心便在下沉，这群自后掩杀而至的伏兵，每人都纵跃如飞，轻似灵猿，可以看出一个个都是百里挑一的精锐，甚至有可能是刘家的死士，但樊崇并没有迎向这群自身后掩杀而至的对手，而是向山谷之中扑去。

樊崇此行最重要的并不是杀光这些人，也不只是逼死刘玄，而是要夺下刘玄所掌握的玉玺和符令，只有夺到了这些东西，才能够真正明正言顺地号令天下，坐稳大汉江山。

秦复见樊崇一动，便明其意，是以也不作多余考虑，身形飞扑向自后方涌上的敌人。

“呜……呜……”一阵长长的号角之声响起，秦复的亲卫们知道此刻关系重大，是以立刻以号角声传唤山下的杨音上山相助。

刘嘉知道自己还是来迟了一步，尽管他努力地潜上骊山，却并不是因为知道刘玄会在骊山之上，而是觉得樊崇如此劳师动众地赶到骊山定有目的，而且连赤眉皇帝刘盆子也已亲临，这便使他的好奇心更重。

孔大诸人所猜没错，刘嘉确实是想秘密潜入长安附近，见机行动，对万一可能会冲出长安城的刘玄加以接应，或是查探一下长安的动静，若刘玄尚活着，则设法营救。是以，他并没有带大批人马，而只带了数百死士及自己的亲卫战士。

此至长安，刘嘉并没有想过可能会活着回去，但是他对赤眉军包围骊山有些好奇，当然更想借机刺杀樊崇和刘盆子。

这确实应该算是一个极好的计划，如果樊崇和刘盆子死了，那么赤眉军自会不战自乱，说不定到时候可以扭转局面也未可知。是以，他才不遗余力地潜上骊山。

虽然山下有杨音大军相守，但杨音要立刻封锁所有的山路也是不可能的，因此，刘嘉上山并不是一件很难的事，同时更将自己的战士藏于空皇陵之中。秦复诸人是直接找到刘玄的，并没有四下搜查，也便使得刘嘉投机取巧地蒙混而过。

刘嘉也绝没想到刘玄会潜藏于骊山，等他布下刺杀计划之时，却发现刘玄横剑自刎，这一刻，他再也控制不住内心的悲愤，立刻发动了偷袭。

具体参与指挥的人乃是刘村！

樊祟的速度快极，如捕食的苍鹰般直扑向刘玄的尸体，但便在落地的一刹，蓦感一股奇寒彻骨的气劲横撞而至。

樊祟吃了一惊，想也不想地挥掌横截。

“轰……”两股气劲相冲之下，樊祟竟不由自主地横跌两丈，这才落地。

“冰魄神功！”樊祟惊呼声中，那偷袭者的身形也倒翻两丈而落，但是却有另一道身影若一团燃烧的烈火般掠过刘玄的尸体上空。

樊祟大惊，他绝不想让别人捷足先登夺去玉玺和符令，是以再次扑上。

“樊祟果然不同凡响！”那与樊祟对了一掌的人正是昔日黄河帮的老帮主、武皇刘正的五仆之一迟守信，他见樊祟身形一动，也便再次出手了。

“冰魄神功——”山谷之中寒潮涌动，虚空仿佛是鸿蒙一片。

樊祟本想阻止那火影一般的怪人夺下玉玺和符令，但是，他又不得不防迟守信的攻击。

樊祟自是不想死，他绝不会不明白冰魄神功之可怕，而迟守信昔日纵横江湖数十年，几无对手，更创下北方第一大帮黄河帮，其武功之强并不在他之下，是以樊祟只好全力应付迟守信，而眼睁睁地望着那火影之人摸走刘玄身上的玉玺和符令。

秦复也感到了一丝异样，强大的气机触动了他体内某种奇异的感应，甚至激起了他体内疯狂的战意。

天空中的密云以极速汇聚，仿佛有一只无形的手在牵引，如碾过天空的巨辙，天际不时传来一阵阵雷鸣！

秦复悠然回首，却发现山谷之中竟多了两人，而玉玺、符令和焚音血剑竟被一个红发老头握于手中，樊祟则与另一人战得难分难解，强大的气劲狂冲而上，卷着股股奇寒之气浪，使得谷中渐凝出一层白茫茫的冰雾。

“火怪！”秦复吃惊地低呼了一声，他不知道这两人是何时出现在此地的，而且还抢走了玉玺、符令与焚音血剑。

秦复并不在乎焚音血剑，但却在乎玉玺和符令，是以他立刻弃刘村反扑向谷中的火怪。

樊祟也怒不可遏，他也没料到武皇的几位仆人居然会突然出现在此地，而破坏了他们的好事。

迟守信与火怪确实是来得极突然，而其为何会突现山谷则让人惑然不解。在这片山谷之中他们本以为只有刘玄的存在，且这片山谷一直都在他们的包围之中，若说是自外闯入，那确实说不过去，若然不是，而一直都在这片山谷之中，其又为何不阻止刘玄自杀呢？

这之中确实有着极多难解之谜。

“四弟——走了！”火怪一得到玉玺、符令和焚音血剑，便立刻挥手扫出一团有若烈焰的气劲，猛冲向樊祟。

樊祟正与迟守信战得如火如荼，倏遭火怪偷袭，骇然而退。

迟守信也不犹豫，旋身立刻向谷顶飞掠而去，显然是不欲与樊祟久战，他们的目的或只是玉玺与符令之物。

“想走？只怕没这么容易！”秦复身形跃于空中，大手一挥暴喝：“山海裂——”

火怪与迟守信同时大惊，只觉天空一暗之下，自四面激涌而至的密云如被狠狠地扯下大片，紧罩于整个山谷的上空，强大无匹的气劲自亿万个方向汇聚再冲撞爆发，激荡成风暴，带着足以将天地撕成碎片的力量紧裹住了火怪与迟守信。

“极阴绝阳——”迟守信的心神仿佛陷入了一个无限深阔的黑洞中，无数的气劲若亿万双手欲将其分裂成无数的碎片，在这种情况下，他知道自己遇上了毕生最可怕的高手之一，而且对方绝对想对己一击致命，因此他也使出了从不轻易施展出的惊世杀招。

“狱火枯魂——”火怪不再有平时的嘻笑，在生与死的关头，他明白眼前的对手便将是他生与死的考验，若想活命，唯有全力以赴。

樊祟骇然，却不愿错开，但明白这当世三大高手都已全力相搏，其威力将是难以想象的。而最让他惊讶的却是火怪与迟守信两人的武功一至阳，一至阴，阴阳相合，互补互助，使得整个山谷之中都充盈着一股几欲爆炸的气旋，便是他也几近窒息。

谷中花草树木若摧枯拉朽般尽数化为碎末，三股气劲尚未交汇，便已激荡出了毁灭一切的力量。

“轰……”混沌之中，三股气劲在山谷中相撞，化成一股无与伦比的洪流，顺着山谷的斜坡冲上谷顶。

气劲在虚空中纠结成一团巨大的风暴，天空的暗云被风暴吸扯，陷入巨大的漩涡，电火自漩涡之中若水银般泄下，在混沌的虚空中耀成诡异的巨龙。

绰绰光影中，几道人影也冲上虚空。

自不同的方向弹出！

“二哥——”一道人影却掠向光影之中。

“王爷！”刘村惊呼，他发现那掠向光影之中的人正是刘嘉，而刘嘉此举却是冲上虚空欲抢刘玄的尸体。

谷中的十几具尸体也承受不住强大至极的气浪冲击，被风暴卷向了虚空。

以樊祟的功力，尚难以在山谷之中立足，只好顺应气劲冲出谷顶，但他的重点却并不是刘嘉，而是火怪手中的玉玺、符令。

火怪与迟守信两大超级高手联手确实足以让秦复难看，最妙的却是二人一阴一阳，相互之间配合得毫无间隙，如此一来，更使其威力倍增。因此，秦复根本就没有讨到什么好处。

秦复也吃了一惊，这两人联手确实要比齐万寿与海长空联手更可怕，也难怪这二人昔日随武皇刘正七破皇城而毫无所伤。今日看来，确实拥有着难以估量的力量。

秦复甚至有些担心——天下皆知，武皇有五仆，而眼下却只是出现两人，若是五人同出，那天下间岂有敌手？更别说自其手中夺回玉玺、符令了。

樊祟也知道眼前这两人之可怕，此刻两人联手，只怕以秦复的武功也拿他们没办法。因此，他必须让这二人单独作战，是以他毫不犹豫地扑向火怪，根本就不给火怪任何喘息的机会。

“小子，趁人之危，还有我风痴在呢！”

樊祟见火怪一时抽不出手来，正得意间，却被另一道劲风自侧方袭至，在混沌中挟杂着一道凌厉的电芒，若魅影般出现在虚空。

樊祟大恼，但是风痴来势之汹涌使他不能不改变攻势，转迎向风痴。

谷底冲出的气劲强霸无伦，将那群在谷顶厮杀的双方好手冲击得东倒西歪。

“哗……”雷电自天空中狂飚而下，大雨若瓢泼一般，天地显得更加昏暗。

“保护王爷，我们快撤！”刘村见刘嘉抢到了刘玄的尸身，不由急呼道。

刘嘉挟着刘玄的尸体也不再多留，因为他知道，守在山下的，尚有近万赤眉军，而那些人当中也有许多好手。另外，如果赤眉军想调集人马，在骊山附近尚有许多赤眉军队，若真是让这些人赶来，他身边的这些人只怕唯有死路一条。尽管有几百精锐，却人数太少，自不敢与赤眉上万大军相抗。

骊山之上，刘嘉的人马占着绝对的优势，因为有风痴和火怪几人的意外出现，使樊祟与秦复分身乏力，这便让刘家死士减少了许多伤亡。否则，以秦复与樊祟这两大高手的力量，这群死士虽多，但也难以相抗。毕竟，这些死士不像刘玄身边的那些由刘智亲手训练出的超卓死士。

当然，在没有秦复与樊祟这两大绝世高手的攻击下，刘家的死士们对付这群赤眉军中的精锐尚没什么大问题，何况一开始便以偷袭的方式致使赤眉战士死伤近半，而秦复为了不打草惊蛇，也便只带了两百人上山，这样一来，双方力量极悬殊，刘家死士几乎是二对一、三对一的打法，焉有不胜之理?

刘家死士说撤就撤，因为杨音等赤眉大军听到号角声时，知道山上出了事，此刻正领着大军疾速向山上赶来。

刘嘉知道，如果此刻不杀下山，恐怕会陷入困境之中，本来还想刺杀秦复和樊祟，但是在见到秦复的武功竟如此可怕后，刘嘉很清楚，依目前自己的实力，根本就不可能刺杀成功。而风痴、火怪和迟守信则根本就不会听他使唤，否则倒可一试，至少可以与秦复和樊祟来个同归于尽。

当然，这之间的前题却是杨音等赤眉战士不会太快赶上山，但那是不可能的。骊山并不高，而此地距山下的大军不过数里之遥，快的话盏茶时间便可以赶到，这也是刘嘉必须以最快之速撤离的原因。

“不要放走了逆贼!”杨音见大批人自骊山之上疾冲而下，也不知究竟发生了什么事，但他确实是大吃了一惊。

赤眉军如潮水般向山上涌到，他们也不知道怎么山上突然多了这么多人，而刚才山上发生的异常巨变究竟是怎么回事也没人知道，是不是秦复与樊祟出了什么意外呢？这在许多人心中都存在着疑惑。

“刘盆子已死！赤眉军完了……”

“樊祟已死——赤眉军完了……”刘嘉向山下狂杀而至，口中却大呼。

刘家死士也一齐呼喊，他们选择一个方向以锐不可挡之势狂冲而下。

赤眉军人虽多，却因分散在各个路口相守，兵力并不集中，而刘嘉在上山前便估到哪个方向的兵力可能要弱一些，便选择这个方向冲杀。

刘嘉一马当先，与刘村并骑而杀，天机神弩也成了开路先锋。

尽管刘嘉的人马步骑交杂，但在下山之时，这群全都是百里挑一的好手也纵跃如飞，杀人夺马，为弩机上箭，无不显现出其几乎无可匹御的杀伤力。

刘家死士也很明白，下山之后必须有战马代步，因此在冲下山之时，并不会忘记夺马。

在这种情况下，这群刘家死士才真正表现出他们的与众不同。他们在刘家的训练绝不同于普通的战士，可以说，他们兼有武林好手与精锐战士的优点，无论是单挑还是集体群战，都能配合无间，更表现出惊人的韧性和斗志。

事实上刘家死士最初有两千之多，但在连年的征战中死去了近半，而留下的都是最为精锐的，且无一不是身经百战的人物，任何一人都有足够的实力在军队中成为头目，但这些人始终团结在刘嘉的身边！而刘玄身边的人则是由刘智亲训的死士，因其身份特别，并不欲让外人知道其与春陵刘家的真正关系，所以并没有让太多的刘家死士置身宫中，而能在宫中的，便绝对是高手，也绝对可靠！

这些久经沙场的死士，自然知道在战场之上如何保护自己，如何让自己发挥得最好。

当然，双方的兵力确实有极大的悬殊，不过，值得庆幸的却是秦复与樊祟尚被风痴、火怪等人缠住，无法对他们进行追杀，而杨音等自另一边追上来，一时之间也不能对刘嘉的人马造成直接的威胁。

秦复极怒，刘嘉竟然以“他与樊祟之死”的谣言扰乱赤眉军心，以此削弱赤眉军的斗志，而他却无法对刘嘉诸人构成直接的威胁，因为火怪与迟守信两人之联手对他也造成了极大的压力，而他又必须抢回火怪手中的玉玺和符令，这使他三人缠得极紧。

火怪与迟守信及风痴三人似乎并不想恋战，而是边打边退。他们自不是傻子，以他三人之力，又如何能敌赤眉大军？而且赤眉军中高手极多，再缠斗下去，若陷入重围，只怕会脱力而亡。

火怪与迟守信力敌秦复，也是拼尽了全力。这年轻人的功力之高，武功之可怕，确实让他们骇然，但又不能不全力以赴！他们很清楚，这样的交手，是最耗真气的，人力毕竟有限，用不了一个时辰，只怕赤眉军的普通高手也可以杀死他们了。

风痴与樊祟的武功也是在伯仲之间，风痴或许尚稍逊上一筹，不过，樊祟要在百招之内胜风痴也是妄想，而且樊祟昨日与海长空一场恶战，又整晚没有休息，体力与功力稍打折扣，这就使得风痴也不会相形见绌。

这五大高手相战，只让天地为之变色，天空降下的一时是雨，一时是冰雹，电闪雷鸣，整个骊山极为诡异，有若森罗绝域一般，那些普通战士根本近不了方圆三十丈，强大的气劲卷成风暴，卷到哪里，哪里便化成一片废墟，树折花枯，石飞沙走，那自空中射落的闪电使得战马惊窜四散，便连杨音也大大吃了一惊。

这些高手相搏，除杨音这类高手外，余者几乎插不上手，但是赤眉军战士见秦复与樊祟并没死，还状若天神，斗志不由得大旺，只是对骊山之上这恶劣的天象也生出了极大的惧意。因此，这些人并不相助秦复，而纷纷追向正杀向山下的刘嘉等人。

杨音知道这里有秦复与樊祟在，并不用他出手，仅留下少数高手加入战团，随即领着大军向刘嘉追去。

杨音追赶刘嘉，是因为他看见了对方，认出了其身份。对于更始政权所剩下的少数几股重要军团的统帅，他可不想错过，如果能擒杀刘嘉，那么汉中军便已不在话下了，同时更是大功一件。

杨音不解的却是，刘嘉怎么会跑到骊山，而不是在前线与徐宣交战？而这与秦复、樊祟战得如此激烈的三大高手又是自哪里而来？刘玄与他的那些亲卫又如何了呢？

当然，杨音并不知道山上究竟发生了什么事，但却知道，这个变数定是个意外。

火怪与迟守信吃了一惊，秦复与一干赤眉军高手联合出击，使他们顿时压力大增，但是他们也是有苦难言，必须苦撑，而最后的结果很可能会是死！

“老四，你快走！这里交给我——”火怪心知肚明，如果大家都在这里苦战的话，只会全死在这儿，事实上他们之所以出现在骊山，只是因为巧合。

泰山之战后，他们收拾了武皇的尸骨，将其带到骊山早已准备好的皇陵之中，而后，阴风返回崆峒，他们三人便一直都在骊山之上为主人守陵，却没想到今日遇上了秦复追杀刘玄至骊山。

火怪识得刘玄，但赶来之时尚迟了一步，而他最为眼熟的却是刘玄手中的焚音血剑。

这柄剑乃是昔日武皇刘正成名的神兵利器，得剑之人必是武皇的至亲，而拥有这柄剑者也算是他们的半个主人，因此，火怪诸人绝不想让这柄剑落入外人手中。

火怪在夺剑之时，更发现了玉玺、符令，也自是不客气地随手捡来。他虽平日疯疯癫癫，但身为武皇之仆，而刘正乃是皇族之人，自然也就清楚玉玺、符令的重要，不拿白不拿。

只不过，他们低估了秦复，低估了这位赤眉之主的力量，这使他们此刻想逃都没有机会，而陷入了苦战之局。在这一刻，他们知道，如果不下决心，只怕是所有人都走不了。

迟守信与火怪错身之时，便已接过了玉玺符令。

秦复在一挫身之后又再次攻来，他不想让火怪将玉玺符令交给迟守信。

"四弟，走——"火怪急催道。

迟守信心中一阵怆然，他知道火怪的意思，也知道眼下的形式。在这种时候，他几乎没有多余的选择，因为他想起了另一个人——刘秀！

拥有玉玺、符令便可名正言顺成为天子，而刘秀坐拥北方的半璧江山，拥有大军百万，战将如云，更难得的却是其治军有方，爱民如子，同时更是他的女婿！

迟守信并不是一个傻子，每个人都会存在私心，否则也不会将亲手创下的黄河帮传给迟昭平。

而今日黄河帮更成了刘秀部下的一支主力，而且刘秀可以说是武皇刘正此刻最亲近的人，也寄托了武皇最大的期望。因此，如果能将玉玺符令送给刘秀，那不仅是完成了武皇的心愿，更是为自己的女婿办了一件大事，是以迟守信在思想稍转之时，立刻便决定了去留。

"三哥，我去了，我将它送去北方，完成主人的遗愿，绝不负所托！"迟守信身子倒掠而出，扬声道。

火怪和风痴一听，立刻明白迟守信的意思，不禁大喜，朗声大笑之中，便再一次迎上自己的对手，因为迟守信的话让他们心中更多了一丝安慰，只要是为了完成武皇的遗愿，他们便是身死又有何憾？但迟守信的话却让秦复和樊祟吃了一惊。

秦复不由大吼："截住他，抢回玉玺符令——"欲追，但火怪却开始拼命。

火怪的武功虽不及秦复，但像这种高手欲求同归于尽，也确实是一件极为头大的事。

秦复此刻的身份便不容他有丝毫损伤，如果只为一个半疯不疯的老头而伤了自己，那绝不划算。何况，在与刘寅交手之时，他已经失去了一指，并不想让自己再失去点什么。

在火怪的强攻之下，那群加入战团的赤眉高手似乎也难以在一时之间回过神来，事实上，他们的速度根本无法与迟守信相比。

樊祟也是抽身乏术，只好眼睁睁望着迟守信向山下掠去。

秦复恨极，但也仅只是恨而已，也使他下定决心——以最快的速度击杀火怪！

火怪与迟守信联手，确实能够对秦复构成强大的威胁，但此刻却只有火怪一人，那相形之下，秦复完全是游刃有余，尽管火怪的攻势极为猛烈，但在气势之上却完全被秦复所封锁。

迟守信何尝不明白，若是他离去，仅火怪与秦复相对，不出二十招，火怪必定丧命，但即使如此，他也顾不了这许多。

“刘仲，天堂有路你不走，地狱无门偏闯来！”

刘嘉正冲向山上之时，山下一骑若飞般冲上。

“谢禄——”刘嘉吃了一惊，自山下冲来之人竟是赤眉军的右大司马谢禄。

谢禄来势如虹，而其后竟是黑压压的一片赤眉战士，山道被挤得水泄不通。

不仅仅是刘嘉吃惊，便是他身边的亲卫战士也都暗惊。他没想到这一方居然又杀出这样一队人马，本来都快冲下了山，在一阵狂杀之下，突破重重包围，却遇上了绝不想遇上的对手谢禄。

刘嘉与谢禄并不只是交手一次，谢禄身为徐宣的副手，更是赤眉军的中流砥柱，其人勇猛至极，武功之强，刘嘉也没有胜算。

谢禄并不知道汉中王的真实身份，因为刘嘉依然是刘仲的面容。

“杀！”刘嘉将刘玄的尸身绑于马背之上，长剑一挥厉喝道。

山上的杨音也正领着大批赤眉军追下，双方几乎把刘嘉挤于山首之间，前后都无退路，但刘嘉却知道，他必须冲下骊山，否则在如潮水般的赤眉军强势攻击下，他唯有死路一条，尽管他身边的战士都是以一敌百，但却经不起损耗，也正在一个个地倒下，一个个地减少。

冲至山口之时，刘嘉身边已经只剩下一百余精锐亲卫，而这时已与谢禄直面相对。

“保护王爷快走——”刘村高呼一声，浑身浴血的他已如大鸟一般扑向谢禄。

大雨之中，水珠顺着刘村的剑凝成一道灰蒙蒙的雾气，如剑似刀，却合着奔雷的嘶鸣，卷起一股诡异凄迷的气潮。

天地肃杀，整个骊山都充斥着无可排遣的杀气。

马嘶、雷鸣、电闪、风狂、雨暴，喊杀之声交织于虚空之中，酿就了这独特的环境——有若森罗绝狱！

血光、尸体、雨雾几乎让人的呼吸凝滞，窒息的压力却被刘村这一剑切割成无数的碎片。

在这种情况下，没有人知道自己会不会在下一刻死去，但每个人都知道，必须尽最大的力量战斗！希望不是别人的施舍，而是靠自己创造！

“嗖……”一阵箭雨罩向虚空中的刘村，但却并没有阻止住刘村的攻势。

谢禄有点恼怒，尽管他从不会小看刘村，却只想以刘嘉为目标，而刘嘉也才是真正的正主儿，只不过，此刻他无法不理会刘村的攻击！

刘嘉知道刘村的意思，但他同时也明白，刘村的武功比谢禄尚要逊上一筹，而且这一路自山上杀下，力战多时，也已经疲惫，更难是谢禄的对手。

当然，刘嘉知道刘村的武功绝对可以称得上第一流，谢禄想杀刘村也不是一件容易的事，而他也没有机会代刘村出手。在刘嘉的身边，赤眉将领和战士奋勇扑上，他唯有竭力狂杀。左手长枪，右手利剑，毫不迟疑地见敌杀敌，在血与肉的铺垫下，艰难地冲向山下。

到处都是密密层层的赤眉军，杨音想赶下山来，但是由于山道之上人挤人，使他的战马都无法通过。在刘嘉与杨音之间，赤眉军挤塞得水泄不通，而刘嘉也唯有亡命地狂杀，没有半点留手的余地，但是这使他也难以通过，而他身边的护卫们也被这么多的赤眉军挤散。

刘嘉本想带走刘玄的尸体，但此刻战马都无法通过，根本就不可能带着尸体突围，而如果不是尸体的累赘，他或许会选择弃马而行。

“拦住他——”杨音却先弃马，他不想给刘嘉任何机会，但是在此时，听得山上有人高呼，他不由得一扭头，却发现一道虚影狂掠而至。

“夺回玉玺符令——”自山上追下的赤眉高手又呼了一声。

杨音立刻明白是怎么回事，而那掠下之人却正是迟守信，他想也未想便横了上去。

杨音的速度不谓不快，但在逼近迟守信近前之时，便感一股彻骨奇寒透体而入，猝不及防之下差点真气一滞。

“小子，想拦我——”迟守信冷笑时，已整个身子撞向杨音。

杨音出剑，但刺中的却是迟守信的手指。

剑与指相触，迟守信的手如灵蛇一般滑向剑锷，一股奇异的寒气透过剑身。

杨音骇然，在这一刻才知道迟守信的冰魄神功确非虚谈。

杨音退，抽剑而退，迟守信也不紧逼，旋身，袍袖疾挥，那洒落天空的雨水竟化成无数冰粒若弩矢一般飞射而出。

"呀……"赤眉战士首当其冲，惨号中倒下一大片，甚至有的人胸口被洞穿。

杨音大怒，再攻上之时，迟守信却已踏着人头向山下掠去。他并不想作太多停留，是以根本就不与杨音恋战。

杨音乍出手，只是因为并没有充满的准备，这才被迟守信要了一道，事实上他的武功虽比不上迟守信，但也不会相去太远。

刘嘉见山上的追兵已经赶了下来，知道再不能犹豫，在生与死之间，他必须对刘玄的尸体作出取舍，而此时他更已看出刘村的险情。

刘家死士，只有战死之人，而无乞怜之人，哪怕只剩下最后一滴血，依然会战斗到底。

看着那许多的战士为自己而死，刘嘉心中涌出一股莫名的悲愤。他知道，自己没有理由不活下去，若是自己仍固执己见，只会愧对这些死去的忠魂，于是他放弃了带走刘玄尸体的念头。

战场之上，并不只是凭武功决胜负！抑或还没有到武功凌驾于征杀气势之上的境界。

在生死之间，是看谁够狠，谁够狂，谁够胆——当然，自身的实力也绝对重要。

在这种已经完全失去理性疯狂的环境之中，任何招式都显得可笑，在力量与狠辣的支配下，最简单的攻击才是最具杀伤力，也是最为有效的。

刘嘉是个高手，同时也是个久经沙场的将帅，自然明白战场上的规则。因此，再厉害的高手，也是人！只要是人，力量便有穷竭之时。在千军万马中征杀，除了注重气势之外，还在于兵力的多寡，力量的强弱，除非拥有昔日武林皇帝刘正那般无可抗拒、几可逆天的力量。

但这个世上再不会拥有第二个武林皇帝，再不会出现那样的神话。

尽管江湖中人才辈出，但是即使是秦复、邪神、刘秀之辈，也难以攀比昔日武皇神威！或许武皇刘正的经历也是世人所无法比拟的，才能抵达武学的巅峰，成为天下所敬仰的神话。而武皇七破皇城，数十万大军却无法阻挡其脚步，如果今日换成是武皇在此，赤眉军这点人马还不够杀！

只是，武皇刘正却在泰山之巅仙逝，永远都只能成为一个传说，一个神话。

没有战马与刘玄尸体的累赘，刘嘉便犹如一只飞鸟，尽管有时尚被截下，落入人堆之中狂杀，但只要对方稍有松懈，便可掠过众敌的头顶飞逸。

在杀与被杀之间，刘嘉已经完全麻木了，到最后，他都不知道自己是不是已经冲下了骊山，四面都是敌人，而他的亲卫高手也在人群之中被杀散。

刘嘉浑身沾染着鲜血，如自血池中爬起一般，不知是自己的鲜血还是别人的鲜血。

尽管此刻刘嘉的身上也多了数道伤口，抑或更多，但他已经没有感觉，在夺马、杀人、弃马——夺马……之间，不断地重复着机械性的动作，他也不知道自己究竟杀了多少人，更记不清自己踏过了多少尸骨。当一种难以形容的疲惫升入他的思想中之时，他竟意外地感受到了一股奇异诡秘的寒意！抑或是一股沛然不可抗拒的生机自远方向他延伸而来，

一声熟悉至极的马嘶让刘嘉振作了起来，也让他抬头看了一下自己身处何地，但他却看到了一个人，不禁脱口惊呼——麻姑！

刘嘉看到了一匹若风而至的战马，正是他心爱的坐骑玉麒麟，而这匹马在不久前却送给了一个陌生的女人——麻姑。

刘嘉绝没想到麻姑居然会出现在这里，出现在这要命的时候。

麻姑像是一只飞翔的鸟儿，在马背之上双手舞刀，若斩瓜切菜般杀开一条血路，直向刘嘉冲来，雨雾中若隐若现的血光将其绰约的身姿衬托得像一幅画。同时刘嘉还发现此刻自己已经到了骊山的脚下，尽管身边的赤眉军依然极多，但已不如在山道上时那般拥挤。

而在这一刻，赤眉军更如同浪潮一般波动起来。这一切，却只是因为那股一直延伸而至的生机与寒意。

在麻姑身后的不远处，赤眉军若潮水般涌向骊山，却并不只是为了围杀这群下山的人，而是受那股无可抗拒的气势所逼，这一切，都只因为一个人！

是的，一个人！一袭白衣，一顶青笠，一骑白马，在平坦的旷野中，竟奔跑出千军万马的气势和压力。

人与马，马与天地，仿佛完全地嵌入一起，而形成了一种铺天盖地的气潮，席卷了其所经过的每一寸土地。

“林渺——”刘嘉几乎不敢相信自己的眼睛，但又立刻意识到来人已经不再是林渺，而是雄霸一方、不可否认的刘家子孙刘秀，他的三弟——

“呀……”惨叫声惊醒了刘嘉，死者欲杀失神的刘嘉，麻姑的飞刀射杀了那几人。

刘嘉尚在分神之时挨了两刀，却没有倒下，因为他还不能倒下，他要战斗！似乎在刹那之间，胸腔之中涌上了一股无法压抑的豪情，不由得仰天一阵长啸。

“王爷——快上马……”麻姑衣衫染血，却很急切地唤了一声。没有人知道她为什么会出现在这里，但她并不是来杀刘嘉的，至少，刘嘉内心深处生出了一股暖意。一个女人为他杀入千军万马之中，而且只是一个仅有一面之缘的女人——

刘嘉没有犹豫，在玉麒麟一声长嘶之时，他已被麻姑拉上了马背。

“你怎会来这里？”刘嘉以无比惊讶的语气问道。

“我是来还你马儿的，我知道你在这里——”麻姑的话很简单，却已有几颗人头自马前飞起。

杀人，似乎对这个女人来说根本就不是问题。

刘嘉并未再说话，也不用多说，麻姑一带马缰，玉麒麟便调首向茫茫原野的方向狂奔而去。

在麻姑的刀下，刘嘉的枪尾，踏着尸骨与血迹杳然而去。

刘嘉想向赶来的刘秀说点什么，但是却已没有机会。不过他明白，刘秀知道他的存在，甚至是知道他要说什么，在混沌的虚空之中，仿佛流淌着一股难以言喻的思感和气机。

在森杀残酷的战场之上，刘嘉心内洋溢着奇异的温暖，四面八方涌来的不只是凄风冷雨，还夹杂着无休无止的生机。

生机涌入刘嘉的体内，通达于四肢，七经八脉，而心内的那股暖流便是这股生机的杰作。

这是一种极为奇异的感觉，麻姑不知道发生在刘嘉身上的变化，但刘嘉却知道，这是因为刘秀的存在。是以，在决尘而去的那一刻，他不由得扭头望向刘秀，于是他看到了两道如惊电般的目光。

目光，深深地透入刘嘉的眼里、脑海，直至心底，如一股洪流般驱散其一身的痛楚、疲惫，仿佛在刹那间，被注入了无穷无尽的力量。

在刘嘉有此想法的下一刻，他又感觉到了刘秀已洞悉了他内心所想的一切，包括感激、悲愤、怆然及那悲悯天人的情怀。于是刘嘉陷入了那两道目光之中，整个心神被引入了一个奇异的虚空。

刘嘉的心神完全抽离于整个战场，他看到了刘秀内心那浩翰无边的世界，在那充盈着奇异力量的世界里，精神似嵌入了一个熔池，使之有若欲凤凰一般重生而出。

他看到了天地山川，看到了一片生机昂然、充满活力的土地，整个灵魂都如同驾着云雾在虚无中无限追索，鸿蒙之中，仿佛是日月星辰在轮回六道中变幻，顷刻之间又若历经百世的沧桑。

刘嘉已经完全迷失了自己，他在另一个世界里看到的不是满地的血腥，而是生老病死轮回的世界，在一种静谧之中感受生命消亡与再生的奇境。恍惚间，他似乎懂得了什么，又似乎遗忘了什么。

在苦苦追寻遗忘的记忆时，他竟骇然见武皇的影子，那般伟岸，但旋又化成了刘寅的影子……在不断经历演变之中，刘嘉的记忆终于定格于自己的影子之上，他看到了自己，而便在此时，又突然醒来，记忆归于现实之时，刘嘉惊觉刘秀的白马正与他擦身而过，而泪水已经浸湿了他的衣襟，融入雨水和血水之中，浸湿了麻姑一身青布衣裙。

"王爷——王爷……"麻姑极为吃惊地呼喝着，她显然已经感觉到了刘嘉的异样，却未能将刘嘉唤醒。

"啊……"刘嘉惊应了一声，但却扭头向已与他错马而过的刘秀望去，大喊了声："三弟——"

刘秀没有回头，抑或在雷声、雨声之中，他根本就未曾听到刘嘉的呼叫，但麻姑却听到了。

麻姑心中骇然，她刚才发现了刘秀那奇异的目光，这才感觉刘嘉的心神仿佛完全超脱了这个世界，整个染血的躯体散发出惊人的生机，仿佛顷刻间被注入了无穷无尽的力量，但她却看到刘嘉在流泪……是以，她呼唤！

而刘秀乘白马而来，有如一阵春风，更如驾云而至，便连麻姑也觉内心一阵激动，竟有顶礼膜拜之冲动，那强大无伦的气势仿佛让天地万物皆为之倾倒，那种感觉深深地烙入心中，几让人迷失……

麻姑不知对方是谁，但却知道自己永远都不可能忘记这擦肩而过、逼退千军万马的男子！

赤眉军竟没有人追赶刘嘉，在刘嘉与刘秀错马而过之时，赤眉军所面对的只有一个人，那便是刘秀！

在浩翰的天地之中，仿佛就只有一人一马！

箭矢、雨水在刘秀的人马五丈之外结成了一团网状的气团，在水气、冰雾之中化成碎末。刘秀所过之处，仿佛是一座移动的巨峰，以无坚不摧的气势碾过其方圆数丈内的每一寸空间。

花枯、木折、马死、人亡，与那团气雾相触的赤眉战士如风暴中的草人，飞跌向四面八方。

赤眉军退，向骊山之上退，没有人敢与刘秀的气势相抗。

死亡，毕竟不是每个人都想的，不惧死亡是因为没有足够到让人惧怕的震撼力，而刘秀的气势足以产生这种效果。

刘嘉错身奔出战场，再回头之时，他又看到了数十骑扬尘而至，他认识这些人正是刘秀最忠实的亲卫——铁头、鲁青、驼子、赤练剑等一干顶级高手。

刘秀并不是孤身而来，那么枭城军呢？而这一切刘嘉已经无法猜到，在游历刘秀内心那浩翰的世界后，竟生出一种沉重的睡意。他没有再感受到痛苦，也不是疲倦，而是体内那股暖流催动无限生机刺激了他伤疲的躯体，竟伏在麻姑背上沉沉睡去。

秦复的手中有血，却并不是他自己的。他杀了火怪，却染了一身鲜血，这让他的心中蒙上了一层阴影。

他本可以不被鲜血沾身的，但在击杀火怪的那一刹，突然触到另一股如潮水般漫至的思感，在他的脑海之中也立刻映出了一人一骑的画面。

他看到了刘秀，尽管刘秀在他视线之外的远处，但他知道刘秀也同样感应到了他的存在。在那奇异的精神世界里，两颗心紧紧相锁，也就是这失神的一刹，火怪的热血溅了他一身。

千军万马，并无法阻断那无形却又无处不在的思感，在精神的世界里，一切都变得空无，包括那存于天地间的血腥。

赤眉军虽有近万之众，但对于这不速之客却是形同虚设。

迟守信杀得都有些麻木了，赤眉军一层又一层地围杀，那群自山上追下的高手更是将其死缠不放，尽管他的武功已登峰造极，这些人单打独斗没有一人会是他的对手，但蚂蚁多了能吃象，迟守信若想以一人之力全身而退，确实很难。

刘嘉之所以能杀出去，只是因为他拥有一群甘心为其去死的死士，不仅如此，刘嘉更知道战场的规则，而迟守信却只是一个高手，绝对的高手！但就在他有心无力之时——他看到了刘秀！

看到了那一人一骑，更感受到了那若洪潮般涌来的生机和战意，浩然而无休止扩散的气势弥漫了整个天地，包容了整个骊山。

谢禄意识到不妙，他放开了已经伤疲几无战力的刘村，旋身拦向刘秀！他知道这将是一个绝对的劲敌，但是他不怕！

刘村已是强弩之末，根本就不用谢禄动手。在谢禄退去之时，那自四面八方涌来的乱刀立刻将其分割。

刘秀看到了这一切，但是他来不及出手，因为此刻的他尚在五十丈之外，这个距离足够刘村被砍千百段。

刘秀心中涌起一丝淡淡的悲痛，他知道自己仍是来迟了一点。他本是要来见刘嘉的，却知道刘嘉赶向了长安方向，于是他也顺便想到长安探一下，但是到了骊山，却见天象大变，且赤眉军大批朝这个方向涌来，他隐隐感觉到什么，于是也便来了，只是他没想到竟是刘嘉诸人被围杀。

他本只是想救刘嘉，但意外地感受到迟守信的存在，而刘嘉又被那女人所救，他也便放心了。直觉告诉他，那个女人对刘嘉绝没有恶意，至于她是谁，他并不知道，只要刘嘉没事，将来一定会再现江湖，或是去找他，而他却要救出迟守信，因为这是他的岳丈，迟昭平的父亲，更是武皇刘正的仆人。不过，他却没有料到自此之后，刘嘉便再没涉足江湖，以至于遍访天下而不得，留下无法弥补的遗憾。

“挡住他——”谢禄怒吼，身形如鹰，剑化长虹，若一道破空的电芒爆射向刘秀。

刘秀一直都没有出手，自远处而来一直都保持着那超然出尘的姿态，但在谢禄出剑的那一刻，也便是在刘村死于乱刀之下时，他禁不住一声长啸！

长啸声直上苍穹，掀动密云，引触雷电，与霹雳声相合，在狂风暴雨中激荡成一股气流，使每个人的心中都激起了风暴一般的惊悚。

“铿……”一声龙吟般的清鸣，刘秀终于出刀了！

出手一刀，那方圆五丈的气罩顿时拉长，数道电火自天空引下，与刀芒相接，顿在暴风雨中糅合成一条狂野的光龙。

裂空、破气，雨雾虚空顿分两半！刀芒狂升二十丈，在肃杀的天地中触地而裂，化为亿万道飞溅的刀影。

谢禄骇然，刘秀出刀，他避无可避，仿佛天地的任何一个角落都无法逃脱这一刀的毁天灭地之威。

“轰……”地裂十丈，泥尘若瀑般飞射狂溅，惨叫声在暴风雨中撕成碎片，天地一片混沌。

而在此时，那群围攻迟守信的赤眉高手突然发现，刘秀竟就在他们的身边。

没有人知道刘秀是如何来到的，在混沌之中，他们也被那激射的刀气冲击得失去了灵觉。他们没料到刘秀这一刀会有如此威力，而其身法更像是鬼魅一般。

“哗……”又一道灿烂的电芒划破长空，刘秀的刀影再次出现在虚空，强大无伦的气势若泰山般压落，激得洒落的雨珠化成亿万支弩矢向四面激射。

那数十名赤眉军高手竟不敢轻撄其锋，连杨音也唯有选择退。

谢禄尚来不及出手，在刘秀的第一刀之时，他便已被震出十丈之外，尽管未曾受伤，但那股来自心底的震撼，却使他斗志战意尽消，根本就提不起与刘秀抗衡的念头。

“上马——”刘秀的身形若鬼魅一般掠过虚空，却已将迟守信带上了马背。

迟守信大喜，他确实没想到在这要命的关头刘秀居然出现了，这无法不让他激动。

"少主，我拿到了玉玺和符令……"迟守信有些迫不及待地将玉玺与符令交给刘秀。

刘秀大惊，也大喜，却并未接过，而是平静地道："先由国丈大人暂管，待出敌阵，再交给我不迟！"

迟守信微感愕然，刘秀却已调过马首倒杀而回，所过之处，那群尚在苦苦挣扎的刘家死士立刻被解围，并夺马相随。

无人能挡住刘秀的去势，就像他来时无人能阻一般。

赤眉战士的斗志早被其气势给击溃，见刘秀所至纷纷避让，没有人愿意让死亡威胁到自己。

那群赤眉高手也皆不敢相阻。

铁头、鲁青等人本担心刘秀，这才相随杀至，但见此刻之形式，不由得大感放心。

刘秀带着迟守信很快脱离了赤眉军的包围，但他却突地带住马缰，掉转马头正对追来的赤眉军。

"你们先走！"刘秀淡淡地道。

"皇上，这怎么行？要走我们一起走！"铁头一阵错愕，不明白刘秀何以又不走。

"这是命令！"刘秀的语气极为坚决。

迟守信也不由得愕然，问道："我们又何必在此纠缠？"

"这一战迟早都是要来的，既然已经正面相对了，就让我看看他究竟与昔日有多少变化！"刘秀的语气很平静。

铁头与鲁青诸人摸不着头脑，但迟守信的目光却不由得投向刘秀所眺望的远方。他立刻明白了刘秀所说之话的意思，因为他看到了若鸟般飞掠而至的秦复。

赤眉军见刘秀忽然停步，并掉头直面他们，不由得皆骇然止步，在五十丈之外结集，却无人敢越过这个距离。面对刘秀，便像是面对一座巍峨的雄山，那种无法抗拒的压力使他们只敢远远地瞻仰这不可逾越的精神屏障。

“皇上，还请三思！”赤练剑也感应到了秦复漫来的气机。

“国丈请随他们先退后！”刘秀淡淡地道。

“呜，呜……”赤眉军的号角声再次响起，赤眉战士立刻向骊山方向退去，而在退后的人潮之中分出一条道，秦复便像是自潮水中裸露而出的巨礁，与刘秀遥遥相对。

刘秀没有远扬而去，这使秦复的心中升起一丝慨然，这昔日曾是他最为亲密的战友，生死与共的兄弟，但在今日却仍然要对决沙场。

铁头见赤眉大军居然后退，心中也稍感放心，也明白刘秀何以独自留下的原因，不由得喝了声：“我们退下吧！”

鲁青也明白，他对刘秀绝对有信心，在龙城，便是不可一世的大日法王也死于刘秀的剑下！这个世上，又会有什么人能以一己之力战胜刘秀呢？

同时，他们也很明白刘秀的性格，若是其决定之事，便不会更改！

赤眉军退，铁头诸人也远远地退开观望，在空旷的原野之上，便只剩下刘秀与秦复遥遥相对。

四道目光透过雨雾、风暴在虚空中纠结，激荡成电芒，秦复举步悠然向刘秀靠近，表情极为平静。

刘秀没有动，只是平静地感受着命运安排好的一场宿命闹剧。

“我们终于又见面了。”秦复的语气之中却不无一丝酸涩。

刘秀点点头，心中也充盈着一丝无奈。这一切都是不可更改的，尽管彼此昔日曾是生死于共的兄弟，但利益之争将他们推上了一个无法退却的高度，使得他们不得不义无反顾地走向自己最终的目标。

“我一直都记得昔日你在云梦泽中对我说过的话！”秦复悠然吸了口

气道。

“是吗?”刘秀心中再多了一丝无奈。

“是的，那天你便可以杀死我，但你没有，面对富可敌国的财富与无敌天下的武功，你却没有杀我，理由却是不想用它来换取一生的寂寞和孤独!”

刘秀一怔，他倒没想到秦复真的会记得这么清楚，不由笑了笑道：“是的，我确实说过!”

“你还说，我们两人的理想和观点并不相同，如果在利益上存在着极大的矛盾冲突，而这种冲突超过了一个限度之时，你会杀了我!”秦复又道。

刘秀的眼中再多了一丝感伤，秦复的话使他不由自主地想起昔日两人在玄门之内共斗齐万寿，更同生共死的一段日子。秦复教会了他许多昔日想都没想过的奇功，这也成了他日后能有突破的基础，再后来，秦复更曾数次助他脱困。

“是的，我当日没杀你，是因为当你是朋友，而你也曾救过我的命。只可惜，命运从来都喜欢开玩笑，总会安排一些出人意料的局面，让我们根本就没有选择的机会。”刘秀叹了口气道。

“所以，在今日，我只想与你公平一战，因为这一切只是我们两个人之间的恩怨！我希望你不要客气，在生与死之间，友情与权力本就不是均衡的！天下只有一个，而世上却存在着你和我!”秦复语气沉重地道。

“是的，我们之间，公平也便只有一次！如果我死了，那么这个天下将是你的；如果你死了，那这个天下就是我的。但无论结果是谁君临天下，我只希望他能善待芸芸百姓，能成为一个好皇帝!”刘秀恳然道。

“不错，我们之间的公平只有一次，今日之后，就不再是兄弟，若尚共存于世，必将不择手段取之!”秦复也肯定地道。

“想必你已经练成了《霸王诀》的武功，我倒想见识一下真正的《霸王诀》究竟会有多厉害!”刘秀长长地吸了口气道。

“会的!如果说这个天下间还有一个我的对手,那么这个对手便是你!”秦复也很坦然道。

刘秀不由得笑了,对于秦复,他已经没有必要隐瞒什么,相互交缠的气机已经深深地感受到对手的可怕。而刘秀,更多一份自信,因为他同样熟悉《霸王诀》的上半部。

第一百章　争夺天下

秦复也不再言语，天地在沉寂之中一片肃杀，风涌云聚，电火自四方天空倾泄而下，使得天地更为诡异。

而空阔的天地之中，惟秦复与刘秀若对峙的两座巨峰，在无边的风雨下，气势纠结，无形的生机与战意激荡成巨大的风暴，向四面八方辐射。

秦复知道刘秀已经出手了，顷刻之间，他竟感觉天地似进入了隆冬，奇异的寒气依然在加重，冷风如刀，割肉生痛，而这一切，都是来自刘秀。

这让秦复骇然，刘秀身上竟能散发出如此奇寒之气，这使他想起了玄门之内的寒意。

“你参透了玄门之秘？”秦复讶异地问道。

“不错，所以你要小心了！”刘秀淡然道。

秦复不禁悠然而笑，如今天下之中，他根本就没有想过会有对手，那足以威胁他的老一辈人物，诸如武皇和邪神已去，而在新一代人中，他对自己有着足够的自信。

即使是面对刘秀这个江湖中传说几乎可追当年武皇的对手，秦复也未曾心怯，但他却知道，今日之战，将可能是他此生最为艰难的决战。

对于刘秀能有江湖中传说的那般神化，秦复并不感到意外，因为他很明白一个能够参透玄门之秘的人，必已获得玄门之中奇异的力量。他知道玄门之秘是秦盟告诉刘秀的，但玄门的力量只是一个传说，并没有人真的可能参透，即使是当年秦盟也不例外！是以，秦复根本就没有再次返回死亡沼泽，对于那种死亡的记忆，他确实不想再经历。是以，他再也未曾去过死亡沼泽。

刘秀融入气势的寒气之浓确实够惊人，这才使秦复猜测到刘秀悟透了玄门之秘。

刘秀的气势依然在疯涨，落入他身体五丈之内的水珠立刻化为冰粒，而在其周围结成一个透明的冰球，如置身于一个水晶的宫殿之中，一人一马，以傲然之势存于天地之间，诡异得让秦复心中发冷。

他已不是昔日的秦复，但刘秀更不是昔日的林渺，而命运将他们安排在今日，却成了另一个巅峰对决。

天空极暗，云越压越低，雨越下越大，远处观望者的视线都已经变得模糊不清，但在昏暗的天地之中，却可以清晰地看到那在电火之中反射着异彩的两个巨大的气团。

刘秀是晶莹而剔透的巨大晶石气团，而秦复则沉入一片诡异的白光之中，仿佛是被无数电火纠结而成的火团，在昏暗的虚空中显得极为耀眼。

远观之人皆捏了把汗，没有人知道这一战的结果，但无论是哪一方，都损伤不起，而他们所代表的正是当今天下最强大的两股势力的龙头，也关系着整个天下的命运。是以，无论是刘秀抑或秦复，都不能有任何损失。

只可惜，这两人又分别代表着年轻一辈自身武功成就最高者，他们的战局，根本就没有外人可以左右。

当天空中最惊心动魄的一道闪电划落天空之时，是秦复抢先出剑了！

剑是焚音血剑，夺自火怪的手中。是以，当电光乍亮时，虚空中也惊起一阵诡异的声音，摧心揪魄，合着惊雷霹雳的声响，仿佛整个虚空突然爆炸。

当电芒与刘秀冰晶的气罩相触之时，虚空爆裂，疯狂的气劲撕裂了每一寸虚空，便连雷声也都是破碎的。

昏暗的天地也似乎在刹那间自燃起来，一团璀璨无比的光团自两人所处的地方冲天而起，直冲向那密密的黑云。

黑云之间仿佛陷开一个巨大的黑洞，呈漩涡状搅动起来，无数的电火自漩涡状密云边泄落，在距刘秀与秦复百丈之外的地面落下，炸起漫天的尘土，将刘秀与秦复隐于一片混沌之中。

不断有电火闪烁，更有千万道电火击入那片混沌，在混沌的天地里纠结成光龙，相缠、互击。

秦复每一招必尽其全力，他得到了秦盟的近八成功力，这股强大的功力通过霸王心经与其自身真气相融合，此刻他的功力之浑厚足以称雄于天下。要知道，秦盟之功力与当年武皇也相差无几，而秦复得其功力后，自然是如虎添翼。但是秦复却骇然发现，刘秀的功力之高比他甚至还要可怕，是以秦复每一招必尽全力。

刘秀的功力之强，只怕已直逼当年的武皇刘正了，不仅得烈罡芙蓉果之功力，更得火怪之通天丹的一甲子功力，在玄门之中更吸纳了其中的魔道共存的异力，而使其自身的力量几乎夺天地造化之功。

最让秦复恼恨的却是刘秀也同样知晓《霸王诀》的部分武功，这使他在很多时候都难以对刘秀够成强大的威胁，而刘秀的武功却很出他的意料之外，竟也不全是武皇的《广成帝诀》之绝学，而是另成一局。

秦复对《广成帝诀》的武功也知道一些，这得归功于秦盟昔日与武皇刘正的交手，使得秦盟记下了这天下间最为玄奇的武学之一，虽不知其全部，但以秦盟的武学修为，经过二十年的苦心揣摩，也已知其大概。而秦复尽得秦盟真传，自然对《广成帝诀》之绝学也有所掌握。

刘秀在顷刻间已与刘秀对拆了百招，方圆百丈之内，几乎化为焦土，而他一直都好整以暇，直到秦复再出“天地怒”时，他才真正感受到一丝威胁。

真正的天地怒，以霸王天罡使出，其威力确实已至完美，浩瀚得足以毁天灭地。

但这一招并没有让刘秀受到哪怕一丝的伤害，只是刘秀的马儿化成了飞灰。

“好——果然霸道，但如果仅止于此，今日必败者是你！”刘秀的身子在虚空中一退即回，朗声道。

在破碎的惊雷声中，秦复依然能听清楚刘秀的话，而刘秀在回旋之时，手中之刀狂划而过，暴吼：“冰火两重天——”

秦复只觉天空顿暗，头顶的密云竟在刹那间下陷，如一个巨大的肿瘤下垂，在垂落之际竟化成晶莹剔透的冰团，而冰层更不断向天顶蔓延，沉重的冰层拉得密云垂的更低，几与地面相贴，而垂落的云层在虚空中结成了一个几达百丈的巨大冰弹，将刘秀完全吞噬其中。

“轰……”冰弹脱开云层，犹如一颗巨大无比的陨星直撞向地面的秦复。

秦复几乎难以置信眼前发生的一切，不过他知道，这是万载玄冰的威力！在死亡沼泽之中，万载玄冰能让一条地下河冻结数十里地，甚至整个岸层都被冻结，而这结于虚空之中的巨大冰弹也不能不算是个奇迹。

“苍穹灭——”秦复飞退，手中焚音血剑直插苍穹，千万道电火顿时狂泄于剑端，秦复的整个身子在刹那间爆出一团强烈的血光，血光直透天顶，云层仿佛也在刹那间映红。

当秦复身上血光爆起之时，苍穹外竟有一股奇异的血云直落至那密云之顶，与秦复的血光相接，顿时天与地一片血红，而刘秀的那巨大冰团则沉沉地撞入那片血色的天地之间——

“轰……”骊山之上的草木在这一阵巨响之中尽化成碎末，三里之外观望的赤眉军都若纸鸢般被那股气浪冲击得飞跌而出，惨叫声、马嘶声全在巨大的气浪之中化为碎末，陷入虚无。

杨音、谢禄等人在气浪之中也若大海惊涛骇浪上的一叶孤舟，无以为凭，体内的真气更被激得一片混乱。

他们从未想过这一击会有如此毁灭性的威力，而在那一刹之间，眼前一片黑暗，耳畔更是什么声音也听不到，天地真的陷入一片混沌之中。

而在那股疯狂的气浪中，夹着奇异的寒气与无数破碎的冰团，遇物毁物……

杨音诸人实没料到诡变倏生，到最后他们几乎是趴在地上，但整个大地都在战栗！而在隐约之中，杨音更听到另一个来自心灵深处的声音："轮回第七道——"

自此之后的良久，杨音只感到自己的躯体完全不再存在，而是陷入一个无限深邃的黑洞之中，每一个细胞都化成了粉末，只剩下精神与灵魂在苦难中挣扎，一个极端的意识更让他紧紧地抓住存在于虚空中的某一点道不明的物质，以控制灵魂与生机不向那无限的黑洞之中陷落……

天地不知在何时开始重新进入现实，密云依旧，电火依旧，狂野的风暴也在肆掠奔涌，而天空中落下的已不再是雨水，而是大大小小的冰粒、冰雹。

杨音恢复知觉之时，最先感觉到的却是一股极寒之气透入骨髓，几乎让他僵木！他恢复视觉所看到的却不是土地，而是一脉平原冰，包括他所伏的地面，竟是一片巨大的冰原。

不远处，赤眉战士的残肢断体被冻在厚厚的冰层之中，混合着血色的冰，显得诡异异常。

天地确实是诡异得可怕，那密云之下竟是一望无际的冰原，而在一刻之前……

没有人敢想象，这或许只是一个离奇的梦，一个离奇的幻境，只是疼痛感让杨音知道自己尚活着，而且并不是在梦里，他回头看了看骊山——

骊山一半在冰层之下，另一半却成了秃秃的荒丘，而这一切，都是在刚才那狂野暴桀的世界里改变的。

改变这一切的却是依然傲立冰原之上的当世两大绝世高手！

不！冰原之上立着三人，与刘秀对峙的不再是秦复，更多了另一个人！

此人赫然竟是樊祟！

至于樊祟是什么时候赶到秦复身边的，却没人知道。

冰冷的风吹过，冰原之上自天空中洒落的冰雨发出清脆的响声，如一堆落在瓷盘之上的玉珠，或碎成更细的颗粒，或在冰原之上砸出一道道裂痕。

“砰……”刘秀在冰风中悠然跪倒，以刀拄着身体，竟大口大口地喘着粗气，衣衫碎裂成一片片四处飞散。

杨音与谢禄等人大喜，但还没来得及得意，秦复与樊祟已纷纷跪倒……

结果确实太出乎所有人意料之外，包括樊祟的加入，但仍是三败俱伤！

“皇上——”谢禄第一个惊觉，除秦复与樊祟外，赤眉军中便数他功力最高，在意识过来之时，立刻惊呼着向秦复飞扑而去。

“呜……呜……”杨音也拿起号角狂吹起来，在这个时候，他必须趁机击杀刘秀，这个对手实在太可怕了！

号角响起，但让杨音骇然的却是，自骊山之上赶来的赤眉军战士只剩两千余人，余者在刚才那疯狂的世界中或死或伤。

“杀刘秀者赏金万两——”杨音高喝。

重赏之下必有勇夫，这些赤眉军战士哪再犹豫，纷纷飞速向刘秀扑去。

刘秀挣扎着站了起来，他的伤势确实很重，而且刚才连使冰火两重天与轮回第七道两大绝级杀招，几乎脱力，此刻想逃都没力气。

当然，这只是因为樊祟的突然加入，否则他必杀秦复！而且他也定有力气逃走，但樊祟消去了他的一部分力道，也让秦复那式“苍穹灭”的杀劲入侵了他的体内，这才受伤。不过，刘秀知道秦复比他伤得更重，樊祟也一样。

秦复与樊祟两人的力量才能让刘秀与之三败俱伤，这确让秦复为之骇然，他也知道刘秀的武功尚胜己一筹，而且其武学之诡异确实让他意外。

杨音的扑杀令正合秦复的心意，他知道，如果今日不能击杀刘秀，那么日后他败在刘秀手中的可能性极大。至少，以刘秀的武功，根本就没有人能单独成为其对手。

“皇上——”谢禄飞掠而至，一把扶住秦复，急道。

“杀了他！”秦复语气有点虚弱地道。

谢禄立刻明白秦复的意思，而扭头之时，却发现刘秀的亲卫高手们如飞而至，如果不能在这些人赶来之前除掉刘秀，或许永远都没有机会了。是以，谢禄不再犹豫，飞掠向二十丈外的刘秀。

“去死吧——”谢禄长剑化成一道惊鸿，直射刘秀。

刘秀避无可避，也没有力气避让，但便在谢禄的剑逼临刘秀头顶之时，刘秀身下的冰块突地炸开，碎冰如无数的弩矢般飞射向谢禄。

谢禄一惊之下，一股强大至极的气劲直撞而至。

“轰……”谢禄被击得倒退两丈，自地面之下竟掠出一道干瘦的身影，一把挟住刘秀向赶来的铁头诸人飞奔而去。

“归鸿迹——”谢禄失声惊呼。

“追——别让他们逃了！”谢禄见杨音率军赶来，不由得呼了一声。

“呜……呜……”号角之声立刻响彻了整个平原，很快远处便有号角之声相应和。

归鸿迹带着刘秀掠上战马，呼喝道：“快走，赤眉援军到了！”

铁头诸人听到四处号角之声相应合，也知道事情有些不妙，但并不慌乱，这么多年出生入死，对这种危机也不是第一次经历。

“你们带皇上走，我们掩护！”铁头大铁桨一横，傲然道。

“不必！我们向北去，大司徒的大军也快到了！”赤练剑望了望追兵，沉声道。

“大家一起走！”刘秀深吸了口气道。

众人见刘秀尚能说话，顿时大喜，立刻护着刘秀策马便向西北方向奔去。

铁头、鲁青与一干高手相护，对于追近的赤眉军战士以天机弩射杀。

谢禄、杨音虽然自恃武功高强，但是想到对方更有归鸿迹与迟守信这般不世高手，也不敢单独追赶，而等这些大军共追，如此一来又怎快得过刘秀这小股骑兵？

秦复见刘秀竟被归鸿迹救走，不由得大恼，但是他伤势极重，根本无法追赶，只好由人护送赶回大营。而令他最恼的却是连玉玺符令也被刘秀夺去，在这种情况下，他唯愿能凭借大军的优势留住刘秀等人，否则将来只怕会再败一次。

“呜……呜……”

在骊山附近有大批赤眉军，事实上，在关中的这片地域，多是赤眉军的领地，因此只要相呼应，必能对刘秀诸人形成合围之势，所以谢禄率军在其后紧追不舍。

追了近十里地，谢禄诸人刚过骊山西谷，便听得一阵怒吼，一阵人马横里杀出。

箭矢横飞之下，顿时杀得赤眉追兵七零八落，而对方的为首者竟正是刘秀军中的大司徒邓禹。

刘秀大军以有心算无心，谢禄与杨音也杀蒙了，急忙退出西谷。

邓禹并不追赶，杀退赤眉军后又迅速追在刘秀诸人之后朝黄河方向赶去。

谢禄再整大军追赶之时，邓禹与刘秀早已没有了踪影，当其追至黄河之畔时，唯有浩渺河水滚滚而去，在河面之上几艘大船已杳杳渡河而去。

河岸之上只留下一片零乱的蹄印与脚印！

“刘秀——我不会放过你的……”谢禄几乎气疯了，不由张口对着黄河的怒涛狂喊，但却无人应声。

谁都知道，他们将永远失去击杀刘秀的机会，而刘秀也将成为他们永远也做不到头的噩梦。

没有人敢想象刘秀那惊天地、泣鬼神的武功，会对赤眉军造成多大的威胁。

十日之后，刘秀赶回枭城，而此时洛阳朱鲔献城而降。

刘秀带伤上朝，拜朱鲔为平狄将军，封扶沟侯，并决定定都洛阳。

建武元年十月，刘秀定都洛阳，因洛阳城在西汉都城长安之东，又称东都，是以史称东汉，而刘秀则称为汉世祖光武皇帝。

后　记

姜万宝西域之行虽救出藏宫，却身中王母门剧毒而亡，后藏宫找回皇子，一生为刘秀所重用，成为东汉开国功臣名将之一。

小刀六因烦于朝事而弃政从商，谢绝刘秀之封赏，而成东汉一代巨贾，更为后来南匈奴降汉作出了极大的贡献，娶任光之妹任灵为妻，带着昔日宛城众兄弟叱咤江湖数十年，其飙风骑更是纵横大漠，名动塞外，也成数百年来唯一一位纵横塞内外的商界巨头。后于明帝当政之时得罪朝廷，这才移居漠外，终老于漠外未再返中原。

长安城内宫中的假刘玄在刘玄逃出长安五日后投降，后被负气的谢禄派人勒死。那次骊山之战后，秦复伤重半年才愈，但功力大打折扣。

在赤眉军占领长安之后，却又重蹈更始覆辙，将领们忙于论功行赏，无纪律约束的兵士则经常在长安内外抢劫财物，欺凌居民，已对更始政权失望的百姓再一次失望，他们纷纷组织起来，筑壁自保，只知破坏不知建设的百万赤眉大军很快耗尽了长安中的粮草。已养成流寇作风的赤眉军，以为不能给他们衣食的长安城，对他们已无意义，于是放火烧了宫殿，大肆劫掠一番后出城西向，重新踏上了流动作战的道路。他们无目的地在陕、甘、宁、豫一带转徙求食，争战中，一场大雪冻死了很多士兵，迫使他们重返长安。在郊外，他们挖掘了西汉帝王的陵墓，把其中的宝物劫抢一空，但从此赤眉军战斗力逐渐削减。公元27年，刘秀派征西大将军冯异出征，大败赤眉军。当十数万疲惫不堪的败兵在宜阳遇到正严阵以待的刘秀大军时，等待他们的唯有缴械投降的份儿。

赤眉军从公元18年起义，到公元27年被刘秀镇压，走过了九年悲壮的历程，其足迹遍布半个中国，在流动作战中给了封建统治者以沉重的打击。他们和绿林等农民军以血和火埋葬了旧的封建皇朝，也以血和火为新的封建皇朝开辟了基业，而这些起义军自身却在新皇朝的奠礼上成了祭坛的牺牲者。

……

天魔门因秦复在公元27年再次约战刘秀身受重伤经脉寸断，门中各大高手因争权自相残杀，使天魔门四分五裂，而所剩高手又怕刘秀报复便潜隐于江湖各处，百余年中仍未能恢复元气，更无杰出人才出现江湖。直到东汉末年才再次统一于一个绝世奇才之手，此乃后话。

……

铁头与鲁青等在统一天下的战争中先后战死，成为刘秀心中最大的遗憾之一。

而刘秀心仪的无忧林弟子怡雪则因门规所限不得涉足政治，未能嫁入宫廷，天下一统后返回无忧林终老一生，此也成为刘秀最大的遗憾。

附　记

对各地割据势力的平定

刘秀消灭了更始政权与赤眉军，立刻与割据势力展开激烈争夺。

当时张步割据山东，刘永割据梁地，李宪割据庐江，秦丰割据南郡，还有自保河西五郡的窦融，称雄于天水的隗嚣，称帝于巴蜀的公孙述，以及与匈奴勾结的卢芳等各派政治势力。

在群雄之中，对刘秀威胁最大的是刘永。当时刘永雄据今豫东、皖北，与青州的张步、苏北的董宪、庐江的李宪联合为一个颇大的军事同盟。因为当时的刘永实际上拥有鲁西、苏北、皖北、豫东等大片土地，专制东方，成为刘秀的劲敌。况且，刘永是梁孝王的八世孙，曾诏封梁王，在宗法中的地位，比刘秀有利，因此对刘秀的威胁最大。

刘秀首先要剪灭刘永，建武二年（公元 26 年），刘秀派大将盖延攻陷刘永的首都睢阳（今河南商丘），刘永走山东境内的湖陵（今山东鲁台东南），但睢阳的百姓迎刘永，刘永再回睢阳，后盖延再围睢阳，城中食尽，建武三年（公元 27 年），刘永出走，为其部下所杀，永子刘纡继立为梁王。建武五年（公元 29 年）八月，吴汉拔郯（今山东省郯城），斩刘纡。同年十月，耿弇与张步战于临淄（今山东省临淄），大破之，齐地平。

建武四年九月，汉军围李宪于舒（今安徽庐江县南），六年正月，拔舒，获李宪。同年二月，吴汉拔朐（今江苏连云港市西南），获董宪、庞萌，山东悉平。自此，刘永的势力完全肃清。

与此同时，刘秀又遣偏将南征秦丰于颓丘（今湖北宜城北），征延岑于武当（今湖北均县西北），征田戎于津卿（今湖北沙市）。秦丰被俘，延岑、田戎逃亡入蜀，投降公孙述。割据渔阳（今河北密云西南）的彭宠，为其苍头奴所杀，其奴投降刘秀，于是北自幽燕，南至荆襄，皆先后平定。

……

东方虽平，但西南与西北还是为众所割据。其中势力最大者为公孙述，次之隗嚣，再次为卢芳。

当时公孙述据于益州之地，即今日四川、贵州和云南的大部分地盘，地势险阻，资源丰富，他北连隗嚣，东结延岑、田戎，称帝建号，以拒刘秀。

其次是隗嚣，当时隗嚣据有安定、陇西、天水、武都四郡，即今甘肃省东南部地区。他南联公孙述，北结卢芳，西通诸羌、匈奴，粮草充足，士马强壮，进可入关陕，退可自保边陲。而且隗嚣也有“素谦恭爱士”的名声，所以“名震西部，闻于山东”。

再次是卢芳，卢芳居于晋州、陕北和内蒙一带，有匈奴做后台，而且卢芳造成一套假的谱系，宣言他是武帝曾孙刘文伯，常以此蛊惑群众，应该由他做皇帝。

面对这些割据势力，刘秀最初想以政治方法诱降，并首先解决势力较次的隗嚣。隗嚣之西是据保境河自守的窦融集团，刘秀有意与窦融联合，夹击隗嚣。

窦融曾参与镇压赤眉军，绿林起义，王莽覆灭后，军降更始。窦融见更始新立，关东形势混乱，他家经世仕宦河西，因此求任张掖属国都尉。更始败亡后，被张掖、武威、酒泉、金城、敦煌五郡长吏推为行河西五郡大将军事。窦融居属国，监察五郡，据境自保。他先奉迎隗嚣，后见刘秀拥兵最强，号令严明，有意投降。刘秀知道河西殷富，兵马精壮，又地接陇、蜀，遣使联络，以孤立隗嚣。建武五年（公元 29 年），窦融归附东汉皇朝，任凉州牧。

窦融归附后，刘秀准备以武力进攻隗嚣，隗嚣称臣于公孙述，公孙述派兵援助隗嚣。建武七年秋，隗嚣步骑三万侵犯安定，至阴槃（今陕西长武县西北），大将冯异率诸将拒之。

建武八年春，来歙从山道袭击略阳城（今甘肃泰安县东北），隗嚣率众围来歙，公孙述派其将李育、田拿助隗嚣，攻略阳，连月不下。

刘秀率领诸将西征，窦融率五郡太守及西羌、小月氏等步骑数万，与大军会于高平第一城（今宁夏固原），共击隗嚣。

刘秀兵分数路上陇，迫使隗嚣大将十三人、属县十六部众十余万投降。

建武九年（公元 33 年），隗嚣病死，立其子隗纯为王，汉军趁机发动军事进攻，窦融率军配合夹击，十年十月，来歙等大破隗纯于落门（今甘肃甘谷县西）。

得陇望蜀，至此，东汉对割据巴蜀的公孙述形成南北夹击的钳制攻势。刘秀兵分两路攻蜀，一路自北南下入蜀，一路溯长江而上。

建武十一年（公元 35 年）春，吴汉奉命兵发荆州六万余人，骑兵五千，与岑彭在荆门（今湖北宜昌附近）会合。岑彭装备战舰数十艘，趁东风狂急，逆流而上，以火攻烧毁了公孙述设防的桥楼，蜀兵大乱，汉军长驱直入，抵达江州（今四川重庆），直指垫江（今四川合川县），破平曲，回收大米数十万担。自北南进的一路，六月，来歙与盖延攻克下辩（今甘肃成县北），在乘胜前进中，来歙被公孙述暗中派遣的刺客刺杀，汉军暂时受阻。

公孙述以全部兵力重点防守广汉（今四川射洪县南）、资中（今四川资阳）一带，岑彭避实就虚，派藏宫率五万大军自涪水而上，分兵回到江州，溯都江而上，星夜行军，直抵武阳（今四川彭山县），使精骑驰至广都（今成都市南），势如破竹，蜀地骇然。

藏宫一路星夜进军，采取“多张旗帜，登山鼓噪”的策略，水陆并进，大破公孙述的延岑诸部，迫使王元投降。十月，公孙述垂死挣扎，暗地派刺客诈降岑彭，并将之刺杀。但吴汉奉命自夷陵（今湖北宜昌）率三万人溯江而上，继续讨伐公孙述。

建武十二年（公元36年）春正月，吴汉围武阳，直取广都，派轻骑烧成都市桥，公孙述部下恐惧，纷纷叛离。吴汉率步骑二万进逼成都，与公孙述八战八克，进军至成都附郭。

当时，藏宫所率一路攻克绵竹（今四川绵竹东南），破涪城（今四川绵阳东），又攻破繁县（今四川彭县），郫县（今四川郫县），与吴汉胜利会师。

十一月，公孙述亲率数万人攻吴汉，吴汉部下数万击之。述兵大乱，汉将高手奔阵刺中公孙述右胸，公孙述当夜身亡。次日，延岑据成都投降，巴蜀平定上报。

最后只剩下卢芳，因为有匈奴援助，刘秀屡次遣吴汉、杜茂前往击之，均不克。

建武十二年（公元36年），卢芳知刘秀已统一中国，孤立不能相敌，便逃亡于匈奴。至此，全国统一的局面基本实现，而光武皇帝刘秀也完成了汉室中兴之任。

——全书完——